Lv 2 부터 Chillin Different World Life of the EX-Brave Candidate was Cheat from Lv 2

치트였던 전직용사후보의 유유자적 이세계라이프 12

키노조 미야 지음 카타기리 일러스트 손종근 옮김

Name
우라
∞

Name
블로섬
∞

Name
코우라
∞

Name
리스
∞

Name
훌리오
∞

──축제 현장에서

Lv 2부터 Chillin Different World Life
of the EX-Brave Candidate was Cheat
from Lv 2

치트였던 전직용사후보의
유유자적 이세계 라이프

키노조 미야 지음 | **카타기리** 일러스트

SNOVEL

Characters

Chillin Different World Life
of the EX-Brave Candidate was Cheat **from Lv2**

훌리오
훌리스 잡화점을 경영하는
전직 용사 후보.

리스
아랑족이자 훌리오의 아내.

와인(인간족의 모습)
하이스레이지만 대식가인 식객.

가릴
훌리오와 리스의 아들.
여왕이 신경 쓰인다.

엘리나자
훌리오와 리스의 딸.
훌리오를 좋아한다.

리루나자
엘리나자의 동생.
훌리오와 리스의 차녀.

벤네에
임출국의 언조대교에 씐
강자를 원하는 검호의 사남매.

히야
빛과 어둠의 근원을 관장하는 마인.

다말리나세
정신세계에서 수련 중인
암흑 대마도사.

벨라노
말 없고 낯을 가리며
작은 동물 같은 교사.

벨라리오
미니리오와 벨라노의 아이.

블로섬
농업에 열의를 쏟는
전직 검사.

우라
정의감 강한 오거족이자
갈곳을 잃은 마족들의 수장.

코우라
우라의 딸.
마이페이스이고 말수가 적다.

텔비레스
신계에서 쫓겨난 애주가 엉망 여신.
후루호류빈의 집에서 식객 신세.

Characters

Chillin Different World Life
of the EX-Brave Candidate was Cheat from Lv2

고자르
사상 최강이라 칭해지는 전직 마왕.

우리미나스
고자르의 아내이자
마왕 시절의 측근.

발리로사
고자르의 아내이자 전직 기사.

포르미나
고자르와 우리미나스의 딸.

고로
고자르와 발리로사의 아들.

칼시므
전 마왕 대행. 차룬과 함께
홀리오 가에 머무르고 있다.

차룬
칼시므의 아내가 된 마인행.
차를 타는 것이 특기.

라비즈
칼시므와 차룬의 딸.
칼시므의 머리 위가 마음에 든다.

슬레이프(인간족 모습)
전직 마왕군 사천왕 중 하나.
빌레리와 동거 중.

빌레리
슬레이프와 동거 중인 전직 궁수.

리슬레이
슬레이프와 빌레리의 딸.

에리(여왕)
정의감이 강하고
고생이 많은 마법국의 여왕.

타니아
홀리오 가에 쳐들어온 기억을
잃은 메이드(신계의 사도).

그레아니르
홀리스 잡화점에서 일하는 마인족.

암왕
마법국의 예전 국왕이자
암상회의 회장.

Characters

금발 용사
용사인데도 마법국에서 지명수배 중.

츠야
금발 용사와 함께 도피행 중. 지갑 안이 걱정.

밸런타인
사계 12신장인 요염한 마인. 외모와 달리 대식가.

아룬키츠
희소 종족인 침마자 마인이지만 마력이 적다.

왕창 우하
희소 종족인 가옥 마인이지만 전투는 서투르다.

독슨
고자르의 동생이자 동료를 아끼는 새 마왕.

후훈
독슨의 측근인 어마어마한 M 서큐버스.

베리안나
입이 험하지만 동생을 아끼는 악마인족.

아이리스테일
가린의 동급생이자 베리안나의 동생.

사리나
가린의 동급생. 가린이 신경 쓰이는 모양인데⋯⋯?

사베어(혼 래빗 모습)
홀리오 가의 애완동물.

시베어
사베어의 아내인 혼 래빗.

스베어
사베어와 시베어의 아이. 살짝 째진 눈의 혼 래빗.

세베어
사베어와 시베어의 아이. 귀여운 눈매가 특징.

소베어
사베어와 시베어의 아이. 혼 래빗이지만 털 색깔은 사이코 베어.

Level 2~

Lv2부터 치트였던 전직 용사 후보의 유유자적 이세계 라이프

Contents

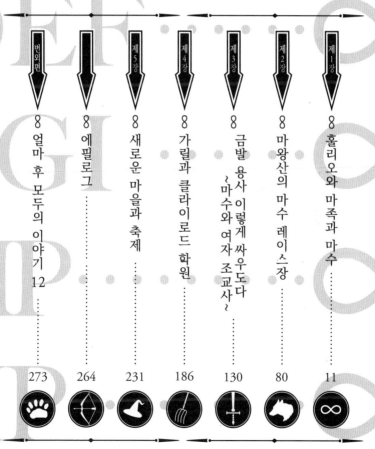

Chillin Different World Life of the EX-Brave Candidate was Cheat from Lv 2

컬러 및 본문 일러스트   카타기리

클라이로드 세계——.

검과 마법, 수많은 몬스터나 아인들이 존재하는 이 세계에서는, 인간족과 마족이 오랜 세월에 걸쳐서 계속 싸우고 있었다.

인간족 최대 국가인 클라이로드 마법국과 마족 최대 조직인 마왕군은 휴전 협정을 맺은 뒤, 순조롭게 교류를 지속하고 있었다.

마왕 독슨을 중심으로 일치단결하는 마왕군이지만 오랜 세월 계속 적대했던 인간족과 우호 관계가 깊어진다는 사실에 혐오감을 품는 종족도 적지는 않아서, 독슨은 그런 마족들과 거듭 대화를 진행하고 있었다.

한편 클라이로드 마법국은 여왕과 그녀의 동생인 제2왕녀, 제3왕녀가 중심이 되어 국내는 문제없이 통치하고 있지만, 그러는 한편으로 오랜 세월 적대한 마왕군과 맺은 휴전 협정에 내심 납득하지 못하는 귀족이나 인간족 국가도 적시는 않아서, 여왕은 그들에게 대응하느라 매일 고민하고 있었다.

그런 두 진영 사이를 홀리오가 운영하는 홀리스 잡화점이 운항하는 정기 마도선이 연결하며, 인간족과 마족에게 큰 은혜를 주고 있었다.

이 이야기는, 그런 세계정세 가운데 천천히 막을 연다…….

◇호우타우 훌리오 가 근처◇

새벽. 훌리오 가에서 이어지는 가도를 훌리오와 리스, 그리고 여왕이 셋이서 걷고 있었다.

──훌리오.

용사 후보로서 이 세계에 소환된 이세계의 전직 상인.

소환 당시에 받은 가호로 이 세계의 모든 마법과 스킬을 습득했다.

지금은 전직 마족 리스와 결혼하여 훌리스 잡화점의 점장을 맡고 있다. 1남 2녀의 아버지.

──리스.

전직 마왕군. 아랑족 여전사.

훌리오에게 패배한 뒤, 그의 아내로서 함께 걸어갈 것을 선택했다.

훌리오를 너무 좋아하는 아내이자 훌리오 가 모두의 어머니.

──여왕.

클라이로드 마법국의 현재 여왕. 본명은 엘리자베트 클라이로드, 애칭은 에리.

아버지인 전 국왕이 추방되고 클라이로드 마법국의 지휘를 맡고 있다.

국정으로 고심하는 통에 남친 없는 햇수=나이인 곧 30대인 여성.

몰래 훌리오 가를 방문한 여왕 에리는, 클라이로드 성에서 입는

드레스 차림이 아니라 검소한 행색에 동그란 안경을 끼고 있었다.

훌리오 가 현관 앞에서 이어지는 가도를 따라서는 우선 마마들을 방목하는 목장이 있고, 그 다음으로 광대한 농장이 펼쳐져 있는데.

"……어?"

농장 너머로 시선을 향한 에리는 그만 눈을 동그랗게 떴다.

그녀의 시선 앞에는 거대한 산이 우뚝 서 있었다.

"저, 저기…… 이전에 여기에는 분명히 언덕이 있지 않았던가요? 이, 이렇게나 크진 않았을 텐데…….."

"예, 그래요. 이야기를 하고자 했던 게, 이 산과 관련된 일이라서."

깜짝 놀란 에리 옆에서 훌리오가 쓴웃음 지었다.

"사실은 전날, 인간족과 마족의 분쟁 탓에 갈 곳을 잃은 마족 사람들을 보호하게 되어서, 일단 에리 씨한테도 알려 두는 편이 나을까 싶어서…….."

"……아, 예…….."

훌리오의 말을 들으면서도 에리는 여전히 경악한 모습으로 눈앞의 산을 계속 바라봤다.

"그렇게나 놀랄 것 없잖아요."

그런 에리에게 리스가 시선을 향했다.

"먹을 것도 곤란해 하던 마족들의 마을을 서방님의 마법으로 살짝 이동시켰을 뿐이에요."

그러더니 싱긋 미소 짓는 리스.

"……조, 조금, 이라니……."

리스의 말에 에리는 눈을 끔벅거렸다.

'……자, 잠깐만 기다려요…… 이, 이렇게나 커다란 산을 통째로 다른 장소에서 이전시킨 건가요? ……게, 게다가 그런 강력한 마법이 사용된 흔적이 있었다는 보고를 클라이로드 성에서 받은 적은 없으니까…… 어? ……어?'

"……저기, 에리 씨?"

"아, 예?!"

에리는 훌리오가 말을 건네자 그만 그 자리에서 펄쩍 뛰었다.

"혹시, 이건 좀 그랬을까요? 신고도 없이 마족 사람들의 마을을 전이시키는 건?"

"어…… 아뇨아뇨…… 그게, 이만한 산을 마법으로 전이시켰다는 훌리오 님의 마법이 너무나도 굉장해서 놀랐을 뿐이라…… 그, 그보다도 이 산에 사는 마족 분들은 몇 명 정도실까요?"

"촌장 우라 씨를 포함해서 83명이에요. 처음에는 50명 정도였는데, 마을의 소문을 들은 마족 분들이 이주를 하셔서……."

에리의 말에 쓴웃음 지으며 뒤통수에 손을 대는 훌리오.

그런 훌리오 옆에서 리스는 있는 힘껏 가슴을 펴더니 오른손을 농장으로 향했다.

"어머, 아무 문제도 없지 않나요? 수장은 우라이지만 실질적인 수장은 서방님이고, 주민들은, 저기 봐요."

그 손 끝에는 훌리오 가에 머무르고 있는 블로섬이 관리하는 광대한 농장이 펼쳐져 있고, 그 농장 여기저기서 마족들이 움직이

는 것이 보였다.

원래 블로섬과, 그녀가 보호 중인 고블린 마운티 가족과 호쿠 호쿠튼이 중심이 되어 일하는 농장이었다.

"오오, 누군가 했더니 훌리오 경 아니신가."

그런 농장 한편에서 작업을 하던 기골이 장대한 남자가 훌리오 일행에게 미소로 말을 건넸다.

검붉은 피부.

입가에서 튀어나온 예리한 송곳니.

동방에 있는 일출국의 의상과 무척 닮은 옷을 입은 그 남자는 명백하게 마족의 특징을 지니고 있었다.

그러자 그 남자의 목소리가 신호라는 듯, 그 주위에서 작업하던 남자들이 차례차례 몸을 일으키고 훌리오 일행에게 미소를 향했다.

"안녕하세요, 훌리오 님."

"오늘도 날씨가 좋군요, 훌리오 경."

"나중에 갓 딴 채소를 보내 드리겠습니다."

처음의 남자와는 달리 마족의 모습 그대로인 이들은, 다들 미소로 훌리오 일행에게 말을 건넸다.

일동에게 미소로 답하며 훌리오도 말을 건넸다.

그런 훌리오 옆에 서 있는 리스가 에리에게 시선을 향했다.

"처음 그 남자가 촌장인 우라이고, 다른 사람들은 마을 주민들이에요. 우라는 상위 마족이니까 인간족의 모습으로 변화할 수 있지만, 다른 사람들은 힘은 있지만 하위 종족이니까 인간족의 모습으로 변화할 수가 없거든요."

"예? 그, 그럼……."

리스의 말을 들은 에리의 표정이 어두워졌다.

'……하위 마족은 체내의 마소를 컨트롤할 수가 없어서 항상 밖으로 새어 나올 터. 그래서 하위 마족이 모여 있는 장소에는 마소가 고이는 바람에, 일찍이 마왕군의 주둔지였던 데라베자의 숲처럼 인간족이 살 수 없이 오염될 텐데…….'

주위를 둘러보며 생각에 잠기는 에리.

'하지만…….'

에리는 고개를 갸웃거렸다.

그런 에리의 생각을 헤아린 홀리오가 평소의 시원스러운 미소를 지었다.

"아, 마소라면 걱정하실 것 없어요."

그러더니 홀리오는 오른손을 위로 향하고 작게 영창했다.

그 영창에 호응하듯이 홀리오의 손바닥 위에 마법진이 전개되고 그 중심부에서 파란 빛을 발하는 마석이 출현했다.

마법진이 사라지자 그 마석은 홀리오의 손 안으로 툭 떨어졌다.

"이 마석 말인데요, 마소를 무해화하는 효과가 있거든요. 하급 마족 여러분은 이 마석을 몸에 착용하도록 했으니까 마소가 고이지는 않아요."

"마, 마소를 무해화……라니, 정화 마법을 사용하지 않더라도 그런 일이 가능한가요?!"

홀리오의 말에 에리는 무심코 눈을 동그랗게 떴다.

에리가 놀라는 것도 무리는 아니었다.

클라이로드 마법국의 연구로는, 정화 이외에 무력화할 수단이 없다고 여겨졌다.

게다가 정화 마법을 사용하려면 막대한 마력이 필요하고 그 효과 범위는 무척 광범위해서 일대의 마소만이 아니라 마족마저도 소멸시키는 효과가 있었다.

"마, 마소를…… 정화 마법 이외의 방법으로 무해화시킬 수 있다니? 게다가 이렇게나 작은 마석으로……."

홀리오에게 건네받은 마석을 바라보며 여전히 눈을 동그랗게 뜨고 있는 에리.

"홀리스 잡화점에서 판매하는 마석을 이래저래 시행착오를 했지만, 그러던 와중에 제대로 만들어 낼 수 있었어요."

"제, 제대로 만들어 냈다니……."

'이, 이런 특수한 마석을 만들어 버리다니…….'

일찍이 마왕군과 항쟁을 거듭하던 클라이로드 마법국에게 난제로 취급되던 것이, 이렇게 마소가 고이는 현상이었다.

마소를 무해화하려면 정화 마법 이외에 유효한 방법은 없고, 그 밖의 수단이라면 마족들을 쫓아내고 마소가 흩어져서 무해화되는 것을 기다릴 수밖에 없다고 여겨졌다.

"그래서, 에리 씨……라고 할까, 여왕님께 부탁이 있는데요."

"예? 어, 아, 예."

홀리오가 갑자기 여왕이라 부르자 당황하는 에리.

하지만 무리도 아니었다.

최근의 에리는 클라이로드 성에서 집무를 보는 틈틈이 개인적으로 홀리오 가를 방문했고, 오늘도 그 일환으로서 방문한 것이니까.

『클라이로드 마법국 안의 상황을 암행으로 둘러보려고.』

에리는 표면상의 명목을 그리 설명했다.

『홀리오의 아들인 가릴과, 그의 가족과 친해지려고.』

하지만 이와 같은 본 목적을, 에리의 동생들을 중심으로 이미 빤히 들켰지만…….

에리가 작게 헛기침을 하고 차분해졌을 즈음을 기다리더니 홀리오는.

"사실은 말이죠, 이 마석을 클라이로드 마법국에서 사들여 주실 수는 없을까 해서요."

그러더니 평소의 시원스러운 미소를 지었다.

그 표정을 앞에 두고 에리는 또다시 눈을 동그랗게 떴다.

"이, 이 마석을 말인가요?!"

'하급 마족의 마소를 무해화시키는 마석……. 이제까지 클라이로드 마법국에서도 누구도 만들어 내지 못했던 이 마석이면, 원하는 사람은 얼마든지 있을 테죠……. 그걸 클라이로드 마법국에서 사들인다면…….'

에리가 생각에 잠긴 사이, 일동 뒤쪽에서 두 인물이 걸어왔다.

"음, 마석을 클라이로드 마법국에서 사들이는 일에 대해서는, 내가 하는 제안이기도 하네."

그렇게 말한 것은 고자르였다.

──고자르.

전직 마왕 고우르인 그는 마왕의 자리를 동생 유이가드에게 넘기고 인간족으로 훌리오 가의 식객 입장에서 사는 와중에, 훌리오와 친구라고 할 수 있는 사이가 되었다.

지금은 전직 마왕군의 측근이던 우리미나스와 전직 기사 발리로사, 두 사람을 아내로 맞이했다.

포르미나와 고로의 아버지이기도 하다.

팔짱을 낀 고자르는 인간족의 모습으로 미소를 짓고 있었다.

그 옆에는 고자르와 마찬가지로 인간족의 모습을 한 우리미나스가 서 있었다.

──우리미나스

마왕 시절 고자르의 측근이던 헬 캣 여자.

고자르가 마왕을 그만둘 때에 함께 마왕군을 그만두고 아인으로서 훌리스 잡화점에서 일하고 있다.

고자르의 두 아내 중 하나이자 포르미나의 어머니.

"고자르 님의 제안……인가요?"

"음, 그래."

에리의 말에 끄덕이는 고자르.

"확실히 이 마석을 판매한다면 어마어마하게 팔리겠지. 휴전으로 일자리를 잃은 하급 마족들이, 마소 탓에 본래는 일할 수가 없을 터인 인간족의 나라에서 일할 수 있게 되니까 말이야……. 하지만."

여기서 작게 한숨을 내쉬는 고자르.

"……그런 자들이 모두 이 농장에서 일한다는 선택을 해준다면 좋겠다만……. 생각해 봐라, 휴전 협정으로 일자리를 잃은 종족이라는 건 대부분이 용병으로서 인간족과의 싸움을 통해 마왕군으로부터 돈을 받던 자들이다."

"그런 혈기왕성한 자들이 농사일로 만족할 수 있을 리가 없다냐. 예를 들면, 마왕군과의 휴전 협정에 납득하지 않는 인간족에게 고용된다든지……."

고자르에 이어서 말하는 우리미나스.

그 말에 에리는 퍼뜩 깨달았다.

'……그러고 보니, 며칠 전…….'

◇며칠 전 클라이로드 성 안 여왕의 방◇

이날 밤, 여왕의 방을 제2왕녀와 제3왕녀가 찾아왔다.

──제2왕녀.

여왕의 첫째 동생으로, 본명은 루소크 클라이로드.

여왕의 한쪽 팔로서, 마왕군과 교전 상태였던 클라이로드 왕 시절부터 외교를 담당하며 다른 인간족 국가와 교섭을 맡고 있었다.

솔직한 성격으로, 평소에는 여왕에게도 스스럼없이 말을 건넨다.

──제3왕녀.

여왕의 둘째 동생으로, 본명은 스완 클라이로드.

여왕의 한쪽 팔로서 귀족 학교를 이제 막 졸업했음에도 주로 내정 쪽을 맡고 있다.

여왕을 각별히 사랑하는 시스콘이기도 하다.

이미 정무를 마치고 사적인 시간이기도 해서 정장이 아니라 잠옷 겸용인 얇은 옷으로 갈아입은 여왕은 자기 방 의자에 앉아 있었다.

그런 여왕 앞에 마찬가지로 사복으로 갈아입은 제2왕녀와 제3왕녀가 서 있었다.

"……그럼 제2왕녀의 조사에 따르면, 마족 용병을 고용하려고 계획하는 나라가 있다는 건가요?"

제2왕녀의 보고를 들은 여왕은 무심코 마른 침을 삼켰다.

그 말에 한숨을 내쉬며 끄덕이는 제2왕녀.

"그렇단 말이지…… 뭐라고 할까, 여왕 언니가 진행한 마왕군과의 휴전 협정에 납득하지 못한다든지, 그런 이유로 극비리에 용병을 고용하는 나라가 있는 모양이야. 그런 것치고는 인간족의 움직임이 보이지 않는구나, 싶어서 살짝 조사해 봤더니……."

답답하다는 표정을 지으며 또 크게 한숨을 내쉬는 제2왕녀.

그 옆에서 제3왕녀는 분노로 어깨를 들썩이며 입을 시옷자로 만들고 있었다.

"정말이지, 대체 무슨 생각인가요?! 마왕군과 적대하던 시절에는 대부분의 대응을 클라이로드 마법국에 모조리 떠넘기고는, 막상 휴전 협정이 맺어지니까 뒤에서 몰래 그런 일을 벌이다니! 정말로 믿을 수가 없어요!"

얼굴을 새빨갛게 물들이며 제3왕녀는 거칠게 말했다……만, 동안인 제3왕녀인 만큼 애써 분노한 표정을 지어도 그저 사랑스럽다는 인상밖에 주지 못했다.

그래서 제2왕녀는 입가를 오른손으로 가리며 웃음이 터지려는 것을 필사적으로 참는 것이었다.

"어, 어흠…… 그, 그래서 제2왕녀, 그 계획은 어느 정도로 진행되고 있나요?"

"어, 어어…… 응, 그거 말인데, 마소가 고이는 게 문제라서 제대로 진행되지 않는 모양이야. 뭐, 그래도 수상쩍게 움직이는 녀석들은 있는 것 같아서 그쪽은 계속 경계할 테니까."

며칠 전 들은 제2왕녀의 이야기를 떠올린 에리는 표정이 어두워졌다.

'혹시 훌리오 님의 마석이 그대로 시장에 나왔다면, 하위 마족들을 용병으로서 고용하려는 나라나 귀족들이 수단을 가리지 않고 마석을 입수하려 할 터.

인간족 모험가들을 용병으로 고용하려고 한다면 모험가 조합

에서 보고가 올라올 테고, 마소를 신경 쓰지 않고 하위 마족들을 용병으로 끌어들일 수 있게 된다면…….'

계속 생각하며 여전히 표정이 어두운 에리.

그런 에리의 생각을 헤아렸는지 홀리오는 그녀에게 평소의 시원스러운 미소를 지었다.

"그러니까 이 마소 무력화 마석을 클라이로드 마법국에서 사 들여 주시고 클라이로드 마법국에서만 전매한다고 하면, 판매량을 조절할 수도 있을 테고 판매처를 기록할 수도 있을 거라 생각해서요."

홀리오의 말에 고자르와 우리미나스도 끄덕였다.

그런 가운데, 홀리오 옆의 리스는 불만스러운 표정을 짓고 있었다.

"저로서는 군이 그렇게 안 해도, 좋지 않은 일을 꾸미는 자들 따윈 싹 다 모아서 섬멸해 버리면 그만이지 않을까 생각하지만요. 여하튼 서방님 곁에는 저도 있고, 마족 최강인 고자르랑 측근이었던 우리미나스, 전 마왕군 사천왕인 슬레이프와 그의 정예부대, 마인 히야, 암흑 대마도사 다말리나세, 용족 최강 와인까지, 전력은 차고 넘칠 정도로 있으니까요."

응응, 계속 끄덕이며 말하던 리스는 에리에게 시선을 향했다.

"뭐, 저거겠네요. 본래 인간족의 나라가 어떻게 될지는 알 바 아니지만…… 다름 아닌 가릴의 신부 후보인 당신을 위한 일이라면 흔쾌히 하도록 하겠어요."

………….

"……예?"

리스의 말을 들은 뒤, 잠시 침묵하던 에리의 얼굴이 순식간에 새빨개졌다.

얼굴은커녕 목이랑 어깨까지 새빨개진 상태로 그 자리에 굳어 있는 에리.

'가가가, 가릴 군의 시시시신부 후보라니…… 아아아, 아뇨, 저기, 그그그, 그렇게 된다면 좋겠다고 새새생각하지 않는 건 아니지만…… 그그그, 그게…… 가가가, 가릴 군의 어머님께서 갑자기 그런 말씀을 하시다니…….'

에리는 양손으로 뺨을 감싸며 그런 생각에 잠겼다.

그런 에리를 리스는 의아하다는 표정으로 바라봤다.

"어머? 가릴의 신부가 된다는 건, 싫은가요?"

"다다다, 당치도 않아요! 오히려, 당장에라도 신부가 삼아 주셨으면 좋겠다고 평상시부터…… 아…….."

리스의 말에 그만 본심을 입에 담고 만 에리는 조금 전 이상으로 얼굴이 새빨개지며 그 자리에 털썩 앉았다.

그런 에리의 모습을 리스는 의아하다는 표정으로 바라봤다.

"이상한 사람이네요. 우리 집의 요리를 도우러 오는 것도 신부 수업의 일환이겠죠? 그렇게까지 해놓고서 뭘 새삼스럽게 부끄러워 할 필요가 있을까요?"

"자자, 리스."

훌리오는 쓴웃음 지으며 리스의 어깨에 손을 얹었다.

"일단 잡담은 그 정도로 해두고…… 에리 씨."

"예? 어, 아, 예?!"

훌리오의 말에 에리는 얼굴을 새빨갛게 물들인 채로 서둘러 일어섰다.

그런 에리의 모습에 훌리오는 무심코 미소를 지었다.

"그래서 마석 건 말인데요, 부탁할 수 있을까요?"

"아, 예! 최종적으로는 가지고 가서 의회를 거치게 되겠지만, 개인적으로는 전혀 문제없어요. 오히려 꼭 부탁을 드리고 싶어요."

양손을 몸 앞으로 맞대고 허리를 90도로 숙이는 에리.

그런 에리의 모습에 쓴웃음 지으며 훌리오는 양손을 내저었다.

"우리가 부탁하는 거니까, 그렇게까지 거창하게 받아 주시면 오히려 곤란한데요."

훌리오의 말에 황급히 머리를 들었다.

"저, 저기…… 혹시 몰라서 확인을 드리겠는데…… 생산 숫자는 어느 정도 규모가 될까요? 이만한 마석이라면……."

거기까지 입에 담고 에리는 생각했다.

'이, 이만큼 희소한 마석……. 훌리오 님께 견본을 받고 지도를 받는다면, 달에 열 개 정도의 양산은 가능하다고 생각하지만, 마법이 특기인 훌리오 님께서 만드셨다면 그런 규모가 아니겠죠. 그러네요, 달에 백…… 아니, 백오십 정도는…….'

생각에 잠겨 있는 에리.

훌리오는 그런 에리에게 시선을 향하며 평소의 시원스러운 미소를 짓고 있었다.

"아, 참고로 마석 생성 말인데요……."

◇그 무렵 호우타우 훌리오 가◇

훌리오 가 2층의 어느 방.

자기 방인 그 방 안에서 엘리나자는 책상과 마주하고 있었다.

──엘리나자.

훌리오와 리스의 아이이자 가릴과는 쌍둥이 중 누나, 리루나자의
언니.

성실하고 파파를 무척 좋아한다.

마법 능력에 재능이 있다.

오른손 검지를 세우고 왼손으로 두꺼운 마도서를 펼쳤다.

마도서는 엘리나자의 마법으로 허공에 떠 있고, 펼쳐져 있는
그 페이지에 흠흠 작게 끄덕이며 시선을 향하고 있었다.

"……그런가, 이 마법을 발동시키려면 여기서 이 주문을 사용
할 필요가 있구나."

납득한 듯 크게 끄덕이더니 작게 영창했다.

동시에 엘리나자의 이마에 있는 수정이 빛나기 시작했다.

오른손 검지 끝에 작은 마법진이 전개되기 시작하고, 그 주위
에 빨간 실 형태의 물체가 출현했다.

곁눈으로 그것을 확인하며 엘리나자는 계속 영창했다.

"……어, 어라?"

그대로 영창을 계속하던 엘리나자는 눈을 동그랗게 뜨고서 놀

란 표정을 지었다.

동시에 파직하고 터지는 소리와 동시에, 빨간 실 형태의 물체와 마법진이 동시에 깨지며 공중에서 흩어졌다.

"……으~응…… 또 실패했나 보네."

어두운 표정으로 으~응, 팔짱을 끼는 엘리나자.

그런 엘리나자 뒤쪽에서 히야가 걸어왔다.

"……흠, 그렇군요. 지금의 영창은 무척 훌륭했습니다만, 결국은 엘리나자 님의 경험 부족이라고 말씀을 드려야 할까요…….

"그런가, 경험 부족인가……. 으~음, 역시 아직 파파처럼 되지는 않는다는 건가."

히야의 말에 엘리나자는 팔짱을 낀 채 고개를 갸웃거렸다.

"이 마인 생성 마법을 자유자재로 쓸 수 있게 된다면 파파의 일을 더더욱 도와줄 수 있을 테니까……. 어떻게든 자유자재로 다룰 수 있도록 열심히 해야지, 응."

다부진 표정으로 크게 끄덕이는 엘리나자는.

"좋아, 이런 마법 정도는 금방 쓸 수 있게 될 테니까! 이 히야의 마도서가 있다면 틀림없이 가능할 거야!"

다시금 마도서로 시선을 향했다.

그런 엘리나자 뒤쪽에서 히야는 쓴웃음을 지었다.

──히야.

빛과 어둠의 근원을 관장하는 마인.

이 세계를 멸망시킬 수 있을 정도의 마력을 지녔지만 훌리오에게

패배한 이후, 훌리오를 『지고하신 주인님』이라 따르며 그의 집에 머무르고 있다.

'지금 엘리나자 님께서 성공시키려 하시는 마법은 사역마 마인을 만들어 내는 마법……. 제가 찾아낸 마도서에 영창 방법이 적혀 있기는 합니다만, 그 마도서는 일찍이 클라이로드 마법국의 금서로서 취급되던 다른 세계의 마도서로, 이곳 클라이로드 세계에서 사용할 수 있는 사람이라면, 아마도 지고하신 주인님 한 분이 아니실지……. 게다가…….'

여기서 히야는 시선을 옆방으로 향했다.

엘리나자의 방 만이 아니라 훌리오 가의 개인용 방은 본래 두 개뿐이고, 한 방이 개인실이고 다른 하나가 침실이었다.

하지만 히야의 시선 앞에는 침실 옆에 또 다른 방이 존재하고 있었다.

그 방은 엘리나자가 마법으로 증설한 공간으로, 그 방 안에는 엘리나자를 소형화한 마인형들이 바쁘게 마석을 계속 만들고 있었다.

'……사역마 마인을 만들지 않으시더라도, 이만한 마인형을 만들어 낼 수 있는 것만으로도 상당한 기량이라고 생각합니다만.'

그런 생각을 하며, 계속 작업 중인 엘리나자 형태 마인형들을 바라보는 히야.

그런 히야의 시선을 알아차린 엘리나자는.

"아, 마인 생성 마법 연습을 하고 있다지만, 파파네 가게에서 판매할 마소 무효화 마석 제작도 제대로 하고 있으니까 말이지."

그러더니 싱긋 미소 지었다.

'……흠. 저 마석 말입니다만, 클라이로드 마법국에서는 만들어진 적이 없는 물건이고, 저나 지고하신 주인님이 지도했다고는 하지만 달에 열 개 정도 만들 수 있다면 매우 우수한 수준……. 하지만 저 마인형들은 한 시간에 열 개의 페이스로 만드는 모양인데, 제가 만들더라도…… 같은 페이스로 만드는 건 조금 어려울지도 모르겠군요. 그런 고도의 작업을, 다른 마법을 연구하며 자신이 조종하는 마인형들로 진행하실 수 있다니…….'

히야는 다시금 엘리나자에게 시선을 향했다.

그 시선 앞에서 엘리나자는 마도서만을 바라보고, 그녀의 이마에서는 마석이 선명한 빛을 발하고 있었다.

'지고하신 주인님을 따르는 것도 즐거운 수련입니다만, 따님을 따르는 것 또한 더없이 즐거운 수련이로군요…….'

히야가 그런 생각에 잠겨 있는데.

『잠깐만, 히야 님!』

그의 뇌 내에서 갑자기 목소리가 울려 퍼졌다.

『어라? 다말리나세가 아닙니까? 무슨 일 있습니까?』

『무슨 일이기는. 히야 님의 정신세계에서 얌전히 있었더니, 홀리오 님이나 엘리나자 님과의 수련이 즐겁다고 그러니까…….』

──다말리나세.

암흑 대마법의 극한에 다다른 암흑 대마도사.

이미 육체는 존재하지 않고 사념체로서 존재하고 있다.

히야에게 패배한 이후, 히야를 따르며 수련의 동료로서 히야의 정신세계에서 살고 있다.

뇌 내에서 직접 들리는 다말리나세의 목소리에 히야는 그만 쓴웃음 지었다.

『무슨 말을 하는 겁니까. 지고하신 주인님이나 엘리나자 님과의 수련은 어디까지나 마법 수행으로서의 수련. 다말리나세와의 수련과는 다른 일이잖아요?』

『아, 아니 그건 알고 있지만…… 뭔가, 조금…… 그게…….』

그 순간에 우물우물 말을 머뭇거리는 다말리나세.

『그런 질투는 안 해도 괜찮습니다.』

『아, 아니…… 따, 딱히 난 질투 따윈…….』

『제대로, 밤에는 다말리나세가 바라는 수련을 해줄 테니까 기다려주시길.』

『히, 히야 님이 그렇게 말한다면…… 알았어…… 기, 기다릴 테니까!』

히야의 말에 다말리나세의 말투는 마지막에는 어딘가 기뻐하는 느낌으로 바뀌었다.

그런 다말리나세의 목소리를 확인하고는 히야는 만족스럽게 끄덕였다.

'지고하신 주인님과 사모님께서 밤이면 밤마다 몸을 겹치는 행위를 왜 하시는가……. 처음에는 의문밖에 없었습니다만, 이렇게

다말리나세와 수련을 거듭하니 조금이기는 합니다만 그 마음을 이해할 수 있게 된 것 같군요…….'

그런 생각을 하며 자신의 입술에 검지를 댔다.

엘리나자는 그런 히야의 모습을 곁눈질로 바라봤다.

'……히야도 참, 가끔씩 저런 표정을 짓는구나……. 잘은 모르 겠지만, 조금 어른스럽다고 할까…….'

그런 생각을 하는 엘리나자는, 성인이 되었다고는 해도 아직 어린아이였다.

◇ ◇ ◇

"그런가요…… 그럼 마석 제작은 엘리나자 씨가 열심히 하고 있군요."

"예, 호우타우 마법 학교에서 제대로 공부하고 마법이 특기인 히야에게 이것저것 배워서, 저보다도 굉장한 마법사가 되는 것도 시간문제가 아닐까 싶지만요."

에리의 말에 훌리오는 기쁜 듯 미소를 지었다.

평소의 시원스러운 미소가 아니라 딸의 성장을 진심으로 기뻐 하는 아버지의 표정이었다.

그런 훌리오의 모습에 고자르는 쓴웃음 짓더니.

"훌리오 경, 확실히 엘리나자의 성장은 놀랍긴 하자만, 아무리 그래도 귀공을 넘어서는 건……."

거기까지 말을 꺼낸 참에, 옆에 서 있던 우리미나스가 오른쪽 팔꿈치로 있는 힘껏 그의 옆구리를 후려쳤다.

"냐! 이럴 때는 분위기를 파악해서, 그런 소리는 하면 안 되는 거다냐!"

"으, 음? 그, 그런 건가? 이건 실례했군."

뒤통수에 손을 대며 하하하 웃는 고자르.

그 옆에서 우리미나스가 오른쪽 팔꿈치를 문지르며 입을 시옷 자로 만들고 있었다.

전력으로 팔꿈치를 후려쳤음에도 불구하고 고자르의 몸은 꿈쩍도 하지 않은 것은 물론, 도리어 우리미나스의 팔꿈치가 대미지를 입었다.

그런 두 사람의 모습에 일동은 무심코 웃음을 터뜨렸다.

"그럼 슬슬 집으로 돌아가죠. 아침식사 준비를 도와야 해요."

한바탕 웃은 뒤, 소매를 걷어 올리는 에리.

그런 에리에게 훌리오는 평소의 시원스러운 미소를 지었다.

"아, 에리 씨. 오늘 아침은 안내할 장소가 하나 더 있어서요."

"장소가 하나 더, 있다고요?"

훌리오의 말에 에리는 고개를 갸웃거렸다.

◇호우타우 훌리오 가 근처◇

훌리오 가 전방, 방목장이나 농장을 향해 뻗어 있는 가도.

그 가도를 반대쪽으로 향하자 호우타우 방벽에 있는 문에 도착했다.

그 앞은 도중에 좌우로 갈라지고, 왼쪽으로 가면 호우타우. 오른쪽으로 가면 인근 마을을 향해 뻗어 있다.

오른쪽 가도를 조금 나아가서 그곳에서 숲으로 들어서자, 그곳에 커다란 호수가 있었다.

"푸하!"

호수 안에서 와인이 엄청난 기세로 튀어나왔다.

──와인.

용족 최강의 전사라 일컬어지는 드래고뉴트.

공복으로 길에 쓰러져 있던 참에 훌리오와 리스가 구해 주어, 이후로 훌리오 가에 머무르고 있다.

아이들의 언니, 누나 같은 존재.

"아하하! 기분 좋아! 기분 좋아!"

물보라를 주위에 두르고서 하늘로 날아오른 와인은 만면의 미소를 지으며 사지를 크게 펼쳐, 큰 대자 그대로 첨버~엉! 하고 호수 중앙 부근으로 낙하했다.

당연하다는 듯이 실 한 오라기 걸치지 않은 알몸인 것은 말할 필요도 없었다.

"와인 언니, 굉장해요…… 마치 물고기 같아요."

그런 와인의 모습을 리루나자가 호숫가 근처에서 바라보고 있었다.

——리루나자.

훌리오와 리스의 셋째 아이이자 차녀.

테임 능력이 뛰어나고 마수와 친해지는 것이 특기.

그 재능을 활용해서 입학 전인 호우타우 마법 학교에서 마수 사육사를 맡고 있다.

리루나자는 호우타우 마법 학교의 학교 지정 수영복인 남색 수영복을 입고, 평소의 모자를 쓰고 있었다.

그런 리루나자 뒤쪽에는 사이코 베어 모습의 사베어가 두 발로 서서, 수면을 자유자재로 뛰어다니는 와인의 모습을 바라보며 머리 위에서 양손을 두드리고 있었다.

『와호! 와호!』

——사베어.

원래는 야생 사이코 베어.

훌리오와 맞닥뜨리고 이길 수 없음을 깨달아 항복, 이후로 애완동물로서 훌리오 가에 머무르고 있다.

평소에는 훌리오의 마법으로 혼 래빗 모습으로 지낸다.

리루나자와 사베어의 발밑에는 사베어의 아내인 혼 래빗 시베어와, 그들의 자녀인 스베어, 세베어, 소베어가, 사베어와 마찬가지로 즐겁게 뛰어다니며 앞발을 짝짝 계속 두드렸다.

——시베어.

원래는 야생 혼 래빗.

사베어와 친해져서 그의 아내로서 훌리오 가에 머무르고 있었다.

——스베어, 세베어, 소베어.

사베어와 시베어의 자식들.

스베어와 소베어는 혼 래빗의 모습이고 세베어는 사이코 베어의 모습이다.

"정말로, 와인 누나의 신체 능력은 굉장하구나."

그들 근처에 있는 오두막 앞에 서 있는 가릴은 일동의 즐거워하는 모습에 자신도 미소를 짓고 있었다.

——가릴.

훌리오와 리스의 아이이자 엘리나자와는 쌍둥이 중 동생, 리루나자의 오빠에 해당된다.

항상 미소를 짓는 싹싹한 성격으로 호우디우 마법 힉교의 인기인.

신체 능력이 무척 뛰어나다.

가릴 역시도 리루나자와 마찬가지로 호우타우 마법 학교의 학교 지정 수영복을 입고서, 상반신에는 그저 하얀 겉옷만 걸쳐 맨살이 드러나고 있었다.

참고로 이 오두막, 훌리오가 이 호수를 마음에 들어 해서 언제라도 가족끼리 놀러올 수 있도록 마법으로 지은 것이었다.

외관은 작은 창고 정도의 크기로만 보이지만 안은 훌리오의 마법으로 확장되어서, 단층임에도 불구하고 훌리오 본가의 거실 같은 넓이의 방이 다섯 개나 있고 창고로 사용하는 지하실도 설치되어 있었다.

가릴은 그런 오두막 앞, 돌을 조립해서 만들어진 가마 앞에서 한창 요리를 준비하고 있었다.

그러자 가릴의 등 뒤에서 안개가 출현하고, 이윽고 그 안개 안에서 한 여자가 모습을 드러냈다.

"이것 참, 역시나 제 주군의 의누님이시군요. 발 디딜 곳이 없는 물속에서 저만큼 도약하시다니."

싱긋 미소를 짓는 그 여자──벤네에는 손에 든 언월도를 어깨에 얹은 모습으로, 가릴 곁으로 걸어왔다.

──벤네에.

전 일출국의 검호이자 육체가 없는 사념체.

가릴과 승부를 겨루어서 패해, 그의 강함에 탄복하여 가릴의 사역마로서 따르고 있다.

"주군은 식사 준비를 하시는 건가요?"

"응, 그래. 이제 곧 다른 사람들도 올 테니까, 다 같이 아침 식사라도 싶어서."

"알겠어요."

그러더니 벤네에는 자신의 옷에 손을 댔다.

하얀색을 바탕으로 한 동방 특유의 기모노를 입고 머리에는 두건을 쓴 벤네에는 그것들을 순식간에 벗어던지더니.

"그럼 저 벤네에, 호수에서 식재료를 조달해 올게요."

그렇게 말하기가 무섭게, 호수를 향해 달려갔다.

그리고 그 모습은…… 동방 특유의 훈도시를 묶고 상반신은 붕대를 감아서 가슴을 가렸을 뿐인 무척 노출도가 높은 모습이었다.

"잠깐?! 잠깐만 벤 누나?! 그, 그 모습은 좀……!"

호수를 향해 달려가는 벤네에의 모습을 뒤에서 보고 있던 가릴이 무심코 얼굴을 붉히며 황급히 불러 세우려 할 정도였다.

그때였다.

알몸으로 호수 안을 계속 헤엄치던 와인.

무척 아슬아슬한 복장으로 호수에 뛰어드는 벤네에.

그런 두 사람 주위에 한바탕 바람이 불었다.

"후, 후아?!"

"……어라?"

동시에 곤혹스러운 목소리를 내는 와인과 벤네에.

두 사람의 몸에는 리루나자가 입고 있는 호우타우 마법 학교의 학교 지정 수영복이 입혀져 있었다.

두 사람이 곤혹스러워 하는 가운데, 호숫가의 가릴 옆에 타니아가 척 착지했다.

——타니아.

본명 타니아라이나.

신계의 사도로, 강력한 마력을 가진 훌리오를 감시하기 위해 신계에서 파견되었다.

와인과 충돌하여 기억을 일부 잃고, 현재는 훌리오 가에 머무르며 메이드로서 일하고 있다.

일어서더니 와인과 벤네에게 교대로 시선을 향했다.

"와인 아가씨, 항상 말씀드리죠. 밖에서는 부디 알몸이 되지 않으시도록. 그리고 벤네에! 당신도 그렇습니다. 가릴 님의 사역마가 그런 파렴치한 복장을 한다면 주인인 가릴 님의 품위가 의심받는다는 사실을 왜 생각하지 않는 겁니까?"

평소의 조용한 말투이면서도 등 뒤에 분노의 오라를 두르고 있었다.

그런 타니아 앞에서 와인은.

"싫어~! 싫어~! 이거, 답답한걸!"

즉시 몸에 딱 붙는 수영복에 손을 대고서 벗으려고 했다.

그때였다.

촤아아아아아아아!

갑자기 와인 등 뒤의 수면이 부풀어 오르기 시작했다.

그것을 깨달은 와인은 어깨 너머로 뒤를 돌아봤다.

그 시선 앞, 부풀어 오른 물속에서 거대한 마수가 출현했다.

거대한 뱀의 모습인 그 마수는 파란 비늘로 뒤덮인 몸을 꿈틀거리고 등의 날개를 퍼덕이며 상공을 향해 똑바로 날아올랐다.

그런 모습에, 오두막 창문에서 얼굴을 내민 포르미나와 고로가 눈을 동그랗게 떴다.

──포르미나.

고자르와 우리미나스의 딸이자 마왕족과 헬 캣의 혼혈.

고자르의 또 다른 아내인 발리로사도 잘 따른다.

가릴을 무척 좋아하는 여자아이.

──고로.

고자르와 발리로사의 아들이자 마왕족과 인간족 혼혈.

고자르의 또 다른 아내인 우리미나스도 잘 따른다.

말수가 적고 누나인 포르미나를 무척 좋아하는 남자아이.

"우와! 커다란 마수야! 있지, 싸워도 돼?"

포르미나는 그렇게 말하기가 무섭게 소매를 걷어 올렸다.

그런 포르미나 곁으로 고로기 디디닥 달려갔다.

"……포르미나 누나가 간다면, 나도 갈래."

그렇게 말하기가 무섭게 양팔을 빙글빙글 돌리기 시작했다.

둘 다 조금 전까지의 인간족 모습에서 마족의 모습으로 자신을 변화시키고, 등에 출현한 날개를 퍼덕여 날아올랐다.

그런 두 사람을 쫓아 리슬레이가 방 안에서 달려왔다.

――리슬레이.

슬레이프와 빌레리의 딸로, 사마족과 인간족 혼혈.

성실해서 훌리오 가 유소년팀 아이들의 리더격인 존재.

"잠깐?! 미나도, 고로도 위험한 짓을 하면 안 된다니까!"

창문에서 손을 뻗어 두 사람에게 돌아오라며 오른손을 휘젓는 리슬레이.

그러나 마수와 싸우겠다며 두근두근하는 포르미나와 그런 그녀를 지키는 것에 집중하고 있는 고로의 귀에는, 리슬레이의 목소리는 전혀 들리지 않았다.

그런 상황 속, 오두막 후방에서 여자아이가 또 하나 달려왔다.

"……맡겨 줘."

그 여자아이는 작은 목소리로 그렇게 말하더니 자신이 입고 있는 동방의 기모노 느낌 의상을 벗어던지고 타다닥 도움닫기를 한 뒤, 하늘을 향해 날아올랐다.

"어? 어라? 코우라?!"

공중을 날던 포르미나는 자기 옆을 고속으로 지나가는 소녀의 모습을 깨닫고 눈을 동그랗게 떴다.

――코우라.

오거족(鬼族) 마을의 촌장 우라의 외동딸.

요정족인 어머니와 오거족인 아버지의 피를 물려받은 하이브리드.

너무 부끄러워해서 낯가림이 엄청나지만 훌리오 가의 사람들에게는 마음을 열었다.

포르미나의 시선 앞, 벤네에와 같이 붕대를 가슴 쪽에 두르고 훈도시를 감은 모습의 코우라는, 오른손을 꽉 움켜쥐었다.

그러자 코우라의 오른팔이 열 배 가까이 거대해졌다.

"와와와?! 코우라 오른손이 커다래졌어?!"

공중에서 놀란 목소리를 높이는 포르미나.

포르미나 옆에서는 고로도 눈을 동그랗게 뜨고 있었다.

그런 두 사람을 제쳐놓고 공중을 탄환처럼 날던 코우라는 거대화한 오른팔을 빙글빙글 돌리더니.

"⋯⋯콰앙."

무표정하게 거대화한 오른팔로 마수의 안면을 후려쳤다.

마수는 그 충격에 후방으로 쓰러지고 첨버어어어어어어어어어어엉! 하며 그대로 호수 안으로 쓰러졌다.

"⋯⋯호오, 저 아가씨도 꽤 하는군요. 하지만 본인도 지진 않아요."

그곳으로 벤네에가 손에 든 언월도를 휘두르며 달려왔다.

사념체이기에 자신의 중량을 자유자재로 조정할 수 있는 벤네에는 수면 위를 달리듯이 돌진하더니 호수 안으로 언월도를 찔러 넣고, 다음 순간 그것을 물속에서 공중을 향해 들어 올렸다.

그러자 물속으로 막 추락한 마수가 이번에는 상공을 향해 내던져졌다.

그 몸은 호수 중앙 부근에서 호숫가를 향해 힘없이 날아갔다.

벤네에의 언월도에 공중으로 내던져진 꼴이 된 마수는, 처음 코우라의 일격과 이어진 공격에 거의 의식을 잃은 상태였다.

"시, 싫어~! 싫어~!! 와인이 쓰러뜨릴래! 쓰러뜨릴래!"

와인은 자신의 몸에 파란색 비늘을 출현시켜서 드래고뉴트의 모습으로 변화했다.

호수 중앙 근처에서 임전태세를 취하고 있던 와인은, 지금 막 출현한 마수가 자신의 눈앞에서 멀어지는 모습을 보고는 불만스러운 목소리를 높이며 뒤를 쫓아갔다.

마침 그때, 오두막 옆에 마법진이 출현했다.

그 마법진이 빛을 발하며 회전하고, 이윽고 중앙 부근에서 검은색 문이 출현했다.

그 문이 열리고 안에서 안경을 쓴 에리가 모습을 드러냈지만, 그런 에리의 눈앞으로 기절한 마수가 직선으로 날아오고 있었다.

"……어?"

그 광경에 에리는 한순간 얼어붙었다.

에리는 오거족의 산 근처에서 훌리오의 전이 마법을 통해 이곳으로 이동한 직후였다.

에리가 완전히 동작을 정지한 가운데, 그곳을 향해 똑바로 날아오는 마수와 에리 사이로 가릴이 끼어들었다.

오른손을 뻗어 마수를 받아 내는 가릴.

그러자 마수의 몸이 그 자리에서 딱 멈춰 버렸다.

참고로 마수의 전체 길이는 가볍게 20미터는 되어 가릴 몇 배의 크기와 무게가 있었지만, 그런 마수의 몸을 가릴은 오른손 하나로 막아 버린 것이었다.

"잠깐만, 벤 누나. 마수를 호숫가로 날릴 때는 주의하라고 부탁했잖아요. 오두막에는 아이들이 있고, 이렇게 손님이 올 예정도 있었으니까."

가릴은 쓴웃음 지으며 마수를 천천히 땅 위로 내려놓았다.

"이런…… 이건 정말 실례했습니다. 저 벤네에, 일생의 불찰이에요."

그런 가릴 앞에서 벤네에는 말로는 사죄하면서도 반성하는 기색도 없는 표정 그대로 가릴에게 걸어갔다.

"그럼 명령을 지키지 못한 벌로, 오늘밤 제 몸에 마음껏 벌을 주시길……."

벤네에는 굳이 몸을 앞으로 숙여서 가슴께를 강조했다.

그런 벤네에를 앞에 두고 가릴은 쓴웃음과 함께 고개를 돌렸다.

"아니, 항상 말하는데. 벤 누나는 내 사역마니까…… 반성만 한다면 그런 건 필요 없으니까."

"……그런가요? 본인으로서는 주군의 총애를 받고, 기회만 된다면 후세를 잉태하는 깃도……."

입가에 미소를 지으며 자신의 배를 문질렀다.

참고로 일출국에서 벤네에는 자신보다 강한 자를 원하여 계속해서 승부에 도전했다.

그런 가운데, 가릴과의 승부에서 패배하여 사역마가 될 것을 결정한 벤네에는, 사역마로서 함께하며 때로 가릴과 검술 수련을 하고 있었지만, 최근에는 가릴과 자신 사이에 아이를…… 하는 생각에 다다른 것이었다.

"그러니까 벤네에 씨는 사념체니까, 그런 일은 못 하잖아?"

"본인도 그렇게 생각했지만, 히야 경의 이야기에 따르면 강인한 사념을 가진 사념체라면 문제가 없다고 하였기에……. 그렇다면 본인도 가능성이 아예 없지는 않다고 합니다. 자자, 여하튼 시험해 보는 건……."

벤네에는 그러더니 수영복의 어깨끈에 손을 대고, 그것을 옆으로 슥…….

"안 돼요!"

그런 벤네에의 눈앞으로 에리가 달려왔다.

에리는 선 채로 의식이 날아간 상태였지만 벤네에가 가릴에게 들이대는 것을 목격하고는 정신을 차리고, 두 사람 사이로 황급히 끼어든 것이었다.

"가, 가릴 군이랑, 그, 그런 일은, 그게…… 좋지 않다고 생각, 하는데요……."

얼굴을 붉히고 뒤집힌 목소리로도, 에리는 필사적으로 냉정을 가장했다.

"……호오?"

그런 에리의 태도에 벤네에는 자신의 입가에 손을 대며 미소를 지었다.

"이것 참, 주군의 정실 아니신가요."

"저, 정실?!"

벤네에의 말에 에리는 얼굴은 물론 목까지 새빨개졌다.

"안심하시길. 본인은 정실 자리를 다툴 생각은 없어요. 기회가 된다면 주군의 아이를 받고 싶다는 생각은 있지만, 정실의 아이가 생겼을 때에 교육 담당을 맡겨 주신다면 그걸로 문제는 없사오니."

벤네에가 그렇게까지 말하자 누군가 목덜미에 낫을 들이댔다.

"……농담은 거기까지 하시지요."

벤네에의 등 뒤에 서 있던 것은 타니아였다.

등 뒤에 신계의 사도 특유의 너덜너덜한 외투를 두르고 얼굴 절반을 해골 모습으로 변화시키며, 신계의 사도 전속 무기인 단죄의 낫을 벤네에의 목덜미에 들이대고 있었다.

"주인님의 손주님이라면 언젠가 훌리오 가를 이어받으실 분. 그런 중요한 분의 교육 담당을 당신 같은 색욕 괴력녀에게 맡길 리가 있겠습니까. 그 역할은 부족하지만 저, 타니아가 모든 힘을 다하여 맡을 터이니 색욕 괴력녀는 얌전히……."

표정을 바꾸지 않고 계속 말했다.

"호오?"

그런 타니아의 말에 벤네에는 입가에 미소를 지었다.

"들키지 않고 본인의 배후를 취한 것에는 우선 찬사를 보내죠. 하지만 이건 양보할 수 없어요."

몸을 안개로 바꾸어 타니아의 눈앞에서 사라지더니 다음 순간, 타니아의 등 뒤에 실체화하여 언월도를 아래로 휘둘렀다.

까앙!

그것을 단죄의 낫으로 튕겨 내는 타니아.

곧바로 그 자리에서 이동, 벤네에와 거리를 벌렸다.

"……호오, 이 일격을 막아 냈나요."

"어머, 이 정도 공격으로 저 타니아를 처리할 수 있다고 생각했습니까?"

서로 시선을 나누며 그 자리에서 자세를 취하는 두 사람.

"둘 다 거기까지예요!"

퍼억! 퍼억!

그런 두 사람의 뒤통수를 옆에서 달려온 리스가 손바닥으로 후려쳤다.

"사, 사모님……."

"자당(慈堂)……."

그리고 그대로 팔짱을 끼고서 타니아와 벤네에를 노려봤다.

그런 리스를 타니아와 벤네에는 멍한 표정으로 바라봤다.

"타니아도 벤네에도, 때와 장소를 살피세요. 오늘은 이곳에 손님을 부른다고 했잖아요? 그런데 손님의 면전에서 지금 뭘 하는 건가요!"

"이, 이건…… 죄, 죄송합니다 사모님."

"저, 정말 실례했어요 자당."

불쾌하다는 표정을 감추려 하지 않는 리스 앞에서 타니아와 벤네에는 황급히 한쪽 무릎을 꿇고 머리를 숙였다.

'지, 지금 사모님의 움직임……. 색욕 괴력녀와 대치하고 있었다고는 하지만 전혀 알아차리지 못했습니다…….'

'……역시나 주군의 자당. 설마 저 벤네에가 배후를 빼앗긴 것

은 물론, 뒤통수에 일격을 허락하다니⋯⋯.'

리스 앞에서 머리를 조아리며 타니아와 벤네에는 그런 생각을 했다.

그런 일동의 모습을 전이 문에서 막 나온 훌리오가 쓴웃음 지으며 바라봤다.

"일단 마수가 날아오는 건 알아차렸으니까 방벽 마법을 전개해 뒀는데⋯⋯."

"그랬구나. 어쨌든 에리 씨가 무사해서 다행이야."

쓴웃음 지으며 얼굴을 마주 보는 훌리오와 가릴.

그런 두 사람 사이에 끼어 있는 에리는.

'⋯⋯나, 날아온, 저 사이즈의 마수를 한 손으로 받아내 버린 가릴 군도 굉장하지만, 그보다도 빨리 방벽 마법을 전개하신 훌리오 님도 정말 굉장해⋯⋯.'

그저 눈을 동그랗게 뜨며 두 사람을 교대로 바라볼 뿐이었다.

◇ ◇ ◇

얼마 후, 어떻게든 평온을 되찾은 호숫가의 오두막 옆.

"정말이지, 안 돼요! 갑자기 튀어나오면."

수영복차림의 리루나자가 조금 전 뱀 마수를 다정하게 타이르고 있었다.

조금 전에 지독한 꼴을 당한 뱀 마수는 '큐〜웅⋯⋯ 큐〜웅⋯⋯.' 하고 당장에라도 울 것 같은 울음소리를 흘리며 리루나자에게 머리를 숙였다.

그런 리루나자 주위에는 사이코 베어 모습의 사베어와 그의 가족들이 모여 있고, 리루나자의 말에 호응하듯이 뱀 마수를 향해.

흐흥!

흐흥! 바호!

흥! 흥!

하고 저마다 울음소리를 높였다.

에리는 오두막의 개방형 데크에 준비되어 있던 의자에 앉아서 그 광경을 바라보고 있었다.

"……저, 저기…… 훌리오 님. 저건 대체……."

"아, 저거 말인가요."

에리의 말에 그녀 맞은편에 앉아 있는 훌리오가 평소의 시원스러운 미소를 지었다.

"리루나자는 테임 능력이 선천적으로 강한 모양이라, 어지간한 해수가 아니라면 저렇게 대화로 친해질 수 있거든요."

"그, 그렇군요……."

훌리오의 말에 작게 끄덕이는 에리.

'클라이로드 성에도 조교사는 있지만…… 저렇게나 거대한 마수와 대화할 수 있는 사람은…….'

에리가 그런 생각을 하는데.

"자, 아침식사 전의 홍차이다."

그런 에리 앞에 차룬이 홍차가 담긴 컵을 놓았다.

──차룬.

일찍이 마왕군의 마도사에게 생성된 마인형.

파기될 뻔했던 참에 칼시므가 구해 주어 이후로 함께 행동하고, 지금은 칼시므와 함께 훌리오 가에 머무르고 있다.

"고, 고마워요."

차룬에게 인사로 답하고 홍차를 입으로 옮기는 에리.

"⋯⋯후우. 차룬 씨의 홍차는 언제나 맛있어요."

"여왕님께서 칭찬해 주셔서 황송하기 그지없습니다."

에리의 말에 우아하게 인사로 답하는 차룬.

그런 차룬 뒤쪽에서 손에 지팡이를 든 칼시므가 걸어왔다.

──칼시므.

예전에는 마왕 대행을 맡은 적도 있는 스켈레톤.

한번 소멸했지만 훌리오 덕분에 재생하여 지금은 훌리오 가에 머무르고 있다.

"허허허. 차룬이 타주는 차는 각별하니까요."

"어머나, 칼시므 님도 참. 그렇게나 추어 올리셔도 차를 더 드리는 것 정도밖에 못 한다."

에리 때와는 돌변, 양손을 뺨에 대며 차룬은 몸을 꿈틀거렸다.

기뻐하는 그 모습이 명백하게 달랐다.

……아무리 시간이 흘러도 러브러브한 칼시므 부부였다.

그런 두 사람 뒤쪽에서.

"파—파! 마—마!"

두 사람의 딸인 라비츠가 뛰어왔다.

——라비츠.

칼시므와 차룬의 딸.

스켈레톤과 마인형의 딸이라는 무척 희소한 존재.

칼시므의 머리 위에 올라타는 것을 좋아하고 항상 생글생글.

토끼처럼 크게 점프한 라비츠는 공중에서 크게 팔을 펼치고서 칼시므와 차룬의 머리로 뛰어들었다.

양팔로 단단히 두 사람의 머리를 끌어안은 라비츠는 만면의 미소를 지으며 두 사람에게 뺨을 비볐다.

"파—파! 마—마! 좋아해! 좋아해!"

"오, 오오, 라비츠…… 그 마음은 기쁘다만…….."

"아, 아와와…… 차, 차가 넘쳐 버린다."

라비츠에게 안겨 버린 두 사람은 허둥지둥하며 그 자리에서 쩔쩔맬 수밖에 없었다.

"그래서 에리 씨한테도 전해 둘까 했던 게, 마수 이야기예요."

"마수 이야기……라고요?"

훌리오의 말에 고개를 갸웃거리는 에리.

"저 마수가 어쨌다는 건가요?"

"어, 아뇨아뇨, 저 마수도 그렇지만……."

그러더니 훌리오는 리루나자를 향해 오른손을 흔들었다.

"리루나자, 모두에게 모습을 나와 달라고 신호해 주겠니?"

"예! 알겠어요!"

훌리오를 향해 미소로 답하더니 리루나자는 크게 숨을 들이마시고.

"여러분~! 나와 주세요~!"

크게 목소리를 높였다.

그 목소리가 숲을 향해 울리자 그에 호응하듯이 여기저기서 마수들이 모습을 드러냈다.

"이, 이건……."

그 광경에 에리는 무심코 눈을 동그랗게 떴다.

그런 에리의 시선 앞에서는 숲이나 호수 안에서 모습을 드러낸 크고 작은 다양한 마수들이 리루나자 주위를 향해 모여들었다.

너무나도 많은 그 숫자에 에리는 그만 마른 침을 삼켰다.

"이 마수들 말인데요, 저희가 보호하고 있거든요."

그런 에리에게 훌리오는 평소의 시원스러운 미소를 지었다.

"보호……라고요?"

"예, 이 마수들은 아마도 마왕군에서 사역하던 모양인데, 휴전 협정이 맺어지며 전투의 필요가 사라지자 유기된 것 같아요."

"예?"

훌리오의 말에 에리는 그만 눈을 동그랗게 떴다.

"하, 하지만…… 마왕군과의 휴전 협정에서는, 사역하던 마수들의 경우에는 마왕군, 클라이로드군이 서로 책임을 져서 관리한다고……."

"예, 그렇기는 한데…… 마왕군 사자 분의 보고에 따르면, 마왕군에 종속된 마족 일부가 더는 쓸모가 없다며 유기했다고 그러더라고요……. 그것도 휴전 건에 보복이라도 하듯이 클라이로드 마법국 영내로……."

"……."

훌리오의 말에 한동안 말이 없어진 에리였다.

◇며칠 전 여왕의 방◇

마족 일로 상담을 마친 제2왕녀는 얼굴을 찌푸리며 말하기 힘들다는 듯 입을 열었다.

"……그리고 있지, 조금 곤란한 게, 예의 마수 이야기일까."

"마수 이야기라면, 저기, 마왕령과의 국경 근처에 명백히 전투에 익숙한 마수들이 상당수 출몰하고 있다는……."

"그렇단 말이지. 이건 억측이지만…… 어쩌면 휴전 협정 탓에 필요가 없어진 마수를, 약간의 보복도 겸해서 클라이로드 마법국 영역에 유기하는 게 아닐까, 그런 생각도 든다고 할까……."

제2왕녀의 말에 제3왕녀가 얼굴을 새빨갛게 물들이며 양팔을 휘둘렀다.

"뭔가요! 그건 명백하게 휴전 협정 위반이에요! 즉각 마왕 독슨한테 추궁하는 편지를 보내야······."

"진정해요, 제3왕녀······."

"하, 하지만······ 여왕 언니가 고생에 고생을 거듭해서 간신히 성립시킨 휴전 협정인데······."

"그래서 그래요, 제3왕녀."

여왕은 진지한 표정으로 제3왕녀에게 말을 건넸다.

그녀의 진지한 눈빛을 앞에 두고 제3왕녀는 팔을 여전히 들어 올린 상태로 입을 다물었다.

"······알겠나요, 확고한 증거가 없이 마왕 독슨을 추궁했다고 치죠. 하지만 혹시 이 마수 소동이 휴전 협정에 납득하지 못한 마족 귀족들의 소행이었다면······."

여왕의 말에 팔짱을 낀 채로 응응 끄덕이는 제2왕녀.

"그러네······ 증거가 없는 걸 이유로 '클라이로드 마법국이 트집을 잡았다'같이 떠들어서 마족들을 선동이라도 했다가는······."

"······아."

거기까지 듣고 간신히 대응이 어렵다는 것을 이해한 제3왕녀는 말을 잃었다.

"······어쨌든 이 일에 대해서는 좀 더 정보를 모은 다음에 대응을 검토하죠."

여왕의 말에 제2왕녀와 제3왕녀는 크게 끄덕였다.

◇ ◇ ◇

전날 자기 방에서 있었던 제2왕녀, 제3왕녀와의 대화를 떠올리며 에리는 표정이 어두워졌다.

'……혹시 훌리오 님의 추측이 사실이라면 시급히 대응을 검토해야 해요…….'

그런 에리의 생각을 헤아렸는지 훌리오는 평소의 시원스러운 미소를 지었다.

"……그래서 말이죠, 그런 마수를 발견하면 우리 가게 사람들에게 대응을 부탁하고 있어요. 테임할 수 없는 하급 마수들은 토벌해서 가게에 소재로 판매한다든지 모험가 조합이나 상업 조합에 도매하고, 테임이 가능한 마수들은 여기서 보호하고 있어요."

"보, 보호……라고요?"

훌리오의 말에 에리는 눈을 동그랗게 떴다.

그 시선을 다시금 마수들 쪽으로 향했다.

시선 앞에서는 리루나자를 중심으로 해서 그 주위에 많은 마수가 모여 있지만.

'저, 저기에 있는 건 갈기 호랑이에…… 그 뒤에 있는 건 빅 멧돼지……. 모험가 조합에서도 S 랭크로 취급되는 흉포한 마수가 몇 마리나 있는데…….'

조금 전 리루나자가 다정하게 타이르던 거대한 뱀 마수도 포함해서, 흉포한 마수들이 리루나자 곁에서 얌전히 서 있었다.

그중에는 리루나자에게 뺨을 비비거나 꼬리를 살랑살랑 흔드는 마수까지 있었다.

"이 호수 주위에는 결계 마법을 엄중하게 쳐두었으니까 마수들이 도망칠 일도 없을 테고, 이 마수들을 훔쳐가서 악행을 저지르려는 사람이 침입할 수도 없을 테니까…… 허가를 받을 수 있을까요?"

"그, 그런 건 당연하죠! 오히려 저희 쪽에서 부탁하고 싶을 정도예요!"

만면의 미소를 지으며 에리는 몇 번이고 끄덕였다.

그런 에리의 모습에 훌리오는 언제나처럼 시원스러운 미소를 지었다.

"그렇게 말씀해 주셔서 다행이에요. 그럼 앞으로도 마수 대응을 진행하도록 할게요."

훌리오와 에리의 대화가 일단락된 것을 깨달은 가릴이 두 사람을 향해 오른손을 들었다.

"아버지도 에리 씨도, 이야기가 끝났다면 아침 먹자! 마침 꼬치도 다 구웠으니까."

그러더니 채소와 고기가 교대로 꽂혀 있는 꼬치를 들었다.

"와~, 고기! 고기!"

호수 안을 계속 헤엄치던 와인이 만면의 미소를 지으며 가릴 곁으로 달려갔다.

그에 이어서 포르미나와 고로, 코우라 등등도 가릴 곁으로 차례차례 달려갔다.

"그럼, 괜찮다면 에리 씨도."

"아, 예. 잘 먹을게요."

훌리오의 재촉에 에리는 내심.

'⋯⋯아, 아침부터 고기는⋯⋯ 조금 무거운데요⋯⋯.'

그런 생각과 함께 쓴웃음 지으며 가릴 곁으로 걸어갔다.

이윽고 호숫가에 즐거운 웃음소리가 울려 퍼졌다.

◇몇 각 후 호우타우 블로섬 농장◇

"후우, 벌써 이런 시간인가."

하늘에 뜬 태양의 위치를 확인하여 이마의 땀을 훔치는 블로섬.

──블로섬.

전직 클라이로드 성 기사단 소속 중갑기사.

발리로사의 친우로, 그녀와 함께 기사단을 그만두고 훌리오 가에 머무르고 있다.

본가가 농가였기에 농사일이 특기로, 훌리오 가 한쪽에서 광대한 농장을 경영하고 있다.

"그건 그렇고, 농사일도 꽤나 편해졌네."

"그렇군요."

블로섬 뒤쪽에서 작업하던 마운티가 수확한 채소를 짊어진 바구니 안으로 넣으며 미소를 지었다.

──마운티.

전직 마왕군 병사였던 고블린.

지금은 블로섬 농원의 고용인으로서 연일 농사일에 힘쓰고 있다.

아내를 부르고 아이들도 가담하여 일족 모두 농사일을 담당하고 있다.

"여기서 농장을 막 시작했을 무렵에는 나랑 사베어, 마운티랑 호쿠호쿠튼밖에 없었는데 말이지. 이제는 마운티네 가족에 더해서 우라네 마을사람들까지 작업에 참가해 주고 있는걸."

"핫핫핫. 블로섬 경이 바라신다면 제 가족을 더욱 늘려서 대응할 준비는 되어 있습니다만."

마운티가 호쾌하게 웃자 수많은 고블린들이 채소 틈새에서 차례차례 얼굴을 내밀었다.

블로섬은 그 얼굴을 둘러보며.

'……어라? 요전까지는 서른 정도였을 텐데…… 어떻게 봐도 육십은 있는 것 같아……. 아니, 그걸 따지는 건 그만둘까…….'

쓴웃음 지으며 그런 생각을 했다.

……여전히 지나치게 러브러브한 마운티 일가였다.

"우리도 블로섬 경에게 도움이 되었다면 기쁘지."

그곳으로 오거족 우라가 즐겁게 웃으며 걸어왔다.

──우라.

오거족 마을의 촌장이자 코우라의 아버지.

요정족인 아내가 죽은 이후, 남자 혼자서 코우라를 기르며 떠돌이 마족들을 돌보고 있다.

의리, 인정이 두텁고 완력에 자신이 있어 마왕 고우르 시절에 사천왕으로 추천받은 적도 있다.

인간족의 모습을 하고는 있지만 그의 거구는 오거족 때와 손색이 없어서 짊어진 바구니가 작게 보일 정도였다.

"우라 씨, 수고 많아요. 아니, 마을사람들도 참, 정말로 일을 잘하니까 진짜 도움을 받고 있어요."

블로섬이 미소로 그렇게 말하자 우라 뒤쪽의 밭에서 마족들이 얼굴을 내밀고 저마다 미소를 지었다.

"정말이지, 다들 고맙네~."

그런 일동에게 블로섬은 씨익 웃으며 오른손을 흔들었다.

그런 일동 곁으로 코우라가 달려왔다.

타다닥 달려오더니 우라의 다리를 찰싹 끌어안았다.

"오오, 코우라. 어때? 호수는 즐거웠느냐?"

호수에서 헤엄을 쳤는지 촉촉한 코우라의 머리카락을 미소로 쓰다듬는 우라.

마구잡이로 머리카락을 쓰다듬는데도 코우라는 미소를 짓고 있었다.

그런 두 사람의 모습을 블로섬은 미소로 바라봤다.

"코우라, 저쪽에서 아침은 먹고 왔지? 그럼 따로 아침은 안 먹어도……."

블로섬이 거기까지 말했을 때, 이번에는 그녀에게 찰딱 안겨들었다.

블로섬의 얼굴을 올려다보며 코우라는 격렬하게 고개를 가로저었다.

"안 돼……. 밥, 먹을 거야."

"하지만 저쪽에서 꼬치 같은 거 나왔잖아? 못 먹었어?"

"아니……. 하지만 ……가 해준 밥은 다른 배니까……."

"아하하, 알았어알았어. 그럼 슬슬 다들 아침을 먹을까. 코우라도 제대로 먹는 거야."

블로섬은 씨익 웃으며 코우라의 머리를 거칠게 쓰다듬었다.

'그건 그렇고 코우라, 날 부를 때는 극단적으로 목소리가 작아지는구나……. 나를 어떻게 부르는 걸까……? 뭐, 조만간에 물어볼까.'

블로섬은 느긋하게 그런 생각을 했다.

코우라는 그런 블로섬이 머리를 쓰다듬자 뺨을 붉히며 기쁜 듯 계속 미소 지었다.

그런 일동의 모습을 호쿠호쿠튼은 조금 떨어진 장소에서 바라보고 있었다.

──호쿠호쿠튼.

전직 마왕군 병사였던 고블린.

지금은 블로섬 농원의 고용인으로서 연일 농사일에 애쓰고 있다.

신계에서 추방된 엉망 여신 텔비레스가 그의 집에서 멋대로 동거하는 중…….

"좋겠네 좋겠어. 저런 광경을 보면 본인도 가슴이 따뜻해지올시다."

그런 말을 입에 담으며 호쿠호쿠튼은 미소로 끄덕였다.

호쿠호쿠튼은 한동안 그 광경을 미소로 계속 바라보다가.

"……반면에……."

이내 크게 한숨을 내쉬며 뒤쪽으로 시선을 향했다.

그 시선에 커다란 밀짚모자를 쓴 텔비레스가 보였다.

──텔비레스.

전직 신계의 여신. 여신의 일에 태만했기에 신계에서 추방당했다.

지금은 호쿠호쿠튼의 집에 멋대로 머무르며 블로섬 농원의 일을 돕고 있지만, 술을 좋아하고 천성적으로 게으른 기질 탓에 매일 호쿠호쿠튼에게 혼이 나는 나날을 보내고 있다…….

푸릇푸릇 울창한 채소 옆에 앉아 있는 텔비레스.

"……아무래도 오늘은 제대로 작업을 하는 모양이오만……."

그녀의 뒷모습을 바라보며 자기 작업으로 돌아가려던 호쿠호쿠튼.

하지만…….

"……응?"

텔비레스의 뒷모습에 위화감을 느낀 호쿠호쿠튼은 고개를 갸웃거리며 그녀 옆으로 이동했다.

그 시선 앞에 앉아 있는 텔비레스는 얼핏 묵묵히 잡초를 뽑는 것처럼도 보였다.

하지만 호쿠호쿠튼은 그녀의 뒷모습에서 계속 위화감을 느끼고 있었다.

"……텔비레스, 작업은 진행을……."

그러면서 호쿠호쿠튼은 밀짚모자를 들어 올렸다.

그 아래에는…… 마법으로 만들어진 흙 인형이 앉아 있었다.

"이 엉망 여신! 또 본인의 눈을 피해 농땡이를 부리는 것이오!"

노성을 터뜨리며 흙 인형의 머리를 걷어찼다.

호쿠호쿠튼의 노성이 농장 안에 울려 퍼졌다.

◇같은 시각 오거족 마을의 산기슭◇

"……어머? 누가 날 부르는 걸까?"

텔비레스는 고개를 갸웃거리며 뒤쪽으로 시선을 향했다.

그대로 텔비레스는 잠시 귀를 기울였지만.

"……응~, 기분 탓인가."

납득한 듯 끄덕이더니 커다란 주머니를 끌어안은 재, 산기슭의 한구석에 있는 동굴 안으로 들어갔다.

콧노래를 흥얼거리며 동굴 안으로 들어가자 그 앞은 커다란 공동으로 되어 있고, 그곳에 커다란 나무통이 여럿 놓여 있었다.

마법으로 장벽이 전개되어 있는지 나무통 주위는 멸균 처리가 되고 있었다.

"흥흥흐~응. 이 공방은 이 세계의 술 제작 방법을 참고로 만들었는데, 상당히 괜찮은 느낌이네. 우후후."

헤실, 입가를 일그러뜨리며 손에 든 주머니에 뺨을 비볐다.

"맛있는 술을 사서 마시는 것도 좋지만, 내 취향인 술을 직접 만드는 것도 나쁘지 않네……. 일하는 건 싫지만 이런 노동이라면 오히려 바라는 바야."

으흐, 으흐. 기분 나쁜 웃음을 계속 흘리며 주머니를 동굴 안쪽으로 옮겼다.

오른손 검지를 한 번 휘두르자 공중에 서적 페이지가 몇 장인가 떠올랐다.

그 내용에 흠흠, 끄덕이며 훑어봤다.

"이 라이스 열매를 살균한 통에 넣은 다음, 거기에 코우지를 더해서……."

서적의 내용에 따라서 텔비레스는 작업을 진행했다.

동굴 밖에서는 텔비레스를 찾는 호쿠호쿠튼의 목소리가 울렸지만, 작업에 몰두한 텔비레스의 귀에 그 목소리는 닿지 않았다.

◇마왕성 알현실◇

이날 마왕 독슨은 평소처럼 옥좌 앞에 앉아 있었다.

——독슨.

전직 마왕 고우르의 동생이자 현직 마왕.

과거에는 유이가드라는 이름으로 유아독존인 태도였지만, 이름을 바꾸고 명군의 길을 걷기 시작했다.

그런 마왕 독슨 옆에 서 있는 측근 후훈은 오른손 검지로 패션 안경을 꾹 밀어 올렸다.

──후훈.
독슨이 즉위하기 전부터 따르던 측근 서큐버스.
얼핏 지성파이지만 상당한 멍청이이자 진성 마조히스트.

"……마왕 독슨 님, 슬슬 옥좌에 앉으셔서 정무를 보셔도 괜찮지 않겠습니까? 클라이로드 마법국과 휴전 협정을 맺은 이후로 희소 마족 보호 정책, 적대 마족과의 대화책 등을 적극적으로 시행한 덕분에 마족의 세력을 마왕 고우르 님 시절에 가깝게 만들 수 있었으니……."

후훈의 말에 크게 한숨을 내쉰 마왕 독슨은.

"난 말이야, 아직 옥좌에 걸맞은 마왕이 아니야. 지금의 내게는 여기가 딱 맞아."

그러더니 자신이 앉아 있는 바닥을 오른손으로 툭툭 두드렸다.

그것을 확인하고 후훈 역시도 작게 한숨을 내쉬었다.

"……알겠습니다. 마왕 독슨 님께서 그렇게 말씀하신다면, 이번에는 제가 물러나도록 하겠습니다."

"그래, 걱정을 끼쳐서 미안하네."

마왕 독슨은 미안하다는 표정으로 왼손으로 뺨을 긁적였다.

그런 마왕 독슨을 앞에 두고 후훈은 오른손 검지로 패션 안경을 꾹 밀어 올렸다.

'이전의 마왕 독슨 님이었다면 '시끄러워! 내가 하는 일에 일일
이 토 달지 말라고!'라는 노성과 동시에 오른손 어퍼컷이 날아왔
을 텐데……. 마왕 독슨 님, 정말로 변하셨군요. 개인적으로는 오
른손 어퍼컷으로 얻어맞는 것도 나쁘지 않다고 할까요…….'

그런 생각을 하며 무의식중에 뺨이 상기되고 호흡이 거칠어지
는 후훈.

……마왕 독슨에게 얻어맞는 것에 쾌감을 느끼는 진성 마조 후
훈이었다.

"……이봐, 왜 그래."

"……예?! 어, 아뇨아뇨, 잠시 생각을 좀 했습니다."

마왕 독슨의 말에 황급히 입가에 흐르던 침을 닦고 후훈은 태
연을 가장하려 했다.

"저, 정말 실례했습니다. 그래서…… 오늘의 보고입니다만, 우
선 이전부터 문제가 되던 하급 마족들 이야기입니다."

"저건가, 용병 일자리가 사라진 탓에 불만을 가진 녀석들이 있
다고 그랬지."

"예, 그자들에 대한 대응으로 마왕 독슨 님께서 해수로 지정된
마수들의 토벌에 현상금을 걸거나, 각지의 토목 공사에 자금을
할증하여 그들을 받아들이도록 대응을 고려했습니다만……. 그
럼에도 일부가 인간족의 나라에서 용병으로 고용되어 있다는 정
보가 들어왔습니다."

"인간족의 나라에서 용병이라…… 대체 무슨 생각이야, 그 녀

석들……. 마소 문제도 있을 텐데……."

"그런 쪽으로는 뒤에서 알선하는 조직이 있는 것 같다는 정보도 들어와 있어서, 계속 조사하고 있습니다."

후훈의 보고에 마왕 독슨은 크게 한숨을 내쉬었다.

"뭐, 그거야…… 마왕이 되기 전의 나도, 당시의 마왕이었던 형님의 방식에 불만을 가지고서 의도적으로 명령 위반임을 알면서 인간족의 나라에 싸움을 걸었지만……."

'……그런가, 그때의 형님은 이런 기분이었나.'

친형이자 이제는 홀리오 가에서 살고 있는 전직 마왕 고우르, 지금의 이름은 고자르의 얼굴을 떠올리며 오른손을 이마에 댔다.

"어쨌든 휴전 협정을 맺은 이상, 내버려둘 수만은 없단 말이지. 조사 쪽은 어떻게 되고 있지?"

"예, 사천왕 잔지바르 님을 중심으로 수색에 나섰습니다. 다만 아무래도 중개를 하는 조직이, 하급 마족들을 인간족의 나라에 알선하는 모양이라……."

"흠…… 일단, 그거야. 자세한 내용은 잔지바르가 돌아오면 다시 든기로 하고, 우선은 클라이로드의 어앙한테도 정보를 공유해 둬."

"우리 잘못으로 받아들일 수도 있는데, 괜찮겠습니까?"

"당연하지. 전시 중이라면 모를까, 지금은 우호적인 휴전 협정을 맺었잖아. 알려 두는 건 당연하잖아?"

"……알겠습니다. 그럼 바로 수배하겠습니다. 그리고 또 하나, 휴전 협정으로 필요가 없어진 마수를 유기하는 자들이 있다는 보고가 올라왔기에. 게다가 일부 귀족들은 의도적으로 클라이로드 마법국 영역에 마수들을 유기하고 있다는 모양이라…….''

"용병 다음은 마수인가…… 이것 참, 정말로 차례차례 문제가 벌어진단 말이지…….''

후우, 크게 한숨을 흘리고 생각에 잠겼다.

일찍이 유이가드라는 이름으로 막 마왕의 자리에 앉았을 무렵, 지금과 마찬가지로 차례차례 문제가 연발하는 것에 싫증이 난 마왕 독슨은 마왕의 자리를 내버리고 도망친 적이 있었다.

하지만 지금의 마왕 독슨은 문제를 해결하기 위해 계속 생각을 거듭하고 있었다.

그런 마왕 독슨의 모습을 어딘가 든든하다는 표정으로 바라보는 후훈.

갑자기 오른손 검지로 패션 안경을 꾹 밀어 올리더니 마왕 독슨 앞으로 한 걸음 나섰다.

"……마왕 독슨 님, 외람되오나 제 의견을 말씀드려도 되겠습니까?''

"엉? 뭔가 좋은 방법이라도 있나, 후훈?''

"외람되오나 이런 시책은 어떨까 하여…….''

그러더니 후훈은 양피지 하나를 마왕 독슨에게 건넸다.

마왕 독슨은 그것을 받아들고 내용을 훑어봤다.

"……그렇군, 이건 재미있잖아. 얼른 착수해 줘.''

"예, 알겠습니다.''

마왕 독슨의 말에 끄덕이더니 후훈은 알현실을 뒤로했다.

'……마왕 독슨 님……. 이전과는 비교도 안 될 만큼 사려 깊고, 성급하게 도중에 내던지지 않고, 항상 납득이 갈 때까지 숙고하시고, 그리고 우리 아랫사람의 의견에도 좋은 건 좋다며 채용해 주시는 도량까지 갖추셔서…… 정말로 훌륭해요.'

그녀는 만족스러운 표정을 짓고 있었다……만…….

후훈은 불만스럽게 입을 삐죽였다.

'이전처럼 자기 생각대로 안 되면 곧바로 나를 두들겨 패주시던 무렵의 독슨 님도, 참으로 훌륭하셨는데…….'

일찍이 마왕 독슨에게 몇 번이나 두들겨 맞아서 날아가던 것을 떠올리며 뺨이 상기되고, 호흡이 거칠어지고, 입가에서 침을 흘리는 후훈.

……미처 감출 수 없는 진성 마조 후훈이었다.

◇어느 마을의 어느 건물의 한 방◇

대로에서 뒷골목으로 두 블록 들어온 어스름한 가도.

그 가도 한 모퉁이에 서 있는 건물의 2층에 있는 한 방에, 한 남자가 호화로운 의자에 털썩 앉은 상태로 오른다리를 연신 달달 떨고 있었다.

"……그래서, 마족 용병 일은 어떻게 되고 있지?"

그러더니 오른손에 든 궐련을 물었다.

풍채가 좋은 그 남자 앞, 실내의 그림자 안에서 두 여자가 모습을 드러냈다.

한 사람은 금색, 또 한 사람은 은색의 깊게 슬릿이 들어간 차이나드레스를 입은 두 여자는, 남자 앞에서 팔짱을 낀 채로 크게 한숨을 흘렸다.

"암왕님, 형세가 좀 수상쩍다캥……."

"금각 여우, 무슨 이야기냐?"

──암왕.

전 클라이로드 마법국의 국왕이자 여왕의 아버지.

악행을 들켜서 나라에서 추방당한 뒤, 국왕 재위 시절부터 뒤로 벌이던 암거래에서 활로를 찾아 암왕을 자칭하고 있다.

──금각 여우.

전직 마왕군의 유력 귀족이었던 마호족의 당주 자매 중 언니로 금색을 좋아한다.

마호족 붕괴 후, 암거래에서 협력 관계에 있던 암왕과 손을 잡고서 함께 행동하고 있다.

금각 여우는 암왕의 말에, 이마에 손을 대며 또다시 크게 한숨을 내쉬었다.

"마왕군과 인간족 사이에 휴전 협정이 맺어지면서 용병 일자리를 잃은 하급 마족들을, 휴전 협정에 불만을 가진 인간족 녀석들한테 알선하려고 했다만캥……."

"마왕군과의 전쟁으로 돈을 벌어들이던 녀석들의 리스트는 줬을 텐데? 그 녀석들이 휴전 협정을 싫어하는 건 틀림없다. 그들에게 마족 용병을 알선하면 자신들의 손을 더럽히지 않고 클라이로드 마법국 안에서 소동을 일으킬 수 있을 텐데…….”

“그게…… 마소의 문제를 더는 해결할 수가 없을 것 같다캉.”

암왕의 말에 크게 한숨을 내쉬는 금각 여우.

“마소라고? 그거라면, 마소를 무효화할 수 있는 마석이 돌고 있을 터. 그걸 뒤에서 손을 써서 사들이는 계획이었을 텐데?”

“그게…… 그 마석을 아무래도 클라이로드 마법국에서 전매하게 된 모양이다캉.”

“뭐, 뭐라고?!”

금각 여우의 말에 암왕은 눈을 동그랗게 떴다.

“으음…… 전매하게 된다면, 클라이로드 마법국에 구매자로 등록할 필요가 생기지 않느냐……. 그렇게 된다면 우리 암상회와 연줄이 있는 상회가 배제될 것은 확실…….”

“다른 상회도 지금의 클라이로드 마법국에 찍히는 건 싫어한다캉. 마왕군과 휴전 협정을 맺은 이상, 그 중심인 클라이로드 마법국에 찍히는 건 어떤 상회라도 싫어한다캉.”

“으음…… 그 마석을 손에 넣을 수 없다면 하급 마족들을 알선할 수 없지 않느냐……. 그들이 섣불리 밀집했다가는 금세 마소가 고여 버려서 클라이로드 마법국의 탐색 마법에 걸려 버리는 건 필연…….”

암왕은 분하다는 듯 혀를 차며 더욱 빠르게 다리를 떨었다.

“게다가 마왕 독슨이 용병 일자리를 잃은 하급 마족들을 위해서 토목 공사 따위를 알선하고 있다캉. 애당초 날뛸 수만 있다면 그걸로 족한 하급 마족들인 만큼 순순히 그에 따르지는 않지만, 휴전 협정이 길어지면서 어쩔 수 없이 종사하는 녀석들이 늘어나기 시작한 모양이다캥."

"일단 언제든지 날뛸 수 있도록 모으기는 했다캥."

금각 여우에 이어서 은각 여우가 입을 열었다.

──은각 여우.

전직 마왕군의 유력 귀족이었던 마호족의 당주 자매 중 동생으로 은색을 좋아한다.

마호족 붕괴 후, 암거래에서 협력 관계에 있던 암왕과 손을 잡고서 함께 행동하고 있다.

"……그렇군. 날뛰는 능력밖에 없는 녀석들이니까 말이다. 성실하게 꾸준히 일할 수 있을 리가 없겠지."

암왕은 궐련을 물더니 크게 연기를 뿜어냈다.

"그리고 마족 귀족들이 필요가 없어진 마수들을 어떻게 취급할지 곤란해 하고 있다지 않았나. 그 녀석들한테서 마수를 사들여서 말이다, 하급 마족들과 묶어서 인간족에게 팔아치우는 것도 괜찮지 않을까?"

"어머나! 그건 좋은 생각이다캥."

"하지만 사들이기 위한 돈은 어떻게 하냐캥?"

은각 여우의 말에 연신 떨고 있던 암왕의 다리가 멈췄다.

"……그건, 그거다……. 금고 담당인 잔데레나한테 상담을 하고 와라.”

“어…… 그, 어두침침한 여자 말이냐캥?”

“그 여자, 거북하다캥. 자금을 부탁하면 바로 커다란 주판을 꺼내고는 '돈이 없다' '돈이 없다'라고 불평만 한다캥.”

“게다가 그 여자의 동생인 얀데레나가 묘한 분위기로 끼어들어서는 노래하고 춤을 추니까 성가시다캥…….”

“지금은 일단 암왕님의 포켓머니에서……라는 건…… 캥?”

싱긋 미소 지으며 암왕을 향해 양손을 내미는 금각 여우와 은각 여우.

그런 두 사람을 바라보며 암왕은 분하다는 듯 혀를 찼다.

'정말이지……. 내 포켓머니라는 것도, 그대로 따라가면 잔데레나한테서 지급되는 거라고……. 너희랑 똑같이 나도 저 여자랑 이야기하는 건 거북하단 말이다…….'

◇호우타우 훌리오 가◇

이날 밤, 훌리오 가에서는 평소처럼 1층 거실에서 저녁식사를 마친 참이었다.

“자, 얘들아. 같이 목욕하겠니?”

다른 사람들과 함께 정리를 마친 발리로사는, 거실 안쪽에 있는 사베어의 오두막에서 놀고 있는 훌리오가 아이들에게 말을 건넸다.

──발리로사.

전직 클라이로드 성 기사단 소속의 기사.

지금은 기사단을 그만두고 훌리오 가에 머무르며 훌리스 잡화점에서 일하고 있다.

고자르의 두 아내 중 하나이자 고로의 어머니.

발리로사의 말에 사베어의 오두막에서 놀고 있던 포르미나가 대답했다.

"응, 알았어! 발리로사 마마."

포르미나는 고자르의 딸이자 우리미나스가 낳았다. 다만 또 다른 어머니인 발리로사도 정말 좋아하기에 미소를 지으며 그녀 곁으로 달려갔다.

"……포르미나 누나가 목욕한다면, 나도."

그녀의 뒤를, 고자르와 발리로사의 아들인 고로가 타박타박 쫓아갔다.

의자에 앉아서 차를 마시던 리슬레이는 그런 두 사람에게 시선을 향하고는.

"그럼 나도 같이 들어갈까."

그러더니 자리에서 일어났다.

그러자 맞은편에 앉아 있던 슬레이프가 리슬레이에게 만면의 미소를 지었다.

"어떠냐, 리슬레이. 오랜만에 나랑 같이 목욕하지 않겠느냐?"

──슬레이프.

전직 마왕군 사천왕 중 하나.

마왕군을 그만두고 훌리오 가에 머무르며 말 계열 마수들을 돌보고 있다.

실질적 아내로 맞이한 빌레리와 외동딸 리슬레이를 무척 아낀다.

"노, 농담이 아니라고! 왜 파파랑 같이 목욕을 해야 하는데! 애당초 나는 여탕에 들어갈 거니까, 파파는 얌전히 남탕에 들어가!"

얼굴을 새빨갛게 물들이며 그렇게 말하더니, 어깨를 씩씩 들썩이며 거실 안쪽에 있는 목욕탕을 향해 총총히 달려갔다.

"……부, 불과 얼마 전까지는 같이 들어가지 않았느냐, 리슬레이……."

그녀의 뒷모습을 슬레이프는 쓸쓸하다는 표정으로 바라봤다.

그 모습에서 일찍이 마왕군 사천왕 중 하나로서 클라이로드군을 공포의 구렁텅이에 빠뜨리던 흔적 따위는 전혀 볼 수가 없었다.

그런 슬레이프 뒤쪽에서 아내인 빌레리가 걸어왔다.

──빌레리.

전직 클라이로드 성 기사단 소속의 궁수.

지금은 기사단을 그만두고 훌리오 가에 머무르며 말을 잘 다룬다는 특성을 살려서, 말 계열 마수들을 돌보며 슬레이프의 사실상 아내, 리슬레이의 어머니로서 하루하루 미소로 지내고 있다.

"정말이지, 슬레이프 님도 참. 리슬레이도 이제 다 컸으니까,

발언은 조금 더 조심하세요."

"음…… 알고 있어, 알고는 있는데……."

빌레리가 어깨를 쓰다듬자 시무룩하게 말하는 슬레이프.

그런 두 사람의 모습을 벨라노는 조금 떨어진 자리에 앉아서 바라보고 있었다.

──벨라노.

전직 클라이로드 성 기사단 소속 마법사.

작은 체구에 낯을 가리고, 방어 마법밖에 사용하지 못한다.

지금은 기사단을 그만두고 훌리오 가에 머무르며 호우타우 마법 학교의 교사로 일하고 있다.

미니리오와 결혼하여 벨라리오를 낳았다.

'……항상 사이가 좋아……. 훌리오 님과 리스 님도, 슬레이프 님과 빌레리도…….'

그런 생각을 하며 커다란 컵을 양손으로 들고 있었다.

그러자 그런 벨라노 오른쪽에 미니리오가, 왼쪽에 벨라리오가 앉았다.

──미니리오.

훌리오가 시험적으로 만들어 낸 마인형.

훌리오를 어리게 만든 것 같은 외모이기에 미니리오라고 이름이 붙어 호우타우 마법 학교에서 벨라노를 보좌하고 있다.

벨라노를 돕는 사이에 친해져서, 지금은 벨라노의 남편이자 벨라리오의 아버지.

──벨라리오.
미니리오와 벨라노의 아이.
마인형과 인간족의 아이라는 무척 희소한 존재.
외모는 미니리오와 마찬가지로 훌리오를 어리게 만든 느낌이다.
중성적인 생김새라서 성별이 불명.

"……어? 두, 둘 다…… 왜 그래?"
벨라노가 놀란 표정을 지었다.
그런 벨라노를 미니리오와 벨라리오가 양쪽에서 끌어안았다.
그것은 마치 '우리도 사이 좋아'라고 하는 것 같았다.
'……하, 하와와와와?!'
갑작스러운 그 일에 얼굴을 새빨갛게 물들이며 굳어버리는 벨라노.
그런 벨라노는 개의치 않고, 미니리오와 벨라리오는 그녀를 계속 끌어안고 있었다.
그런 벨라노 일가의 모습에, 사베어의 오두막에 깔 짚을 옮기던 블로섬이.
"이거야, 벨라노도 참, 제대로 보여 주시네."
씨익 미소를 지으며 놀렸다.
그런 블로섬에게 벨라노는 무어라 말을 돌려주려고 했지만 양쪽에서 단단히 안겨 있었기에 그저 입만 뻐끔거릴 수밖에 없었다.

"그럼 나는 혼자 쓸쓸히 목욕을 하러 갈까."

블로섬은 짚을 오두막에 모두 깔고, 미소를 지으며 목욕탕을 향해 걸어갔다.

덥석, 그녀의 다리를 무언가가 끌어안았다.

"으엉?"

자신의 발밑으로 시선을 향하는 블로섬.

그 시선 앞에는 코우라의 모습이 있었다.

조금 전까지 코우라는 모두와 함께 사베어 일가와 놀고 있었지만, 블로섬이 목욕탕으로 가는 것을 알아차리고는 곧바로 그녀의 다리를 끌어안은 것이었다.

"아~ 그렇지. 오늘도 우라 형씨는 마족들 일로 외출했던가. 그럼 같이 목욕할까?"

코우라의 머리를 쓰다듬으며 씨익 미소를 짓는 블로섬.

그 말에 코우라가 고개를 끄덕끄덕했다.

어느샌가 거실에 남아 있던 어른들 대부분이 아이들과 함께 목욕탕으로 가서 모습을 감추었다.

그 광경을 훌리오는 의자에 앉은 채로 지켜보고 있었다.

훌리오는 평소의 시원스러운 미소를 짓고 있었다.

"서방님, 기다리셨죠."

그곳으로 정리를 마친 리스가 미소로 달려왔다.

"서방님, 뭔가 좋은 일이라도 있었나요? 어쩐지 즐거워 보여요."

"어…… 응."

리스의 말에 자신이 미소를 짓고 있다는 것을 깨달은 훌리오는 조금 수줍은 듯 콧잔등을 오른손 검지로 긁적였다.

"내가 이 세계로 온 뒤로 꽤나 지났는데, 모두 덕분에 정말로 행복하구나 싶어서……. 이 세계로 끌려왔을 때는 어떻게 될까 싶었는데…… 이것도 전부 너와 만날 수 있었던 덕분일지도 모르겠어……."

"서방님……."

훌리오의 말을 들은 리스는 기쁜 듯 그의 품에 안겨 들어서 뺨을 비볐다.

그녀의 뒤에서는 아랑족의 꼬리가 구현화되어 기쁜 듯 좌우로 흔들리고 있었다.

두 사람이 그런 대화를 나누며 몸을 맞댄 가운데…….

'……으, 으음…… 저, 저는 어쩌면 좋을까요…….'

오두막 안, 사이코 베어 모습인 사베어의 배 위에 누워 있던 리루나자는 얼굴을 붉히며 일단 양손으로 두 눈을 가렸다.

그녀 곁의 사베어 일가 모두도 리루나자를 흉내 내듯이 두 앞발로 두 눈을 가리는 것이었다.

◇호우타우 훌리오 가◇

"……으~응."

음냐음냐 입을 움직이며 눈을 비비는 리루나자.

그런 리루나자의 얼굴 주위에는 훌리오 가의 애완동물인 사베어와 시베어의 자식인 스베어, 세베어, 소베어가 달라붙어서 자고 있었지만, 리루나자가 깨어난 것을 깨닫고는 셋 다 일제히 눈을 뜨고.

"흐흥!"

"모후!"

"흐흥!"

셋 다 동시에 리루나자에게 몸을 비볐다.

"아하하, 다들 잘 잤나요."

리루나자는 미소를 지으며 그 셋을 끌어안았다.

"어머나, 리루나자도 참, 또 거기서 잤니?"

그런 리루나자를 알아차린 엘리나자가 말을 건넸다.

"아, 엘리나자 언니, 좋은 아침이에요."

리루나자가 만면의 미소로 엘리나자를 바라봤다.

"아침 인사는 괜찮지만……."

리루나자에게 시선을 향하며 엘리나자는 쓴웃음을 지었다.

"정말이지, 리루나자도 참. 또 사베어네 오두막에서 같이 잤

구나."

엘리나자의 말대로 리루나자가 깨어난 장소는 사베어 일가의 오두막 안이었다.

훌리오 가 1층, 거실 한편에 있는 큰 오두막. 그것이 사베어 일가의 거처인데, 그들과 친한 리루나자는 자기 방이 있음에도 불구하고 매일 밤마다 이 오두막 안으로 들어와서 모두와 함께 자는 것이었다.

"에헤헤, 밤에 화장실에 갔다가 그만 와버렸어요."

스베어, 세베어, 소베어를 끌어안은 채, 싱긋 미소를 짓는 리루나자.

그런 리루나자에게. 세 마리는 또다시 기뻐하는 울음소리를 높이며 몸을 비볐다.

"흐흥!"

"모후!"

"흐흥!"

그렇게 기뻐하는 모습을 바라보며 엘리나자는 무심코 쓴웃음 지었다.

"뭐, 항상 있는 일이고 애들도 좋아하니까 혼낼 일은 아니지만, 아침식사 때까지는 세수하고 와. 오늘은 다 같이 나갈 거니까 서둘러."

"예! 알겠어요."

엘리나자의 말에 기운 넘치는 목소리로 답했다.

그런 리루나자의 목소리에 호응하듯이.

"흐흥!"

"모후!"

"흐흥!"

스베어, 세베어, 소베어도 기뻐하는 울음소리를 높이며 저마다 앞다리를 들었다.

훌리오의 차녀인 리루나자는 선천적으로 마수들이 잘 따르는 체질.

그래서 사베어 일가는 물론, 슬레이프와 빌레리 부부가 사육하고 있는 마마들과도 친해져서는 틈만 나면 그들과 함께 지내고는 했던 것이다.

◇ ◇ ◇

이날.

훌리오 가 앞에는 마도선 한 척이 정박 중이었다.

각지를 정기적으로 순회하는 정기 마도선보다 훨씬 작은 그 마도선은, 훌리오 기 비로 앞의 공중에 뜬 상태도 징지해 있었나.

그런 마도선의 조타실 안에 훌리오의 모습이 있었다.

"소형 마도선을 사용하는 건 오랜만인데, 문제 없어 보이네."

훌리오는 키 주위에 설치되어 있는 패널의 수치를 확인하며 만족스럽게 끄덕였다.

그런 훌리오 뒤쪽에서 고자르가 걸어왔다.

"흠…… 언제 승선해도 이 마도선은 훌륭하군. 내가 마왕이었을 무렵, 어떻게든 재현할 수 없을지 연구한 적이 있었다만……."

고자르가 주위를 둘러보며 감탄을 높였다.

그런 고자르와 함께 있는 우리미나스도 마찬가지로 조타실 안을 둘러봤다.

"으냐…… 그때도 외관까지는 어떻게든 만들 수 있었지만, 마석 파워의 전도율이 완전 모자라서 비행할 수가 없었다냐……."

"게다가 마도선의 동력이 될 정도로 거대한 파워를 가진 마석을 만들 수도 없었으니까 말이다."

그때였다.

쿠~웅……하고 숲 속에서 커다란 음향이 울렸다.

"응? ……뭐지?"

조타실에서 소리가 들리는 쪽으로 시선을 향하는 훌리오.

그 소리는 훌리오 가에서 조금 떨어진 장소에 있는 호수 부근에서 들렸다.

조타실 안에 있는, 마도선 주위를 비추는 윈도 하나를 확대해서 호수 부근의 모습을 확대했다.

그러자 그 윈도 안, 숲 부근을 드래고뉴트로 변한 와인이 상공에서 숲을 향해 급강하하는 모습이 비쳤다.

"흠? 와인은 뭘 하는 거지?"

"……아무래도 호수에 침입자가 있는 모양이네요. 그걸 쫓아내고 있는 게 아닐까요……."

◇그 무렵 숲 부근◇

"이게! 수상해! 수상해!"

전신에 비늘을 구현화한 와인은 등의 날개로 공중으로 날아오르더니, 그대로 숲속을 향해 급강하했다.

다음 순간, 와인은 폭음과 함께 지면에 거대한 구멍을 출현시켰다.

"히, 히이익?!"

"뭔가요?! 뭔가요?! 뭔가요?!"

와인의 일격을 간발의 차이로 피한 여자 둘은, 지금 막 만들어진 구멍을 보며 부들부들 떨고 있었다.

"마수 포획 실패! 처, 철수할게."

"철수! 철수!! 철수!!!"

고스로리 의상을 입은 두 여자는 필사적으로 숲속을 질주했다.

"안 놓쳐! 안 놓쳐!!"

구멍 안에서 튀어나온 와인은 그들을 뒤쫓았다!

"히, 히이이이이!"

"살려 줘! 살려 줘!! 살려 줘~!!!"

필사적으로 숲속을 달려가는 두 여자.

"안 놓칠 거야! 안 놓칠 거야!!"

그 뒤를 쫓는 와인.

"와인 아가씨, 돕겠습니다."

그곳으로, 홀리오 가에서 날아온 타니아까지 합류했다.

등에 신계의 사도의 날개를 구현화시키고 빗자루를 든 타니아는, 저공을 고속으로 비행하며 수상한 여자들에게 접근했다.

"새, 새로운 적?! 더, 더는 무리."

"도망쳐! 도망쳐!! 도망쳐!!!"

타니아의 출현에 더욱 표정이 일그러지는 수상한 여자들.

그럼에도 휘두른 빗자루를 간발의 차이로 피하더니 숲의 나무들 사이로 몸을 감추듯이 도주를 꾀했다.

"놓치지 않아! 놓치지 않아!!"

"저 타니아, 수상한 자는 용서치 않습니다!"

그 뒤를 상공에서 와인, 저공에서 타니아가 연계하며 쫓았다.

마도선 안.

윈도 안에 와인과 타니아가 맹렬하게 쫓아가는 모습이 비쳤다.

"와인은 호수 주변이 마음에 든 모양이라 자주 머무르는데…… 아무래도 수상한 자를 발견해서 쫓고 있나 보네요."

"흠…… 타니아도 그를 뒤따랐다는 건가……. 집에서 청소를 하고 있었는데 호수의 이변을 알아차리고 달려가다니, 역시 전직 신계의 사도라고 해야 할까."

홀리오와 함께 윈도를 보던 고자르가 감탄한 목소리를 높였다.

그런 홀리오 뒤쪽으로.

"파파! 다들 탔어요!"

미소를 지은 리루나자가 다가왔다.

리루나자는 사이코 베어 모습인 사베어를 타고 있어서, 정확하게는 사베어가 훌리오 곁으로 걸어왔다.

"아버지, 창고 확인도 끝났어요."

그곳으로 조타실 아래에 있는 창고의 상황을 확인하던 가릴이 미소로 돌아왔다.

그리고 그 뒤쪽에서 리스가 뛰어왔다.

"서방님, 여정 중의 간식이랑 음료, 그리고 점심 준비도 빠뜨릴 수 없죠!"

리스는 등에 자기 세 배는 될 배낭을 가뿐하게 메고 있었다.

만면의 미소를 지으며 훌리오 옆으로 걸어와서 슬며시 몸을 맞댔다.

"정말이지……. 음식 정도는 저쪽에서 조달하면 그만 아니냐?"

그런 리스의 모습에 무심코 쓴웃음 짓는 우리미나스.

"어머? 모처럼 다 같이 외출하는 거야. 식사를 준비하는 건 이 일가의 수장인 서방님의 아내로서 당연한 일이잖아."

리스는 그런 우리미나스 앞에서 득의양양한 표정을 지으며 가슴을 폈다.

"핫핫핫. 확실히 리스가 만드는 요리는 맛있으니까. 생고기를 통으로 먹는 게 당연했던 마왕군 시절이 거짓말 같군."

그런 리스의 말에 고자르가 호쾌한 웃음을 터뜨렸다.

"잠깐?! 고, 고자르! 그런 옛날 일을 끄집어내지 말아요!"

순식간에 양손을 아랑화시키고 고자르를 향해 임전태세를 취하는 리스.

그런 리스와 고자르의 모습에 훌리오는 그만 쓴웃음 지었다.

"그럼 출발할 테니까 다들 조심해."

홀리오는 그렇게 말하더니 키를 앞으로 눕혔다.

그에 호응해서 마도선이 천천히 상승하기 시작했다.

"우와! 굉장해!"

그 광경을 창문으로 보고 있던 리루나자가 흥분한 목소리를 높였다.

그 목소리에 흥미가 생겼는지 코우라도 리루나자 옆으로 달려왔다.

"자, 코우라도 이거 봐!"

"……후와아……!"

리루나자의 재촉에 창밖으로 시선을 향한 코우라는, 뺨을 상기시키며 리루나자와 마찬가지로 흥분한 목소리를 높였다.

"후후후, 둘 다 즐거워 보이는구나."

그런 두 사람의 모습에 리스는 자신도 즐겁다는듯이 목소리를 높였다.

"그럼 이대로 단숨에 마왕산 푸링푸링 파크로 갈게."

키를 꺾는 홀리오.

그 움직임에 호응하여 마도선은 북쪽으로 방향을 바꾸어 상승하며 나아갔다.

◇마족령 마왕산 푸링푸링 파크◇

마족령 중앙 부근에 마왕성이 존재한다.

그 마왕성 근처에 마왕산이라 불리는 큰 산이 있고, 그 산의 전

역을 사용하여 마왕산 푸링푸링 파크가 건설되어 있었다.

이 마왕산 푸링푸링 파크는 마족들의 유흥, 가족 서비스의 장소로서 건설되었다.

그런 마왕산 푸링푸링 파크 근처, 마왕산의 기슭에 한 여자가 서 있었다.

"아, 페기페기 님, 여기 계셨나요나요."

그 여자──페기페기 곁으로 한 여자가 달려왔다.

──페기페기.

마왕산 푸링푸링 파크의 관리인을 맡고 있는 우녀(雨女)족.

항상 냉정·침착해서 어떠한 때라도 표정을 바꾸지 않는 쿨 뷰티.

옅은 핑크색의 간호사 의상을 입은 여자, 코케슈티는 평소처럼 양손으로 거대한 주사기를 안고 있었다.

──코케슈티.

롤리타 타입 메드 시이언디스트로시 현 미왕군 시친왕 **종** 하나.

핑크색 간호사복을 입고, 자신의 몸과 비슷한 사이즈의 거대한 주사기를 항상 들고 있다.

회복계 마법에 특화되어 있어서 마족의 치료, 회복 시설의 책임자를 맡고 있다.

"어머? 누군가 했더니 코케슈티 님 아니십니까. 오늘은 운수가 좋군요."

　조금 엉뚱한 인사를 입에 담으며 깊이 머리를 숙이는 페기페기.

　"아, 예. 저야말로, 항상 무척 신세를 지고 있어요어요."

　페기페기에게 맞추어 코케슈티도 깊이 머리를 숙였다.

　인사를 마치고 둘이서 눈앞으로 시선을 향했다.

　"어떤가요가요? 마수 레이스장 쪽은?"

　"그렇군요. 마왕 독슨 님의 명령하신 그대로의 시설이 완성되었다고 자부합니다."

　코케슈티의 말을 듣고 페기페기는 만족스러운 표정을 지으며 작게 끄덕였다.

　그 앞에는 타원형 콜로세움 형태의 거대한 시설이 완성되어 있었다.

　"정말로 고생이 많았어요. 본래라면 마왕 독슨 님께서 직접 방문하셔서 치하하고자 하셨는데, 오늘은 도저히 빠질 수 없는 행사가 있어서 외람되지만 저 코케슈티가 방문하게 되었어요어요."

　"아뇨, 확실히 이 시설은 마왕 독슨 님께서 휴전 협정 탓에 용병 일자리를 잃은 마족 분들이나 유기된 마수들을 받아들일 장소로 건설을 고안하신 시설입니다. 다만 대부분의 자금도 마왕 독슨 님께서 부담하시어, 그 자금으로 마족 분들을 고용할 수도 있었기에 마왕산 푸링푸링 파크로서는 업무에 지장도 없었어요."

　"그건 다행이에요어요. 마왕산 푸링푸링 파크의 운영에 지장이 생기는 걸, 마왕 독슨 님께서도 가장 걱정하셨어요어요."

　페기페기의 말에 코케슈티는 기쁜 듯 끄덕였다.

그 말에 페기페기는 조금 놀란 표정을 지었다.

'……이전의 마왕님이라면 마왕산 푸링푸링 파크의 운영 따위는 개의치 않고, 자금도 인원도 모두 준비하라며 억지로 떠넘기셨을 텐데…….'

"저, 저기…… 무슨 일이 있나요나요?"

생각에 잠겨 있는 페기페기를 코케슈티는 의아한 듯 바라봤다.

"어, 아뇨아뇨. 조금 생각하던 것뿐입니다. 그럼 슬슬 행사장으로 갈까요. 이미 테스트 레이스가 개최되고 있으니."

"알겠어요어요. 아, 그리고 오늘은 인간족 손님들도 보시는 거였죠?"

"예, 그쪽 분들도 이제 곧 도착하실 겁니다."

행사장을 향해 걸어가는 페기페기.

코케슈티는 미소로 그 뒤를 따라갔다.

◇마왕산 푸링푸링 파크 마수 레이스장◇

마수 레이스장은 말 그대로 마수가 레이스를 벌이고, 그것을 관객이 관전하며 즐기는 시설이었다.

그런 시설 안, 관객석 상부에 있는 관계자석으로 들어선 페기페기와 코케슈티.

"이 시설은 휴전 협정으로 일자리를 잃은 마족 분들이 마수를 탑승하여 참가하거나 유기된 마수들을 레이스에 참가시켜서, 일자리를 잃은 마족 분들이나 유기된 마수들의 거처로 삼고자 마왕 독슨 님의 발상으로 만들어졌습니다만……. 코케슈티 님은 당연히 아시겠죠."

"아, 예, 이야기로는 알고 있지만 완성된 레이스장을 보는 건 오늘이 처음이에요에요."

코케슈티는 페기페기 옆에서 신기한 듯 주위를 계속 둘러봤다.

"자, 슬슬 테스트 레이스가 시작됩니다."

페기페기가 레이스장을 가리켰다.

그 말에 코케슈티는 미소를 지으며 창문 쪽으로 이동했다.

레이스장은 몇 개의 블록으로 구분되어 있었다.

하나는 마수들이 똑바로 질주할 수 있는 일직선 코스

하나는 마수들이 한 바퀴를 돌 수 있도록 동그란 코스.

하나는 관객서 후방, 자연이 절벽으로 기복이 풍성한 코스.

세 번째 코스는 관객석에서 보기 힘들기에, 행사장 한가운데 설치된 거대한 윈도에 레이스 상황이 나오는 구조로 되어 있었다.

그런 행사장 안에 팡파레가 울렸다.

그에 맞추어서 행사장 안의 직선 코스에 마수들이 등장했다.

제1라인: 슬라임 모르트

제2라인: 슬라임 데라스

제3라인: 슬라임 고라이아스

제4라인: 슬라임 프룬

　같은 계열의 파란색에, 거의 같은 크기의 슬라임 네 마리가 출발선에 나란히 섰다.

　그런 슬라임들을 관계자석에서 바라보는 코케슈티.

　'으음…… 슬라임 씨들은 다들 색깔이 같으니까 누가 누구인지 전혀 모르겠어요어요…….'

　이마에 땀을 흘리며 굳은 미소를 지었다.

　코케슈티가 그런 생각을 하는 사이, 코스 옆에서 나온 자그마한 고블린들이 슬라임들의 위에 올라탔다.

　슬라임의 몸을 뒤덮듯이 고삐가 달려 있어서 고블린들은 그것을 손에 들고, 슬라임의 몸을 다리 사이에 끼우듯이 타고 있었다.

　"아, 고블린 씨들의 의상이 다들 달라서 구별하기 쉬워요어요."

　"그렇습니다. 이전의 사전 레이스에서 슬라임만 달리도록 했더니 누가 누구인지 알 수가 없게 되어버려서, 순위를 정할 수가 없게 되어 버렸기에. 그를 반성해서 진행한 조치입니다."

　코케슈티의 말에 만족스럽게 끄덕이는 페기페기.

　이윽고 출발선에 가로로 선 슬라임들 옆으로 스타팅 담당인 스켈레톤 남자가 걸어왔다.

　"그럼…… 준비…… 출발!"

　스켈레톤 남자가 손에 든 깃발을 아래로 휘둘렀다.

　동시에 일제히 출발한 슬라임 네 마리.

　"후후, 미안하지만 나는 그냥 슬라임이 아니다임~!"

어미를 강조하며 모르트가 공중으로 뛰어올랐다.

그러더니 등에 고블린을 태운 채, 몸이 인간 형태로 변화했다.

"뭐, 뭔가요가요, 저 슬라임은?"

"저건 인간 형태로 변화할 수 있는 슬라임 엠퍼러 종이로군요. 슬라임 중에서도 지능을 가진 희소한 상위종입니다."

페기페기는 손에 든 자료를 확인하며, 깜짝 놀란 코케슈티에게 설명했다.

"후후, 이것으로 내가 월등하게 1등입니다다임~!"

모르트가 경쾌한 발걸음으로 단숨에 달려갔다.

"가게 두진 않아, 입니다!"

그런 모르트의 다리에 자신의 몸을 막대 모양으로 변화시킨 프룬이 감겨들었다.

두 다리가 묶인 꼴이 된 모르트는 그대로 안면부터 땅바닥에 쓰러졌다.

"뭐하는 거냐임~!"

"1등은 저 프룬의 것, 입니다! 독주는 허락지 않아, 입니다!"

넘어진 모르트를 제쳐놓고 서둘러 앞지르는 프룬.

"그, 그렇게는 안 된다임—."

그런 프룬의 몸을 모르트가 오른손으로 붙잡았다.

"잠깐?! 포기가 느리네, 입니다! 떨어져, 입니다!"

"그렇게 두진 않겠다, 임—!"

쓰러진 채, 격렬하게 말다툼을 펼치는 모르트와 프룬.

"……레이스 중인데도 서로 발목이나 붙잡고 있네요……. 그럼 먼저 가도록 하겠네요."

그런 둘을 우회해서 고라이아스가 선두를 독주했다.

"……당신, 멋있어슬라…… 좋아슬라…… 어디까지고 함께 하고 싶슬라."

"……으, 으음?!"

암컷인 데라스가 고라이아스 바로 뒤에 딱 붙어서 치마처럼 매달렸다.

'위험하네요…… 터무니없는 슬라임에게 찍혀 버렸어요…….'

평소에 고라이아스는 댄디한 실력자로 슬라임 동료 사이에서는 평판이 높지만, 그의 등 뒤를 완벽하게 쫓아가며 슬라슬라, 거친 숨을 계속 몰아쉬면서도 매달리는 데라스를 상대로는 평소 댄디한 실력자의 풍모를 유지할 수 있을 리도 없어서, 그저 필사적으로 도망칠 수밖에 없는 것이었다.

……몇 초 후.

결국 이 레이스는 고라이아스가 매달리는 데라스를 어떻게든 떨쳐내고 1등으로 종료되었지만…… 결승선 이후에도 계속 데라스가 들러붙자 고라이아스는 위닝 린도 없이 행사장 밖까지 도망쳤다.

……그 후, 고라이아스와 데라스, 그리고 그 두 마리의 등에 타고 있던 고블린들을 본 사람은 없었다.

"……저, 저기~…… 이, 이건……."

행사장 밖으로 나가버린 슬라임 두 마리와 코스 중간에서 아직도 말다툼 중인 슬라임 두 마리를 교대로 바라보며 이마에 비지 땀을 흘리는 코케슈티.

"시범 레이스니까요. 뭐, 이런 일도 있습니다."

그런 코케슈티 옆에서 페기페기는 평소의 쿨 뷰티한 모습을 유지하며 그렇게 말했다.

"아, 예…… 뭐, 뭐어, 확실히 시범 레이스인걸요…… 아하하."

페기페기의 말에 코케슈티는 메마른 미소를 지었다.

"이, 이봐…… 이 레이스는 대체 뭐냐고……."

"뭔가, 영문을 모르겠는데……."

"뭐, 슬라임 레이스니까……."

"아니아니, 아무리 슬라임 레이스라도 이 결과는……."

그런 그녀의 시선에 보이는 것은, 미묘하다는 느낌으로 계속해서 술렁이는 관객들이었다.

그런 가운데……,

"……어라?"

레이스장 상공을 올려다보던 페기페기.

"아무래도 불러 둔 손님이 보이는 것 같습니다."

그리 말하더니 관계자석을 뒤로했다.

"아, 저, 저도 갈게요게요!"

그런 페기페기 뒤를 코케슈티도 황급히 쫓아갔다.

참고로 직선 코스에서는 다음 레이스에 참가할 새로운 슬라임들이 등장해서 행사장 안의 분위기가 더욱 미묘해졌지만, 관계자석을 뒤로한 두 사람은 그 사실을 깨닫지 못했다.

◇마수 레이스장 근처 주차장◇

마수 레이스장과 인접한 주차장.

이곳은 마차나 애마를 타고 레이스장이나 마왕산 푸링푸링 파크를 방문한 손님들을 위해 준비된 공간이었다.

마수 레이스장으로는 걸어서 이동할 수 있지만, 마왕산 정상 부근에 설치된 마왕산 푸링푸링 파크로 들어가려면 이곳에서 스켈레톤 드래곤 운송편을 타고 입장 게이트까지 이동할 필요가 있었다.

그런 주차장 한 모퉁이에 마도선 한 척이 착륙했다.

착륙이라고 해도 지면 아슬아슬한 지점까지 내려왔을 뿐, 선체에서 나온 계단이 대신 지면에 닿아 있었다.

그 계단에서 리루나자가 내려왔다.

"와, 굉장해요!"

평소의 커다란 모자를 깊이 눌러 쓴 리루나자는 만면의 미소를 지으며 주위를 둘러봤다.

그 옆에는 혼 래빗 모습으로 변화한 사베어가 붙어 있고, 그 뒤쪽으로 사베어의 아내인 혼 래빗 시베어와 둘의 자식인 스베어, 세베어, 소베어가 순서대로 뒤따랐다.

"정말로, 이 아이들은 리루를 좋아하는구나."

그 뒤를 따르는 리슬레이가 미소로 사베어 일가를 바라봤다.

그러자 그 말을 들은 사베어가 갑자기 뒤를 돌아보고 리슬레이를 향해 뛰어들었다.

"와, 사베어도 참."

리슬레이는 그런 사베어를 미소로 끌어안았다.

"흐흥! 흐흥!"

사베어는 리슬레이에게 뺨을 비비며 기쁜 듯 목소리를 높였다.

그것은 마치 '리슬레이도 좋아해'라고 하는 것 같았다.

"아하하. 고마워, 사베어. 나도 좋아하니까."

사베어를 끌어안으며 미소를 짓는 리슬레이.

그런 리슬레이에 이어서 훌리오가 모습을 드러내자, 페기페기가 나타나 대응했다.

"훌리오 님, 이번에는 저희 제안에 응해 주셔서 정말로 감사합니다."

"아뇨아뇨, 훌리스 잡화점으로서도 고마운 이야기니까요."

페기페기에게 훌리오는 평소의 시원스러운 미소를 지었다.

"그래서 예의 마수들은 어디에?"

"아, 예. 마도선 창고에 들어가 있으니까요……."

그러더니 정박 중인 마도선 하부를 가리켰다.

그 앞에서는 창고의 문이 열리는 참이었다.

"그럼 바로 확인을……."

마도선을 향해 걸어가려던 페기페기.

"잠깐만 기다리세요, 페기페기 님."

그런 페기페기 뒤쪽에서 남자의 목소리가 들려와서, 뒤를 돌아보자 그곳에는 몇몇 마족이 서 있었다.

그들의 중앙에 서 있는, 검정색을 바탕으로 한 턱시도를 입은 남자가 오른손을 팔랑팔랑 흔들며 페기페기 쪽으로 다가왔다.

"마수 레이스장에서 사용하는 마수 매입을 위해, 인간족의 상회에 중개를 부탁했다고 들었습니다만…… 혹시 그분이 인간족의 상회 관계자이십니까?"

"예, 그렇습니다. 마왕산 푸링푸링 파크의 구매 관계로도 신세를 지고 있는 홀리스 잡화점의 대표이신 홀리오 님이십니다."

"호오, 당신이 점주이십니까……."

마족 남자는 페기페기의 말을 듣고 시원스러운 미소를 지었다.

"처음 뵙겠습니다. 호우타우에 있는 홀리스 잡화점의 대표를 맡고 있는 홀리오라고 해요."

"이것 참 정중하게도, 안녕하십니까……."

과장스러운 동작으로 인사를 한 마족 남자.

"저는 브란터커 상회의 대표 자리를 맡고 있는 브란터커라고 합니다."

브란터커는 싱긋 미소를 지으며 홀리오의 얼굴을 바라봤다.

검은색 안경을 쓰고 있어서 시선을 확인할 수는 없었다.

하지만 그의 얼굴은 홀리오의 얼굴을 똑바로 향하고 있었다.

잠시 그 자세 그대로 대치하던 브란터커는 다시금 페기페기에게 시선을 향했다.

"……그래서, 이 홀리오 님으로부터 마수를 매입하신다……. 그렇게 말씀하시는 겁니까? 마왕군에 전투용 마수를 계속 알선하고 있는 우리 브란터커 상회를 제쳐 놓고?"

브란터커는 싱긋 미소를 지은 채로 입을 열었다.

그런 브란터커 앞에서 페기페기는 작게 한숨을 내쉬었다.

"그에 대해서는 이전에도 설명을 드렸을 테죠? 브란터커 상회로부터 매입을 종료하는 게 아닙니다. 어디까지나 매입처를 늘려서 마수 레이스에 참가하는 마족 분들이 타는 마수의 선택지를 늘리는 것이 목적이라고……. 게다가 홀리스 잡화점만 늘리는 게 아닙니다. 조교사 분들로부터 매입 등도 모집하고 있으니……."

페기페기가 설명하려고 하자 그것을 브란터커가 오른손으로 제지했다.

"아뇨아뇨아뇨, 말장난은 이만 됐습니다. 그런 거 안 해도, 마왕군 납입 실적이 있는 우리 브란터커 상회에게 전부 맡겨 두면 만사 해결됩니다. 다른 매입처 따위는 필요 없다는 겁니다. 그러니까 홀리스 잡화점은 바로 가게로 돌아가시길 추천 드리죠."

브란터커는 히죽히죽 미소를 지으며 또다시 호들갑스러운 동작으로 머리를 숙였다.

그런 브란터커 곁으로 뒤쪽에서 대기하고 있던 마족들이 걸어왔다.

"브란터커 님의 말씀대로다. 걱정하지 않아도 우리 브란터커 상회가 책임을 지고 마수를 보급하겠다."

기골이 장대한 마족 남자가 양팔로 사이드 체스트 포즈를 취하며 미소를 지었다.

"자, 이렇게나 나이스한 마수를 언제나 필요한 만큼, 확실하게 준비할 수 있다고요? 다른 매입 루트 따윈 필요 없어요."

머리에 거대한 뿔이 있는 파란 피부에 요염한 몸매의 여자가 손 키스를 날리며 윙크했다.

그리고 그 뒤쪽에는 마수 한 마리가 있었다.

네 발에 짙은 털의 그 마수는 위팔에서 흉근에 걸쳐서 상당히 근육이 발달하여 보기에도 사나운 체격.

마족 여자도 무척 거구이지만 마수는 그 여자는 다섯 배는 될 법한 체구를 자랑했다.

"이 녀석이라면 틀림없이 마수 레이스에서도 활약해 줄 거예요. 게다가 이런 마수들이 아직 더 기다리고 있는걸요."

만면에 미소를 지으며 마족 여자가 마수의 머리를 쓰다듬었다.

그때였다.

"······언니, 이 마수 씨 가여워요."

"허?"

발밑에서 들린 여자아이의 목소리를 들은 마족 여자는 그쪽으로 시선을 향했다.

그 시선 앞에는 리루나자의 모습이 있었다.

리루나자는 마수의 오른쪽 앞다리 앞에 앉아서 그곳을 가민히 바라보고 있었다.

"아, 아가씨? 가, 가엽다니, 무, 무슨 소릴까?"

'······가엽다니······ 가, 갑자기 무슨 소리야, 이 아이도 참······.'

마족 여자는 내심 혀를 차고 굳은 미소를 지으며 리루나자에게 말을 건넸다.

그런 마족 여자를 돌아보더니 리루나자는 마수의 오른쪽 앞다리에 손을 댔다.

"그게, 이 마수 씨, 여길 다쳤어요. 여기까지 오는 것도 무척 아팠나 봐요."

리루나자는 마치 자기 몸이 아픈 것처럼 눈에 눈물을 글썽이고 있었다.

"……뭐? 아, 앞다리를 다쳤다니……. 상처 같은 건 어디에도 없잖아."

"피부가 아니에요. 근육이 아프단 거예요."

회의적인 표정의 마족 여자와, 그 여자를 눈물이 글썽이는 눈으로 올려다보는 리루나자.

그곳으로 훌리오가 다가왔다.

"……여기니, 리루나자?"

"예. 거기에요, 파파. 이 마수 씨, 엄청 아파하는 표정인걸요."

"아, 아파하는 표정이라니……."

리루나자의 말을 들은 마족 여자는 그만 웃음을 터뜨렸다.

"이 녀석은 항상 같은 표정밖에 안 지어. 정말이지, 적당한 소리나 하진 말아주겠니."

입가를 오른손으로 막으며 마족 여자는 웃음을 참고 있었다.

그런 여자 앞에서 훌리오는 마수의 오른쪽 다리를 향해 오른손을 뻗었다.

작게 영창하자 마수의 다리 위로 마법진이 회전했다.

"……그렇구나, 여기 인대가 무척 상했네. 이건 아프겠어."

납득한 듯 끄덕이더니 훌리오는 영창 내용을 변경했다.

그러자 조금 전까지 노란색으로 빛나던 마법진이 파랗게 빛나기 시작했다.

"······좋아, 이걸로 나았어."

영창을 그친 훌리오가 리루나자에게 미소를 지었다.

그러자 마수가 갑자기 훌리오의 얼굴을 날름 핥았다.

이어서 리루나자에게도 얼굴을 가져다 대고 그녀의 얼굴로 혀를 뻗었다.

"아하♪ 마수 씨, 더는 아프지 않아서 다행이에요."

그런 마수를 미소로 바라보는 리루나자.

이번에는 그녀의 얼굴을 정면에서 핥았다.

침 때문에 리루나자의 안면이 축축해졌지만 그녀는 신경 쓰지도 않고 마수의 얼굴을 끌어안았다.

그 광경을 앞에 두고 마족 여자는 눈을 동그랗게 떴다.

'······잠깐? 무, 무슨 일이야? ······이 녀석이, 친애의 행동을? 사람의 얼굴을 핥다니, 나한테는 한 번도 그런 적 없었어······. 설마 정말로 다쳤고, 그걸 이 훌리오라는 남자가 치료했다는 거야?'

마족 여자는 눈을 동그랗게 뜨며 마수와 놀고 있는 훌리오와 리루나자를 바라봤다.

"어, 어흠······ 어~, 뭐, 조금 착오는 있었던 모양입니다만······ 저희 브란터커 상회가 마왕군 어용 상회라는 사실은 틀림없습니다. 이 마수 이상으로 멋진 마수를 말이죠······."

페기페기의 눈앞으로 다가선 브란터커는 싱글싱글 미소를 3할 더 늘리며 다시금 호들갑스럽게 인사했다.

"냐…… 그건 이상한 이야기다냐."

"음, 그렇군."

그런 폐기폐기 뒤쪽에서 두 남녀의 목소리가 들렸다.

"응? 대체 누굽니까? 이상한 소리를 하시는 건?"

브란터커는 고개를 들어 목소리가 들린 쪽을 돌아봤다.

그 얼굴 앞에 우리니마스와 고자르가 서 있었다.

"애초에 말이다냐, 너 마왕군 어용, 마왕군 어용이라고 계속 그러는데…… 그건 어느 마왕 시절부터냐?"

"그건 뭐, 역대 마왕님께서 오랜 세월에 걸쳐 애용하고 계십니다. 과거에는 역대 최강의 명군으로 이름 높은 마왕 고우르 님을 비롯해서……."

"호오? 내가?"

브란트커의 말에 고자르가 고개를 갸웃거렸다.

"……혀? 무슨 말씀이십니까? 당신은 그저 인간족이겠죠? 제가 이야기하는 건 마왕 고우르 님이신데……."

"그러니까, 나잖아?"

그러더니 고자르는 자신의 모습을 마족으로 변화시켰다.

인간족으로 변화했던 그 몸은 점점 비대화되고, 피부가 파랗게 변색되고, 머리에 뿔이 출현했다.

그리고 그것은 명백한, 전직 마왕 고우르의 모습이었다.

그 모습을 앞에 두고.

"……으엉?!"

브란터커의 턱이 덜컥 내려갔다.

미소는 사라지고 그 자리에 완전히 굳었다.

"여, 우리미나스. 내 시대에, 브란터커 상회라는 곳에서 마수를 매입한 적이 있었던가? 내 기억에는 전혀 없다만?"

"으냐. 마왕군으로서 거래한 적은 한 번도 없다냐. 다만 귀족들을 상대로 능력이 낮은 마수를 고가에 팔아 치우는 뻔뻔스러운 장사를 하는 상회가 있다는 보고에, 그런 이름의 상회가 있었던 것 같은 느낌이 없지도 않다냐."

고자르에게 말을 건네며 우리미나스 역시도 자신의 모습을 인간족에서 헬 캣의 모습으로 변화시켰다.

그런 두 사람을 앞에 두고 브란터커는 턱을 축 늘어뜨린 채로 그 자리에 굳어 버렸다.

'……저, 전직 마왕이신 고우르 님과 츠, 측근인 헬 캣 우리미나스 님……? 어, 어째서 그런 거물이 인간족의 상회 관계자와 함께 온 겁니까…….'

곤혹스러워 하면서도 필사적으로 생각했다.

'나…… 나는…… 나는……. 앗, 좋~아, 이걸로 가죠!'

생각이 정리된 브란터커는 자신의 손으로 턱을 원래대로 돌려 놓고, 다시금 싱글싱글 미소를 지었다.

"저도 참, 조금 기억에 착오가 있었던 모양이라 무척 실례했습니다. 마왕은 마왕이라도 마왕 독슨 님 시절이었을까요. 이것 참, 정말 실례했습니다."

브란터커는 손을 비비며 꾸벅꾸벅 계속 머리를 숙였다.

그런 브란터커의 모습을 우리미나스는 날카롭게 쳐다봤다.

"……흐~응. 착각했다는 걸로 얼버무릴 속셈이냐? 어지간히도 포기를 못 하는 녀석이다냐."

"아뇨아뇨아뇨, 당치도 않습니다. 얼버무리다니 저 브란터커, 그런 생각은 조금도 없습니다!"

필사적으로 평정을 가장하며 미소를 계속 유지했다.

'……견디는 겁니다, 지금은 어떻게든 견뎌내는 겁니다……. 그러지 않으면 브란터커 상회의 미래가 사라져 버립니다…….'

거듭 손을 비비며 아첨 떠는 웃음을 유지하는 브란터커를 향해 고자르가 걸음을 내디뎠다.

"……흠. 네가 마왕 시절의 나를 알고 있다면 내가 거짓, 허위를 무척 싫어한다는 건 알고 있겠지?"

눈에 노기를 드리우며 브란터커를 노려봤다.

그 박력 앞에서 브란터커는 온몸이 떨리는 것을 느꼈다.

'……여여여, 역시나 사상 최강의 마왕이라 칭해지던 분……. 하하하, 한 번 노려보는 것만으로 몸이 움츠러들어서 아무것도 못 하게 되어 버리지 않습니까…….'

아첨 떠는 웃음은 딱 굳어지고 온몸이 부들부들 떨렸다.

그의 좌우에서는 남녀 마족이 브란터커와 마찬가지로 부들부들 떨면서 그 자리에서 더는 꿈쩍도 하지 못했다.

"자자, 고자르 씨."

그런 고자르에게 훌리오가 평소의 시원스러운 미소를 지으며 말을 건넸다.

조금 전까지의 살벌했던 분위기가 훌리오의 말로 순식간에 풀어졌다.

"음? ……괜찮겠나, 훌리오 경?"

"예, 저로서도 원한을 남길 방법은 썩 좋아하진 않으니까요."

"뭐, 훌리오 경이 눈을 감아 주겠다면 원한이고 뭐고 깨끗하게 없애 버릴 수 있다만."

고자르는 입가에 농담으로도, 그리고 진심으로도 보이는 미소를 지었다.

그럼에도 훌리오의 말을 받아들였는지 고자르와 우리미나스는 다시 인간족의 모습으로 돌아갔다.

그 상황에서야 간신히 브란터커는 안도의 한숨을 내쉬었다.

"그, 그렇지. 이런 건 어떨까요?"

그리고 한번 크게 침을 삼키고는 훌리오를 향해 오른손 검지를 세워 들었다.

"지금 말이죠, 마수 레이스장에서는 시범 마수 레이스가 개최되고 있단 말이죠. 그곳에서 우리 브란터커 상회의 마수와, 훌리스 잡회점의 마수로 승부를 해보지 않겠습니까?"

"어머, 그건 좋은 방법일지도 모르겠군요."

브란터커의 말에 미소로 끄덕이는 페기페기.

"레이스장 준비는 되었습니다만 레이스에 참가하는 마수가 부족해서 지금은 슬라임 같은 소형 마수 레이스밖에 개최할 수가 없으니, 여기서 대형 마수 레이스를 진행한다면 좋은 선전이 될 겁니다."

페기페기의 말에 브란터커는 내심 해냈다는 듯 득의양양하게 웃었다.

'……후후후, 이 마수 레이스에서 압승한다면, 마수 레이스에 참가하기 위한 마수를 원하는 마족들은 모조리 우리 브란터커 상회에서 마수를 사고 싶어 할 겁니다. 상대측에 전직 마왕 고우르 님이 계신 건 예상 밖이었습니다만…….'

그리고 브란터커는 홀리오를 가리켰다.

"그렇게 되었으니, 지금은 상점 주인들끼리 단판 승부로 결판을 내는 게 괜찮지 않겠습니까?"

주위에도 들리도록 굳이 크게 목소리를 높이는 브란터커.

……그러자.

"호오, 브란터커 상회의 마수와 인간족 상회의 마수가 승부를 벌인다고?"

"이건 재미있겠잖아!"

"오오! 인간족 따위한테 지지 말라고, 브란터커!"

"브란터커가 이기면 마수를 사줄 테니까!"

주차장에 있던 마족들이 브란터커의 목소리에 호응하여 일동의 주위를 둘러쌌다.

마족들은 당연하게도 마족인 브란터커에게 성원을 보냈다.

점점 커지는 성원을 들으며 브란터커는 득의양양한 표정으로 끄덕였다.

'훗훗훗, 작전대로군요. 이것으로 전직 마왕님이나 측근 우리 미나스 님께 방해를 받지 않고, 이 홀리오인가 하는 인간족 상회

대표를 마수 레이스에서 무찌른다면 처음의 계획대로 되는 거로군요…….'

득의양양한 표정인 브란터커.

"……그렇군요, 여러분도 즐겨 주시는 모양이니까 받아들이도록 할게요."

그에 홀리오는 평소의 시원스러운 미소를 지으며 끄덕였다.

'……좋아! 계획대로입니다!'

브란터커는 홀리오의 승낙에 싱글거리는 미소를 지었다.

홀리오 뒤쪽에 서 있는 가릴, 그보다 더욱 뒤쪽에 안개가 출현했다.

"잠깐, 베, 벤네에 씨, 지금은 좀 복작거리니까요."

벤네에가 나오려 하는 것을 알아차린 가릴은 허둥지둥 안개를 손으로 털었다.

이윽고 안개가 사라지고 벤네에가 출현하는 일은 없었다.

'……서 남사는 뭘 하는 걸까요?'

가릴의 움직임을 곤혹스러워 하며 바라보는 브란터커 앞으로 리스가 걸어 나왔다.

등에 커다란 배낭을 짊어진 채, 리스가 오른손을 들었다.

"미안한데요, 레이스와 관련해서 확인을 좀 하고 싶은데요?"

"예, 뭘까요?"

"서방님께서 레이스에 사용하는 마수는 판매할 녀석이 아니라도 되나요? 예를 들면 사냥할 때에 애용하는 마수라든지…….”

"그렇군요, 그건 문제없습니다. 주인이 어떤 마수를 애용하는지에 따라서 취급하는 마수의 레벨도 상상할 수 있는 법이니까요."

리스의 말에 여전히 득의양양한 표정인 브란터커.

그런 브란터커 앞에서 리스가 싱긋 미소 지었다.

그리고는 등 뒤의 훌리오를 돌아보더니.

"……그렇다고 해요, 서방님."

만면의 미소를 지은 채, 기뻐하며 말을 건넸다.

'……으, 으음…… 그, 그건…….'

리스의 미소를 바라보며, 그녀의 의도를 헤아린 훌리오는 쓴웃음을 지었다.

그런 훌리오와 리스의 대화를 깨닫지 못하고, 브란터커는 득의양양한 표정 그대로 그렇게 말하더니 발길을 돌렸다.

"그럼 조금 있다가 뵙도록 하지요."

그리고 남녀 마족들도 그를 뒤따랐다.

"……너희들, 알고 있겠죠."

브란터커는 그런 두 사람에게 훌리오 일행에게 들리지 않도록 작게 말을 건넸다.

""예.""

그에 작게 끄덕이는 두 마족.

그것을 확인한 브란터커는 만족스럽게 끄덕였다.

◇반 각 후 마수 레이스장◇

홀리스 잡화점과 브란터커 상회가 벌이는 점주 사이의 마수 레이스는 관객석 후방, 자연의 절벽을 이용하여 기복이 풍성한 코스를 이용해서 진행하게 되었다.

　관객석 앞, 레이스 상황을 생중계하기 위해서 설치된 윈도에는 페기페기의 상반신이 비치고 있었다.

　실제 페기페기는 윈도 앞에 서 있고, 그 모습을 마도 카메라로 촬영하여 후방의 윈도에 비추는 것이었다.

　"⋯⋯그렇게 되어서, 이 레이스는 마수 레이스장 바깥 코스를 이용하여 진행됩니다만, 레이스 도중에는 상대의 마수와 교전하는 것도 인정됩니다."

　페기페기의 말에 행사장 전체가 술렁거렸다.

　"우오오! 그거 굉장한데!"

　"그야말로 혈투라는 녀석이네!"

　"으오오, 뭔가 두근두근한다고!"

　관객석의 마족들이 함성을 터뜨렸다.

　그런 관객석 위, 관계자석의 한 방에 자리 잡은 고자르는 윈도를 바라보며 도시락을 먹고 있었다.

　"흠⋯⋯ 이 마수 볶음, 무척 맛있군."

　이 도시락, 리스가 메고 있던 배낭 안에 들어 있던 것이었다.

　고자르는 그중 하나를 얼른 입에 담았다.

　"자, 잠깐만 고자르. 밥은 다 모인 다음에 먹으라냐."

　"뭐, 그런 소리 말고. 배가 고파서야 전투는 못 한다, 그런 인간족의 속담도 있지 않나."

"마족인 네가 인간족의 속담을 써서 얼버무리려 하지 말라고!"

"어쨌든 말이다, 이 볶음, 정말로 맛있다고. 용서해라."

즐겁게 미리 도시락을 까먹기로 한 고자르를 보고 우리미나스는 입술을 삐죽이며 어깨를 들썩여 화냈다.

그런 두 사람의 모습을 가릴이나 다른 아이들은 쓴웃음 지으며 바라봤다.

"……그러고 보니 가릴은 도시락 지금 안 먹어?"

"지금이라……. 옛날의 나라면 지금 먹었을지도 모르겠지만, 오늘은 다른 애들도 있으니까 오빠로서 버릇없는 짓은 못 해."

"호오. 그런가……."

가릴의 말에 리슬레이는 의외라는 표정을 지었다.

'옛날의 가릴이라면 고자르 씨랑 경쟁하듯이 도시락을 먹었을 텐데……. 역시 마족의 피가 진한 만큼 성장이 빠르구나…….'

그런 리슬레이 앞에서는 리루나자가 창문에 딱 붙어 있었다.

"와아…… 이런 곳에서 마수 씨 레이스를 볼 수 있군요. 엄청 즐거워요."

미소로 윈도를 바라보는 리루나자.

그녀의 좌우에서는 사베어 일가가 리루나자를 흉내 내듯이 창문에 딱 붙어 있었다.

"……응, 리루나자랑 사베어 가족의 이런 모습은 귀엽네…… 엄청 치유돼……."

그런 그들의 뒷모습을 바라보던 가릴은 평소의 의연한 표정 대신 칠칠치 못하게 헤실거렸다.

"그러네, 어쩐지 귀여워."

그 옆에서 리슬레이 역시도 포근한 미소를 짓고 있었다.

그런 일동 앞에서 레이스장 중앙의 윈도 영상이 전환되었다.

마수 레이스장 바깥에 있는 동굴을 이용한 출발 지점이 윈도에 비쳤다.

『오늘은 시범 레이스라서 사용되는 마수의 모습은 사전에 알 수 없도록 되어 있습니다만, 본 레이스를 진행할 때에는 레이스 장 안에서 출주하는 마수와 탑승자를 관객 여러분께 사전에 보여 드릴 예정입니다.』

행사장 안에 페기페기의 안내 방송이 흘러나왔다.

그 목소리는 레이스장 안 각처에 설치된 마도 확성기를 통해 행 사장 안에 흐르고 있었다.

그런 가운데, 윈도 상부에 『10』이라는 숫자가 표시되고 카운트 다운이 시작되었다.

출발 지점인 동굴 인.

브란터커는 싱글대는 미소를 짓고 있었다.

"홋홋홋, 레이스 승부가 되는 건 예상한 범주입니다. 애당초 우 리 브란터커 상회가 취급하는 마수가 얼마나 멋진지 선전하기 위 해, 특별히 능력이 높은 마수를 준비했으니까요."

득의양양한 표정인 브란터커.

그런 브란터커가 타고 있는 마수, 그것은 '마룬타인고우리라'라는 이름의 마수였다.

——마룬타인고우리라.

두 다리로 서면 전체 체고가 10미터 가까이 된다.

완력도 굉장해서 튼튼한 나무 울타리를 일격으로 파괴할 정도의 파워를 가졌고, 거구이면서도 이동 속도도 빨라서 빠른 것으로 알려진 마마족 수준의 속도를 자랑한다.

클라이로드군도 전쟁 중에는 이 마수에게 상당히 고전을 강요당했다고 기록되어 있으며, 기사단에게도 두려움을 사는 존재였다.

마룬타인고우리라는 배낭을 메는 요령으로 안장을 메었고 그곳에 브란터커가 타고 있었다. 입에는 재갈을 물어, 거기서 이어진 고삐를 브란터커가 쥐고 있었다.

"이만한 마수인지라…… 뭐, 유지비가 상당히 드니까요. 거구인 만큼 어쨌든 잔뜩 먹으니까요.

그렇지만 우리 브란터커 상회가 취급하는 마수를 어필하기에는 딱 적절합니다.

마수 레이스장 건축 이야기를 듣고 마룬타인고우리라를 거금으로 쓸어 모았습니다. 다른 상회가 이 마수를 가지고 있을 리가 없고, 이 마수 이상의 마수를 소유하고 있을 리도 없습니다…….
그러니까 이 승부. 압 도 적 승 리 확 정 ! 이라는 겁니다."

'……혹시 몰라서 코스 도중…… 카메라의 사각 지대에 가게 사람을 배치해 두기도 했으니까, 제가 질 가능성은 일단 없겠죠.'

그런 브란터커의 눈앞, 동굴 출구 상부에 숫자가 떠올랐다.

행사장 안의 카운트다운에 호응하여 동굴 안의 숫자 카운트다
운도 진행되었다.

3······ 2······ 1······ 0!

"자, 갑니다!"

브란터커가 고삐를 당기고 손에 든 채찍으로 마룬타인고우리
라의 등을 때렸다.

우호!

채찍에 호응하여 마룬타인고우리라는 호쾌한 울음소리를 높이
며 동굴을 튀어나갔다.

그 옆 동굴에서 훌리오가 탄 마수가 튀어나왔다.

'······과연 홀리스 잡화점은 어떤 마수를 타······고······ 어?'

이때 훌리오가 탄 마수를 본 브란터커는 표정이 굳어졌다.

그 시선 앞, 동굴에서 튀어나온 훌리오는 아랑을 타고 있었던
것이다.

아름다운 은색 털을 나부끼며, 마룬타인고우리라 정도는 아니
지만 커다란 체구임에도 불구하고 굉장한 속도로 질주했다.

출발 직후임에도 불구하고 훌리오가 탄 아랑은 마룬타인고우
리라보다 아득히 전방을 나아가고 있었다.

"······어? ······거짓말······. 어, 어째서 아랑······? ······어?
······자, 잘못 봤나?"

눈앞의 상황을 이해하지 못하고 브란터커는 표정이 굳어졌다.

그런 브란터커의 시야에서 훌리오를 태운 아랑은 순식간에 사라졌다.

"서방님, 기분 좋네요."

아랑은 즐거운 미소를 지으며 훌리오에게 말했다.

그런 아랑에게 훌리오는 평소의 시원스러운 미소를 지었다.

"그러네, 역시 리스랑 같이 달리면 기분 좋아."

훌리오의 말대로…….

지금 훌리오가 탄 아랑은 리스가 마수화한 모습이었다.

훌리오를 등에 태우고, 암반이 드러난 복잡한 코스를 리스는 아무렇지도 않게 질주했다.

커브에 접어들어도 감속하기는커녕 더욱 가속했다.

"서방님께서 울프 저스티스로서 마족의 공격을 견제하던 무렵에는, 이렇게 여기저기의 숲을 뛰어다닌걸요."

리스는 기분 좋게 꼬리를 흔들며 코스를 나아갔다.

"그러고 보니 최근에는 이렇게 숲으로 나온 적도 없었구나."

그러더니 훌리오는 리스의 목을 다정하게 쓰다듬었다.

그런 훌리오에게 어깨 너머로 시선을 향하는 리스.

"저기, 서방님…… 홀리스 잡화점 일로 바쁘다는 건 정말 잘 알지만…… 가끔은 같이 데이트를 해주신다면 기쁘겠는데……."

리스의 말을 들은 훌리오는. 다정한 미소를 지으며 대답했다.

"응, 꼭 같이 가자. 나도 시간을 만들 테니까."

······다음 순간, 리스의 눈동자가 하트 모양으로 바뀌고 꼬리가 찢어질 것만 같은 기세로 좌우로 흔들렸다.

"그러기로 했다면 이런 장난은 얼른 끝내 버릴게요!"

리스는 환희의 포효를 터뜨리고 더욱 가속했다.

그 속도는 마수 레이스장에 설치된 마도 카메라로도 따라가는 것이 힘들 정도의 속도에 다다랐다.

마수 레이스장 한 모퉁이.

코스에 설치되어 있는 마도 카메라의 사각 지대인 그곳에 남녀 마족이 숨어 있었다.

절벽 위에 서서 커다란 바위를 떨어뜨려 훌리오의 발목을 붙잡고자 대기 중인 두 사람.

······하지만.

"저, 저기······ 지금 코스를 뭔가가 통과하지 않았나?"

"······으음······ 뭘까······. 무언가가 통과한 것 같은 느낌이 있는 것도 같고, 없는 것도 같고······."

절벽 위에서 코스를 내려다보며 곤혹스럽다는 표정을 짓는 두 사람.

두 사람은 완전히 훌리오를 놓쳤다.

그도 그럴 터, 이미 훌리오와 리스는 두 사람 아래를 통과하여 코스 종반부에 다다른 것이었다.

하지만 그 속도가 너무나도 빨랐기에 그들의 모습을 볼 수가 없었던 것이었다.

"······응? 저건가?"

"그러네, 저게 틀림없어."

두 사람의 시야 아래, 마수 한 마리가 코스 안쪽에서 접근하는 것이 보였다.

"······여기서는 영 안 보이네."

"타이밍만 맞으면 어떻게든 돼······ 간다."

시야 아래로 접근하는 마수.

그 속도를 확인해 가며 마족 여자는 뒤쪽의 마수에게 신호를 보냈다.

그 여자에게 테임된 마수는 그 신호에 따라 거대한 바위를 서서히 밀었다.

그리고.

"좋아! 지금이야!"

마족 남자가 신호를 날렸다.

"자, 지금이야!"

그에 호응하여 오른손을 휘두르는 마족 여자.

그에 맞추어 저석을 힘껏 미는 마수.

하지만 도중에 마수는 움직임을 뚝 멈췄다.

"" 허, 허어?!""

갑작스러운 일에 경악한 표정을 짓는 마족 남자와 여자.

그동안에 마수는 두 사람의 시야 아래를 통과해 버렸다.

"잠깐? 뭐, 뭘 하는 거야, 너!"

마족 여자는 자신이 테임한 마수의 예상치 못한 배신에 눈을 동그렇게 뜨며 따졌다.

그런 마족 여자 앞에서 마수는 고개를 홱 돌리고는 더 이상 미동도 하지 않았다.

오른손으로 다리를 문지르는 마수.

그곳은 조금 전에 리루나자와 훌리오 덕분에 완치된 부상 흔적이었다.

그런 마수에게 마족 여자는 더더욱 따지고 들었다.

"이, 이봐……."

그곳으로 마족 남자가 말을 건넸다.

"뭐, 뭐야?"

"저걸 봐."

"어라?"

마족 남자가 가리킨 곳으로 자신도 시선을 향하는 마족 여자.

두 사람의 시선 앞에는 암석 지대가 펼쳐져 있고, 통과하는 마수의 모습을 제대로 확인할 수가 있었는데…….

"……저, 저건 브란터커 형씨잖아…….."

"……그, 그러네…… . 저건 우리 가게의 마룬타인고우리라가 틀림없어…….."

"그렇다는 건, 조금 전의 타이밍에 바위를 떨어뜨렸다면…….."

자신들이 잘못된 상대에게 바위를 떨어뜨릴 뻔했다는 사실을 깨달은 두 사람은 입을 떡 벌린 채, 그 자리에서 더는 움직이지 못했다.

그리고 이 레이스는 훌리오의 압승으로 끝난 것이었다.

◇ ◇ ◇

레이스가 끝나고 상당한 시간이 지났지만.

"이것 참, 저 마수 굉장했지."

"그래, 저 속도는 장난이 아니었어."

"그보다도 역시나 저거 아랑 아냐?"

"아랑은 아마 울프 저스티스의 파트너 아니었던가?"

"그러고 보니, 홀리스 잡화점은 울프 저스티스와 제휴했다는 이야기를 들은 적 있다고."

"그렇다면 진짜로 저 마수는 아랑이었나?!"

관객석에서는 홀리스 잡화점 대 브란터커 상회의 마수 레이스 결과 화제가 아직껏 이어지고 있었다.

레이스장에서는 시범 레이스로 슬라임 네 마리의 직선 코스 마수 레이스 준비가 진행되고 있었지만…….

"……어쌔 아무도 이쪽을 안 본나임~……."

"……영 의욕이 생기질 않아, 입니다……."

"차라리 같이 밀회를 가지지 않겠슬라……."

"……레, 레이스 중인데 들러붙지 말라는 거네요."

슬라임들도 어딘가 집중하지 못하는 태도로 출발선 부근을 어슬렁거렸다.

그런 광경을 내려다보는 위치에 있는 관계자석의 한 방.

그곳에 훌리오 일행과 페기페기, 그리고 코케슈티의 모습이 있었다.

"잠깐만, 고자르! 내 몫은 몰라도 서방님 식사까지 먹어 버리다니, 무슨 생각이야!"

허리에 손을 대고서 목소리를 높여 항의하는 리스.

"아니, 미안하군. 네 레이스가 너무나도 훌륭했고 식사가 너무나도 맛있었으니까, 그만 과식해 버렸다. 용서해라."

그런 리스 앞에서 고자르는 핫핫핫 호쾌하게 웃으며 천천히 머리를 숙였다.

"리스, 식사는 돌아가서 먹으면 되니까."

"아뇨, 서방님! 이런 일은 바로바로 확실하게 따져 두지 않으면 버릇이 되어 버리니까요!"

훌리오기 쓴웃음 지으머 리스를 달래려고 했디.

하지만 리스의 분노는 가라앉지 않고, 꼬리를 바짝 위로 들고 송곳니까지 구현화시키며 고자르를 계속 분노한 표정으로 바라봤다.

'……곤란하네, 어쩌면 좋을까.'

그 상태를 앞에 두고 훌리오는 그저 쓴웃음을 지을 수밖에 없었다.

그런 훌리오 곁으로 페기페기가 걸어왔다.

"저기, 훌리오 님…… 이 조건으로 정말 괜찮겠습니까?"

"예, 그걸로 문제없어요."

"……하지만 승부에서 이기셨으니까 마수 레이스장에서 사용 가능한 마수를 홀리스 잡화점에서 구입한 마수로 한정하는 것도 가능한데, 이 조건으로는 홀리스 잡화점에 유리하다고 여겨지진 않습니다만."

홀리오가 제시한 조건이 적힌 용지를 재차 확인하며 곤혹스럽다는 표정을 짓는 페기페기.

그녀의 말대로 홀리오가 제시한 조건은 다음과 같았따.

· 마수 구입에 대해서는, 레이스에 참가하는 마수 오너의 자유 의지에 맡긴다.

· 마수 레이스장 한편에 홀리스 잡화점 전용 마수 사육 장소를 확보한다.

· 정기 마도선 탑승 타워 설치 허가.

이 세 가지뿐이었다.

'브란터커 상회는 승부에 이기면 마수 레이스장에서 사용하는 마수를 브란터커 상회에서 구입하는 마수로 한정하도록 압력을 가하고 있었는데……. 마왕산 푸링푸링 파크의 재개발에도 거의 무조건으로 협력해 주신 홀리스 잡화점이니까 그런 억지를 부릴 일은 없다고 생각하긴 했지만…….'

평소의 시원스러운 미소를 짓는 홀리오를 앞에 두고서 페기페기는 곤혹스러워 하고 있었다.

"……알겠습니다. 그럼 마수 레이스에서 사용하는 마수 쪽은,

오너의 자유의지에 맡기도록 하겠습니다. 다만 어떤 마수라도 참가할 수 있는 건 아니고, 마수 레이스장 운영위원회의 허가를 받은 마수로 정할 생각입니다."

"그게 좋겠네요. 그렇게 하면 유지가 어려워진 마수가 유기될 일도 줄어들 테니까요."

페기페기의 말에 미소로 끄덕이는 훌리오.

그런 훌리오 앞에서 페기페기는 손에 든 서류를 확인했다.

"……훌리오 님. 이번 일과는 별개로, 하나 상담을 드리고 싶은 일이 있습니다만…… 대화를 나누어도 괜찮을까요?"

"예, 가능한 일이라면 협력할 테니까 사양 말고 말씀해주세요."

페기페기의 말에 훌리오는 평소의 시원스러운 미소를 지으며 끄덕였다.

그것을 확인하고 페기페기는 수중의 서류와 훌리오를 교대로 바라보며 이야기를 시작했다.

"사실은 이번에 건설한 마수 레이스장에 식당 코너나 상품 판매 코너 따위를 설치하고 싶습니다만……."

"그렇군요……."

페기페기의 말을 듣고 생각에 잠겼다.

"……알겠어요, 그에 대해서는 조금 생각하는 게 있으니까, 시간을 좀 주실 수 있을까요?"

"알겠습니다. 그럼 대답을 기다리겠습니다."

인사를 하고는 오른손을 내미는 페기페기.

훌리오는 그녀의 오른손을 평소의 시원스러운 미소를 지으며 맞잡았다.

◇ ◇ ◇

몇 각 후…….

데려온 마수들을 페기페기에게 인도한 훌리오는 마도선을 타고 마수 레이스장을 뒤로했다.

"이것 참, 굉장했지, 마수 레이스. 슬라임은 몰라도, 대형 마수들의 레이스는 박력도 있어서 엄청 재미있었어."

가릴은 멀어지는 마왕산을 창문으로 바라보며 흥분한 표정을 짓고 있었다.

"정말 굉장했어요! 마수 씨들도 엄청 즐거워 보였어요!"

가릴의 발밑에서 리루나자도 팔짝 뛰며 미소를 짓고 있었다.

그녀의 발밑에서 사베어 일가가 리루나자와 마찬가지로 팔짝 뛰며, 일동 다 같이 즐겁게 울음소리를 높였다.

"와호!"

"흐흥!"

"와호!"

"흐흥!"

"사베어를 타고 코스를 한 바퀴 돌았는데, 저길 전력으로 달릴 수 있다면 재미있겠어……. 아~, 언젠가 나도 참가해 보고 싶어!"

그 옆에서 리슬레이도 미소를 지으며 흥분한 모습으로 마왕산으로 시선을 향했다.

그런 일동 뒤쪽에서, 키를 잡고 있는 훌리오 곁으로 리스가 걸어왔다.

"그건 그렇고 서방님, 정말 저런 조건으로 괜찮을까요? 마수 매입 이야기도 그렇지만, 마수 레이스장의 판매 정도는 훌리스 잡화점이 독점해도 괜찮지 않을까요? ⋯⋯게다가 트집을 잡아 놓고, 승부에서 지고 내뺀 브란터커 상회한테도 페널티를 요구하지 않는다니⋯⋯."

리스는 입술을 삐죽이며 훌리오에게 항의했다.

그런 리스 앞에서 훌리오는 쓴웃음 지었다.

"확실히 평범하게 생각하면 리스의 말이 옳다고 생각해."

"그렇죠! 그러기로 했다면 바로 돌아가서, 우선 브란터커 상회 녀석들을 붙잡는 것부터 시작해서⋯⋯."

팔을 걷어붙이더니 출구를 향해 총총히 이동했다.

"잠깐만 기다리라냐!"

그런 리스에게 우리미나스가 뒤쪽에서 손을 뻗어, 의도적으로 리스가 입고 있는 원피스의 목에 달린 리본을 잡아당겼다.

스르륵──.

그 결과, 리스의 원피스가 풀려 버리고 그녀의 상반신이⋯⋯.

"잠깐?! 잠깐만 우리미나스?! 뭐, 뭘 하는 거야!"

얼굴을 빨갛게 물들이며 리스는 간발의 차이로 옷을 붙잡았다.

"일단 진정하라냐. 기껏 훌리오 님이 마족을 생각해서 이것저것 손을 써줬는데, 여기서 리스가 나갔다가는 전부 허사가 되어 버린다냐."

"마족을?"

"음, 그렇군……."

우리미나스의 말에 고자르도 팔짱을 낀 채로 끄덕였다.

"저 마수 레이스장은 독슨이 용병 일자리를 잃은 마족이나 마수들을 구제하기 위해 건설한 시설이지. 그러니까 저곳에 모인 마족들은 많든 적든 인간족에게 생각하는 바가 있는 자들이 많겠지. 그런 장소에서 마족의 판매권이나 구매 권리를 인간족이 회장을 맡고 있는 훌리스 잡화점이 독점한다면, 그자들은 어떻게 생각하겠나?"

"그, 그건……."

옷매무새를 고치며 고자르의 말을 듣고 리스는 생각에 잠겼다.

"훌리스 잡화점은 마족 사이에서도 절대적인 인기를 자랑하는 울프 저스티스와 제휴한 걸로 되어 있으니까 마수 레이스장에서도 그것을 전면에 앞세우면, 어쩌면 간단히 해결할 수 있을지도 모른다냐……. 하지만 말단 마족들 중에는 울프 저스티스는커녕 현재 마왕의 이름조차 모르는 자도 드물지 않다냐."

"음, 그렇기에 마수 레이스상이 인간족만이 아닌, 그렇다고 마족만도 아닌, 그들 양쪽이 서로 협력해서 운영하는 모습을 모두가 알 수 있는 형태로 보여 줄 필요가 있다…… 훌리오 경은 그렇게 생각한 게 아닌가?"

그리고 훌리오에게 시선을 향하는 고자르.

고자르의 말에 훌리오는 미소로 끄덕였다.

"잘 풀릴지는 알 수 없지만, 그러는 편이 좋지 않을까 생각하거든요. 기왕 마족과 인간족 사이에 휴전 협정이 맺어졌으니까, 쓸데없는 분쟁의 씨앗은 최대한 피하는 편이 낫다고 생각해서, 돌아가면 관계자에게 타진해서 조정해 볼 생각이에요."

"음, 내가 협력할 수 있는 일이라면 언제든지 사양 말고 말해 주게. 친구로서 전력으로 협력할 것을 약속하지."

홀리오의 말에 고자르도 미소로 끄덕였다.

"감사합니다."

그런 고자르에게 홀리오도 또다시 미소로 끄덕였다.

하지만 홀리오 뒤쪽에서는 리스가 또다시 불만스러운 표정을 지었다.

"……저기, 왜, 왜 그래, 리스?"

"아뇨……. 서방님의 생각을 고자르와 우리미나스가 이해했는데, 아내인 제가 이해하지 못했으니까…… 웅얼웅얼웅얼."

입술을 삐죽이며 머뭇머뭇했다.

그러자 가릴 뒤쪽에서 안개가 출현하고 그 안에서 벤네에가 모습을 드러냈다.

"무슨 말씀이신가요, 자당. 저는 자당께서 레이스로 결판을 받아들인 걸 이해할 수 없어요. 그 자리에 있던 브란터커라는 남자의 목을 치겠고 언월도를 들었을 정도니까요."

"그때 나오려고 했던 건, 역시나 그런 이유였구나……. 억지로 막은 게 정답이었어."

벤네에의 말에 쓴웃음 짓는 가릴.

"흠…… 리스도 어지간히 싸움을 거는 편이라고 생각했는데,

설마 그보다 더한 사람이 있었을 줄이야."

"이것 참, 전직 마왕께 칭찬을 받으니 황송하기 그지없군요."

고자르의 말에 어딘가 엇나간 대답을 하며 벤네에는 깊이 머리를 숙였다.

"……아니, 지금 그건 칭찬이 아니잖아?"

그런 벤네에의 모습에 어이없다는 모습으로 한숨을 흘렸다.

어느샌가 일동은 화기애애하게 대화를 나누고 있었다.

홀리오는 그런 일동의 모습을 확인하고는 만족스럽게 끄덕이며 키를 조작했다.

그 움직임에 맞추어 마도선을 고도를 높이고 호우타우를 향해 항로를 수정했다.

"……이봐, 리리안주, 여기가 틀림없나?"

금발 용사는 어두운 표정으로 옆에 있는 리리안주에게 말을 건넸다.

그런 금발 용사의 시선 앞에서 리리안주는 곤혹스럽다는 표정을 지으며 고개를 갸웃거렸다.

"조금 전의 마을에서 들은 정보로는…… 분명히 이 부근이었을 텐데……."

연신 주위를 둘러보며 리리안주 역시도 마찬가지로 곤혹스럽다는 표정을 짓고 있었다.

——리리안주.

전직 사계의 사역마로, 지금은 금발 용사 파티의 일원으로서 주로 첩보 임무를 맡고 있다.

두 사람 주위에는 광대한 초원이 펼쳐져 있고, 인공적인 건물은 무엇 하나 보이지 않는 것이었다.

"하지만 말이다, 리리안주…… 어디에도 구인 모집을 하는 건물 따윈 안 보인다고?"

"이상하군요……. 정보로는 분명히 이 부근이었을 텐데……."

리리안주는 곤혹스럽다는 표정을 지으며 손에 든 지도로 시선을 향했다.

리리안주가 들고 있는 지도의 한 모퉁이에는 빨간 × 표시가 기입되어 있었다.

그 지도를 양옆에서 들여다보는 금발 용사와 리리안주.

"……음, 이 지도에 따르면 확실히 이 부근인 것 같다만……."

"그렇습니다……. 역시 마을로 돌아가는 편이 나을지도 모르겠습니다."

"하지만 말이다. 네가 들었다는 구인, 무척 벌이가 괜찮은 모양이니까…… 사실이라면 어떻게든 수주하고 싶다만……."

"그렇군요. 그러면 다른 분들도 마을에서 아르바이트를 할 필요도 없으니……."

그런 대화를 나누며 지도와 주위를 비교하며 살폈다.

금발 용사 일행은 근처 마을에서 주둔 중이었다.

그것도 츠야가 관리하던 돈이 바닥을 드러낼 지경이라, 흩어져서 마을 곳곳의 아르바이트를 하며 한창 돈을 버는 중이었다.

그런 가운데, 술집에서 설거지 아르바이트를 하던 금발 용사는, 같은 술집에서 웨이트리스로 일하던 리리안주가 가게 손님으로부터 고액 아르바이트 이야기를 들었기에 바로 현장으로 달려온 것이다.

두 사람은 분명 구인 장소로 달려왔을 터인데, 주위에 그럴 듯한 장소는 존재하지 않았다.

그래서 두 사람은 곤혹스럽다는 표정을 짓고 있었다.

그런 가운데, 금발 용사는 큰 한숨을 내쉬더니 지도에서 고개를 들었다.

"그런데 말이다……. 일단 밸런타인이 조금 더 먹는 양을 조절해 준다면 자금 변통도 편해질 텐데……."

"그, 그렇게 말씀하셔도, 원래 사계의 주민이신 밸런타인 님이 이계인 이 세계에 계속 존재하기 위해서는 마력을 미량이라도 가진 음식을 섭취하는 것이 가장 빠르니까……. 마력을 가진 마석을 섭취하는 방법도 있지만 그게 오히려 돈이 더 들 테고……."

"음, 그건 안다. 그저 푸념이니까 신경 쓰지 마라……. 하지만 리리안주."

"예, 왜 그러십니까, 금발 용사 경."

"너도 원래는 사계의 주민이겠지? 어째서 너는 그렇게 음식을 먹지 않고두 괜찮은 거지?"

"아, 저는 원래 이곳 클라이로드 세계를 시찰하기 위하여 육체를 개조하였으니……. 다만 그 탓에 사계의 마법을 사용할 수가 없게 되었습니다만."

"흠…… 일장일단이 있군."

리리안주의 말에 납득한 듯 끄덕이는 금발 용사.

"자, 이대로 여기서 시간을 낭비해 봐야 별 수 없지. 마을로 돌아갈까."

그러더니 원래 온 방향을 돌아봤다.

그때 리리안주가 주변을 둘러봤다.

"금발 용사 경…… 잠시 기다리시길……."

"응? 왜 그러느냐, 리리안주."

"조용히…… 저 소리가 들리지 않습니까?"

"저 소리……?"

리리안주의 재촉에, 귀에 신경을 집중하는 금발 용사.

두두두두두두…….

이윽고 금발 용사의 귀에도 무언가 소리가 들렸다.

"……응? ……으응?!"

그 소리를 알아차린 금발 용사는 고개를 갸웃거리며 더더욱 신경을 귀로 집중시켰다.

무심코 얼굴을 마주 보는 두 사람.

"……확실히…… 뭔가 들리는군."

"그렇습니다……. 기분 탓인지 서서히 커지는 것 같은데……."

"……그래서, 이 소리는 뭐냐……."

"……그게, 본인도 전혀……."

금발 용사와 리리안주는 그런 대화를 나누며 주위를 둘러봤다.

두두두두두두…….

"음, 소리는 점점 커지는데 소리의 발생원은 보이지 않는군."

"……기분 탓인지 저쪽 숲속에서 들리는 것 같습니다만."

리리안주의 말에 숲 쪽으로 시선을 향했다.

두 사람의 시선 끝……. 자세히 보니 숲 안쪽의 나무들이 좌우로 흔들리고 있었다.

그 흔들림이 묘하게 서서히 금발 용사와 리리안주 쪽으로 다가

오는 것처럼 보였다.

그 모습을 응시하는 두 사람의 시선 앞에서 나무들의 흔들림은 점점 커지며, 가까워지더니.

버석버석버석…… 버스럭!

다음 순간, 숲속에서 거대한 마수가 모습을 드러냈다.

"뭐냐?!"

"어어?!!"

금발 용사와 리리안주가 둘이서 동시에 경악한 표정을 지었다.

숲속에서 모습을 드러낸 그 마수는 캥거루를 연상시키는 모습으로, 우락부락한 다리를 구사하여 금발 용사의 다섯 배는 될 거구로는 느껴지지 않을 만큼 빠르게 달리고 있었다.

몸과는 걸맞지 않게 커다란 머리를 가진 그 마수는 입을 크게 벌린 상태 그대로, 금발 용사와 리리안주를 향해 일직선으로 돌진했다.

"이, 이런! 도망치자고!"

"아, 알겠습니다, 금발 용사님!"

금발 용사의 말에 리리안주도 정신을 차렸다.

두 사람은 황급히 발길을 돌리고는 바로 그 자리에서 쏜살같이 도망쳤다.

"서둘러라, 리리안주!"

"아, 알겠습니다!"

금발 용사의 말에 리리안주는 전력으로 질주했다.

탐색에 특화된 사계의 사역마인 리리안주인 만큼 속도는 굉장해서, 그 결과 금발 용사만 남겨 두고 저 앞에 가버렸다.

"자, 잠깐잠깐잠깐 리리안주! 나, 나를 두고 가지 마라!"

"그, 그렇게 말씀하셔도 본인의 전력 질주는……."

"에잇! 빨리 달리고, 나도 내버리지 마라!"

"그, 그런 억지스러운 말씀을 하셔도…… 본인의 힘으로는 금발 용사 경을 업고 달릴 수도 없으니……."

그런 대화를 나누면서도 필사적으로 계속 달리는 두 사람을 거대한 마수가 집요하게 계속 쫓았다.

입을 크게 벌리고, 입 주위에는 침을 마구 흘리고 있었다.

"제, 젠장…… 저 마수, 우리를 먹이로 착각한 거 아니냐?"

"착각이라고 할까, 잡식성 마수라면 본인들을 포식하는 것도 당연하지 않을까요……."

"에잇, 이런 곳에서 마수한테 먹힐 수야 있겠느냐!"

금발 용사는 필사적으로 속도를 올렸다.

앞을 달리는 리리안주도 어깨 너머로 뒤를 돌아보며 금발 용사를 걱정하고 있었다…….

"그, 그보나도 리리안주…… 너, 조금 정도는 속도를 늦추지 않겠느냐."

"그런 짓을 했다가는 본인까지 먹혀버리지 않겠습니까. 걱정하지 않으셔도 만에 하나 금발 용사 경이 마수에게 먹혀 버린다면, 밸런타인 님과 동료들에게 그 사실을 전하여 가급적 빨리 구출할 터이니……."

"이, 이 자식…… 그건 나를 희생시키겠다는……."

큰 소리로 말다툼을 벌이며 필사적으로 달리는 그들. 그러나 그들을 쫓는 마수의 속도는 무척 빨라서, 금발 용사와의 거리가 점점 좁혀지고 있었다.

……그때였다.

"사, 살려줘요~."

금발 용사의 귀에 비명이 들렸다.

필사적으로 달리면서도 그 비명을 들은 금발 용사는, 여전히 필사적인 모습으로 주위를 둘러봤다.

하지만 금발 용사 주위에서 목소리의 주인으로 보이는 사람의 모습을 확인할 수는 없었다.

그런 금발 용사의 귀에.

"살~려~줘~요~."

이번에는 조금 전보다도 더욱 선명한 비명이 들렸다.

"이 비명…… 대체 어디서 들리는 것이냐……?"

곤혹스럽다는 표정을 짓는 금발 용사.

그 앞을 달리던 리리안주가 무언가 깨달았는지 퍼뜩 놀란 표정을 지었다.

"금발 용사 경! 위입니다! 위!"

금발 용사보다 앞을 질주하던 리리안주가 마수의 머리 위를 가리켰다.

"위라고?"

리리안주의 말에 퍼뜩 놀란 금발 용사는 그 손가락이 가리키는 방향으로 시선을 향했다.

리리안주의 손가락이 향한 곳, 거대한 마수의 머리 위에는 거대한 뿔이 있었는데, 그 뿔에 무언가 로프 같은 것이 묶여 있고, 마수 뒤쪽으로 이어진 로프의 끝에 한 여자의 모습이 있었다.

그 여자는 마수의 뿔에 묶여 있는 로프 끝을 양손으로 붙잡고 있어서, 마수가 목을 움직일 때마가 로프도 좌우로 흔들려서 여자 역시도 격렬하게 좌우로 흔들렸다.

여자는 어떻게든 로프를 붙잡고는 있지만 떨어져 버리는 것은 시간문제로 여겨졌다.

그 여자의 존재를 알아차린 금발 용사.

"저 여자…… 저런 장소에서 대체 뭘 하는 것이냐?"

시선을 어깨 너머 뒤쪽으로 향한 상태로 고개를 갸웃거렸다.

그때였다.

『금발 용사 경! 무사하십니까!』

여성의 목소리와 함께 금발 용사의 앞쪽에 마차 한 대가 출현했다.

마차임에도 불구하고 말도 없이 마차 그 자체가 스스로 달리고 있었다.

"오오! 그 목소리는 아룬키츠인가!"

그 목소리에 환희의 표정을 짓는 금발 용사.

그렇다…….

이 마차는 금발 용사 파티의 일원인 짐마차 마인 아룬키츠가 변화한 마차였다.

짐마차 마인인 아룬키츠는 자신이 접촉한 적이 있는 탈 것으로 변화하는 능력은 가진 마인이다……만, 자신의 체내 마력량이 그다지 많지 않기에 거대한 탈 것으로 변화할 수는 없다…….

『아르바이트가 끝났으니까 마중을 나왔는데, 좋은 아르바이트를 찾았다며 이쪽에 계신다고 들어서 왔습니다만…… 뒤에 있는 마수는 뭡니까?』

"자세한 설명은 나중에! 일단 이 녀석을 어떻게든 해줘!"

금발 용사가 외치는 것과 동시에, 아룬키츠가 변화한 마차의 문이 기세 좋게 열렸다.

그곳에서 밸런타인이 기세 좋게 튀어나왔다.

"그런 일이라면 저 밸런타인에게 맡겨주세요, 금발 용사님."

아룬키츠가 변화한 짐마차의 지붕 위로 뛰어오른 밸런타인은 손에서 마의 실을 만들어 내며 자세를 취했다.

"자, 금발 용사님을 덮친 걸 지하세계에서 후회해라!"

그리고 양손을 들어 올렸다가 그대로 단숨에 다시 휘둘렀다.

마의 실이 그 움직임에 맞추어 허공을 가르며 마수를 덮쳤다.

마수는 처음에 우선 마의 실을 물어뜯으려고 기세 좋게 움직였지만, 격렬하게 움직일 때마다 마의 실이 복잡하게 뒤얽혀서 서서히 움직일 수가 없게 되었다.

그런 가운데.

"아바바바바……."

마수에서 끌려 다니며 허공을 헤매던 여자까지 마의 실에 휘감겼다.

"……음, 안 되겠군! 리리안주, 저 여자가 잡고 있는 끈을 끊어

버려라!"

"아, 알겠습니다!"

금발 용사의 말에 양쪽 팔꿈치 앞쪽을 칼날로 변화시킨 리리안주는 마수를 향해 도약, 양팔을 휘둘렀다.

리리안주의 칼날로는 마의 실을 끊을 수는 없었지만, 칼날을 컨트롤해서 마의 실을 여자의 몸에서 밀어내고 그녀가 붙잡은 로프를 절단했다.

"후와아아아아아?!"

하늘을 가르며 여자가 비명을 질렀다.

그 밑에서는 차례차례 밀려들은 마의 실로 칭칭 감긴 마수가 커다한 소리와 함께 쓰러졌다.

그리고 하늘을 가르던 여자는 마수 위에서 몇 번인가 튕긴 뒤.

"헤붑!"

땅바닥에 안면부터 격돌했다.

"이봐, 여자. 무사한가."

금발 용사가 황급히 달려갔다.

그런 금발 용사 앞에서 여자는 번쩍 고개를 들었다.

"푸하…… 주, 죽는 줄 알았어요……. 더, 덕분에 살았어요."

'아니…… 저런 기세로 땅바닥에 처박혔는데…… 잘도 살아있군, 이 여자.'

안면의 모래를 양손으로 털어 내는 여자에게 시선을 향하며 금발 용사는 묘하게 감탄한 표정을 지었다.

"금발 용사니임! 무사하신가요오!"

그곳으로 짐마차 상태인 아룬키츠에서 내린 츠야가 달려왔다.

그 뒤쪽에서 왕창 우하와, 마의 실 공격을 마친 밸런타인도 뒤따랐다.

"나를 누구라고 생각하느냐. 당연히 무사하지."

팔짱을 끼고 자신만만한 표정을 짓는 금발 용사.

"그런 말씀을 하시지만, 밸런타인 님이 늦었더라면 꽤나 위험했던 거 아닌가요?"

왕창 우하가 쿡쿡 웃으며 금발 용사의 옆구리를 오른쪽 팔꿈치로 꾹꾹 눌렀다.

"으, 음…… 그, 그건 물론 감사한다."

왕창 우하의 말에 금발 용사는 수줍음을 감추려 헛기침을 하며 딴청을 부렸다.

그런 대화를 나누는 금발 용사 일행.

땅바닥에 처박혀 있던 여자는 그런 금발 용사 일행의 모습을 바라보던 중, 금발 용사가 들고 있는 양피지를 깨닫고 눈을 동그랗게 떴다.

"……어라? 그건 일자리를 알선하는…….''

"아, 이거 말이냐. 이 부근에서 아르바이트를 모집한다고 들었다만…… 의뢰주가 보이질 않아서 곤란하던 참이다…….''

그러더니 표정이 어두워졌다.

그 말을 들은 여자는 표정이 환해졌다.

"그거! 저예요! 그 모집을 한 게 저예요!"

"뭐, 뭐라고?"

여자의 말을 듣고 금발 용사는 눈을 동그랗게 떴다.

다시금 양피지 내용을 확인하고 여자와 양피지를 교대로 바라봤다.

"……그럼 네가 이 모집을 낸, 여 조교사가 틀림없나?"

눈앞의 여자에게 그리 말을 건넸다.

그 말에 그 여자, 테르마는 싱긋 미소 짓더니.

"예, 그래요. 이번에는 제 모집에 응해 주셔서 정말 감사합니다. 그럼 바로……."

그러면서 일어서려고 했지만…….

그녀에게 금발 용사가 오른손을 내밀며.

"잠깐만, 우리는 아직 이 이야기를 받아들이겠다고 하진 않았다. 우선은 조건을 설명해 줬으면 한다만?"

그러고는 다시금 테르마에게 시선을 향했다.

'음. 이 아르바이트, 뭔가…… 안 좋은 예감밖에 안 든다만…….'

그리고 값어치를 메기듯이 그 여자, 테르마를 빤히 바라봤다.

"아, 그, 그도 그러네요, 정말로 말씀하시는 그대로예요."

그런 금발 용사 앞에서 테르마는 옷에 묻은 흙을 털어내며 일어서서 가볍게 헛기침을 했다.

"그럼 다시, 제가 모집 광고를 낸 조교사 테르마예요. 지금은 마왕산 푸링푸링 파크에 신설된 마수 레이스에 사용할 거대한 마수를 포박하려 하고 있는데……. 역시나 상대가 거대한 마수다 보니, 저 하나의 테임 능력으로는 제대로 붙잡을 수가 없어서 도와주실 분을 모집했어요……."

그러더니 깊이 머리를 숙였다.

"부탁할게요! 의뢰주와의 약속 기한까지 별로 시간이 없어요. 부디 도와주시지 않겠나요?"

금발 용사에게 그리 말을 건넸다.

그 말을 진지한 표정으로 듣고 있던 금발 용사는 잠시 생각에 잠기더니, 마의 실에 칭칭 감겨 있는 거대한 마수에게 시선을 향했다.

"……그래서, 마수는 전부 몇 마리를 잡아야만 하는 거지?"

"예, 마흔 마리예요."

"……그리고 이제까지 몇 마리를 붙잡았지?"

"넵, 한 마리입니다."

"한 마리?"

"예, 그래요."

"……잠깐만."

테르마의 말에 표정이 어두워지는 금발 용사.

"……테르마…… 설마 그럴까 싶지만, 그 한 마리라는 건 지금 여기 있는 마수는 아니겠지?"

그렇게 묻는 금발 용사.

그런 금발 용사의 말에 테르마는 싱긋 미소로 답했다.

"예, 그 한 마리예요."

'……아직 한 마리밖에 못 잡았다……고?'

테르마의 말에 미간에 주름을 짓는 금발 용사.

그런 금발 용사에게 테르마는 생글생글 계속 미소 지었다.

"이것 참, 약속 기한까지 앞으로 사흘밖에 없는데, 앞으로 서른 아홉 마리나 잡아야 하거든요……? 웃기지 않나요?"

그러더니 테르마는 금발 용사 앞에서 배를 붙잡고서 웃기 시작했다.

그런 테르마를 바라보며 금발 용사는 이마에 땀을 흘렸다.

"……아니, 너…… 웃을 일이 아니잖아? 이미 상당히 위험한 상황 아닌가?"

"아니, 그렇기는 한데요…… 처음에는 테임 능력으로 어떻게든 할 수 있다고 생각했는데, 날뛰는 상태의 마수한테는 전혀 효과가 없어서……. 어쩔 수 없이, 이걸로라도 어떻게든 해볼까 했는데요……."

그러더니 조금 전까지 붙잡고 있던 로프를 얼굴 쪽으로 가져다 대며 아하하 웃음을 터뜨렸다.

"하지만 이상하네요……. 제 테임 능력도 그렇게나 약하진 않은데, 기분 탓인지 이상하게 흥분한 것 같았어요."

로프를 한 손에 들고서 그런 말을 하는 테르마.

그런 테르마의 태도에 금발 용사를 쓴웃음 지었다.

'……아니아니아니, 웃을 때가 아니야……. 흥분했는지 어떤지는 제쳐 놓고, 그 로프를 사용했는데도 마수에게 끌려 다니기만 하면서 아무것도 못하지 않았나. 그런 상태인데도 다른 수단은 전혀 없는 녀석의 일을 받아들였다가눈…… 우리 파티의 모두에게 위험이…….'

한바탕 생각한 금발 용사는 크게 숨을 내쉬었다.

"……아니, 아무리 그래도 이건…… 확실히 잘만 하면 벌이가 괜찮을지도 모르겠다만…… 받아들일 수는…….”

금발 용사는 거기까지 말했다……만, 그런 금발 용사 옆에서 그를 향해 츠야가 손에 든 주머니를 계속 과시하고 있었다.

그 주머니……. 츠야가 지갑 대신에 애용하는 주머니로, 그 주머니는 척 봐도 알 수 있을 만큼 텅 빈 상태였다.

‘……그러고 보니…… 최근에는 큰 일거리를 못 했던가…….’

그 사실을 떠올린 금발 용사는 크게 한숨을 내쉬었다.

그런 비참한 상태인 주머니를 손에 든 채, 츠야는 눈물을 글썽이며 금발 용사를 바라봤다.

‘……위험해 보인다는 건 알지마안, 어떻게든 돈을 벌었으면 하는데요오…….’

그녀의 눈은 그렇게 호소하고 있었다.

‘……큭…… 이건 어쩔 수 없나…….’

금발 용사는 한숨을 내쉬며 머리를 부여잡았다.

몇 각 후…….

숲속에 폭음이 울리고 있었다.

그 소리의 발생원에서 대치하고 있는 것은 거대한 마수와 밸런타인.

"슬슬, 진심으로 갈게.”

밸런타인은 그러더니 하늘을 향해 양손을 들어 올리고, 그 양손에서 방출된 무수한 마의 실이 허공을 춤췄다.

GUA?

그런 밸런타인의 앞, 그녀를 향해 발을 구르던 마수는 그녀의 양손에서 방출된 마의 실로 시선을 향했다.

다음 순간, 마수의 시야를 뒤덮으며 마의 실이 감겨들었다.

GUAAAAAAAAAAAAAAAAAAAAAAAAAAAAA?!

마수의 절규에 가까운 포효.

마의 실에 닥쳐오는 상황에서도 밸런타인을 향해 돌진했지만, 마의 실이 차례차례 감겨들어 마수의 거대한 몸을 뒤덮었다.

마수는 필사적으로 발버둥 쳐서 어떻게든 마의 실의 포박에서 벗어나려고 했다.

하지만 그보다도 빠르게 마의 실이 순식간에 마수의 몸을 뒤덮어 버리고, 이윽고 마수는 실로 칭칭 감겨서는 꿈쩍도 하지 못하게 되었다.

"밸런타인 씨, 고마워요. 뒷일은 맡겨 주세요."

테르마가 그곳으로 달려갔다.

마수의 머리 위치에 다다르더니 양손으로 마수의 머리를 향해 영창했다.

"그럼 마수 씨. 얌전히 있어요."

그 손앞으로 마법진이 출현하고, 그 마법진이 마수의 머리 위에서 회전했다.

그러자 어떻게든 마의 실에서 벗어나려 발버둥 치던 마수는 서서히 얌전해지고, 이윽고 꿈쩍도 하지 않게 되었다.

"에헤헤, 움직일 수 없는 상태의 마수라면 제 테임 능력도 통하네요."

칭칭 감긴 상태의 마수를 올려다보며 기쁘게 미소 짓는 테르마.

"음…… 이걸로 어떻게든 일곱 마리인가……."

그런 테르마 뒤쪽에서 걸어온 금발 용사는 마수를 잠시 올려다보다가 크게 한숨을 내쉬었다.

"……허나 말이다, 테르마……."

"아, 예, 뭘까요?"

"너, 일을 수주한 건 좋은데…… 지나치게 계획성이 없는 거 아니냐? 거대한 마수를 포박하는 일을 맡아 놓고, 그 마수를 수송할 방법도 생각하지 않았다니……."

한숨을 내쉬는 금발 용사 뒤쪽에서 거대한 짐수레로 변화한 아룬키츠가 마수 쪽을 향해 이동했다.

그 짐칸에는 마의 실로 칭칭 감긴 후 테임 마법으로 얌전해진 마수가 여섯 마리 실려 있었다.

"자, 그럼 태우지. 아룬키츠, 괜찮겠나?"

『그렇군요……. 앞으로 두세 마리까지는 어떻게든 될 것 같습니다.』

"예예, 그럼 이 녀석도 얼른 실어 버리자."

"좋아, 그럼 간다…… 흠!"

밸런타인과 왕창 우하, 금발 용사까지 셋이 붙어서 마수를 아룬키츠의 짐수레 위에 얹었다.

'······정말로 힘껏 밀고 있어요! 하는 표정을 하고 있어도 왕창 우하는 인간족 어린애 수준의 완력밖에 없으니까, 사실 거의 도움이 안 되지만······.'

그런 일동을 바라보며 테르마는 미안하다는 듯 몇 번이고 머리를 숙였다.

"죄송해요. 처음에는 제 테임 능력으로 시켜서 인도 장소까지 데려갈 생각이었어요······."

설명하는 동안에도 거듭 머리를 숙이는 테르마.

마수를 짐마차에 마저 실은 금발 용사는 크게 한숨을 내쉬며 테르마에게 시선을 향했다.

"헌데, 테르마. 아무리 그래도 너무 경솔하지 않나? 달성할 수 있을 것 같지도 않은 일을 맡다니······."

그렇게 말하는 금발 용사에게 테르마는 납득이 가지 않는다는 태도로 팔짱을 끼며 고개를 갸웃거렸다.

"그렇기는 하지만······ 조금 이상해요······. 이전에 왔을 때, 이 부근의 마수는 제 테임 능력으로 따르게 만들 수 있었거든요······. 그런데 이 의뢰를 맡고 일에 착수했더니, 이제끼지 본 적도 없는 마수들이 잔뜩 있고, 제 테임 능력도 안 통하고······. 정말로 대체 어떻게 된 상태인지······."

납득이 가지 않는다는 듯 몇 번이고 고개를 갸웃거렸다.

금발 용사는 그런 테르마를 보며 자신의 턱에 오른손을 댔다.

"흠····· 그러니까 이 부근에서 이제까지와는 다른 무언가가 벌어지고 있다, 그런 이야긴가?"

◇ ◇ ◇

금발 용사 일행이 마수를 신고 있던 그때…….

조금 떨어진 절벽 위에서 금발 용사 일행의 모습을 감시하는 것 같은 무리가 있었다.

그들의 선두에 두 여자가 서 있었다.

커다란 나무에 자신의 몸을 감추듯 금발 용사 일행의 모습을 감시하며, 분하다는 듯 혀를 차는 여자.

"……설마 우리 말고도 이곳의 마수를 잡으러 오는 녀석들이 있다니……. 상당한 손실이야."

검정색을 바탕으로 한 고스로리 드레스를 입고 등에 커다란 주판을 짊어진 그 여자──잔데레나는 주판을 손에 들고서 달칵달칵 주판알을 튕겨 손실액을 계산하더니, 분하다는 듯 연신 혀를 찼다.

──잔데레나.

암상회의 금고 담당으로, 상회의 자금을 홀로 관리하는 금고 담당.

고스로리 복장을 좋아하고 거대한 주판을 항상 짊어지고서 행동한다.

체구는 작지만 무척 힘이 강하고, 항상 중얼중얼 혼잣말을 한다.

"……이 부근은 마왕령 안에서도 무척 가장자리라 인간족령에 가까우니까, 마족들이 필요 없어진 마수를 잔뜩 유기한단 말이지. 최근에 오픈한 마왕산 푸링푸링 파크의 마수 레이스장에 이 마수들을 가져갈 수 있다면, 이 타이밍에 상당한 벌이가 되겠다고 생각해서 와봤더니…… 설마 우리를 제친 녀석들이 있을 줄이야. ……SHIT!"

분하다는 듯 혀를 차며 금발 용사 일행을 노려보는 잔데레나.

"애시당초 암왕님도 암왕님이야……. 하는 일마다 번번이 실패한 탓에 암상회의 금고는 쪼들린다고 매번 보고하고 있는데, 그 멍청한 여우 자매를 보내서는 '돈 주세요'라니……. 바보 취급하지 말라고, SHIT! SHIT!! SHIT!!!"

계속 혀를 차며 주판을 든 손을 부들부들 떠는 잔데레나.

그 뒤쪽에서 잔데레나와 무척 비슷한 고스로리 의상을 입은 얀데레나가, 안 그래도 커다랗고 검은 눈을 더욱 부릅뜨고서 오른발을 기점으로 빙글빙글 돌듯이 연신 춤을 췄다.

──얀데레나.

잔데레나의 동생으로, 잔데레나의 호위 담당.

언니와 마찬가지로 고스로리 복장을 좋아하고, 항상 마구 춤을 추곤 한다.

오페라처럼 노래하며 마구 걷어차고 때리는 것이 특기이다.

잔데레나의 분노를 대변하듯이 얀데레나는 고속으로 마구 춤을 췄다.

"방해방해방해방해방해하는 녀석들은 죽일 수밖에 없겠~지~♪"

가성을 내지르고 춤추는 속도를 더욱 가속했다.

"……이 빌어먹을 동생이!"

그런 얀데레나의 안면에 잔데레나의 거대한 주판이 처박혔다.

"으가아아아아아아아아아아?!"

잔데레나의 주판으로 얻어맞은 얀데레나는 비명을 지르며 날아갔다.

"……틱……이…….."

얀데레나는 땅에 쓰러져서 안면을 누르며 꿈틀꿈틀했다.

그런 얀데레나를 잔데레나는 분노 섞인 시선으로 내려다봤다.

"……목소리가 커…… 들키면 어쩌려는 거야, SHIT!"

주판을 다시 등에 짊어지고 나무그늘에서 금발 용사 일행의 상황을 확인했다.

"……알겠어? 안 그래도 호우타우라는 시골동네에서 마수를 얻으려다가 드래고뉴트랑 메이드의 방해로 실패했으니까, 이곳의 마수들을 우리가 붙잡아서 마수 레이스장 녀석들한테 초고가로 팔아치우지 않으면 암상회의 군자금이 엄청 위험한 상황이니까 말이지, SHIT!"

잔데레나는 얀데레나에게 낮은 목소리로 말했다.

그 말에 얀데레나는 안면을 누르며 고개를 끄덕끄덕했다.

"……그, 그러니까 이 부근의 마수를 붙잡으려는 녀석들에게는, 즉각, 퇴장을 부탁할 수밖에 없다고 SHIT!"

그러면서 잔데레나는 거대한 주판을 다시금 손에 들고 주판알을 튕겼다.

목에 힘을 주고는 머리부터 벌떡 일어난 얀데레나.

"그럼그럼그럼? 또 마수한테 특제 흥분제를 주사해서, 저 괘씸한 녀석들을 덮쳐? 덮쳐버려버려? 버려?"

"그러네……. 저 녀석들이 간단히 마수를 붙잡지 못하도록, 마수들을 날뛰게 만들 수밖에 없겠어……."

주판알을 딱딱 튕기며 떨떠름한 표정을 짓는 잔데레나.

한동안 잔데레나는 주판알을 튕겼지만 그 손가락이 뚝 멈췄다.

"……정말로 짜증나네, 저 녀석들도 참…… 갓뎀!"

분하다는 듯 혀를 차며 잔데레나는 금발 용사 일행을 다시 노려봤다.

한동안 잔데레나는 금발 용사를 계속 노려봤지만 갑자기 입가에 미소를 지었다.

"그래…… 괜찮은 게 떠올랐을지도."

짊어진 거대한 주판을 딱 튕기며 크크크크, 어두운 웃음을 흘렸다.

그리고 몇 각 후…….

"어~라~."

츠야는 눈가에 눈물을 글썽이며 숲속을 질주했다.

그 뒤를 네발 마수가 전력 질주로 쫓고 있었다.

나무들 사이를 누비듯이 달리는 츠야를, 마수는 나무까지 쓰러 뜨리며 똑바로 쫓아왔다.

"조, 조금만 더…… 히이이……."

마수와의 거리가 좁혀지며 츠야는 비명을 질렀다.

양팔을 좌우로 휘적이는, 볼품 없는 여자애 달리기라서 전혀 가속이 붙지 않아 순식간에 거리가 좁혀진다.

……그때였다.

"예, 츠야 님, 수고했어요."

근처 절벽 위에서 대기 중이던 밸런타인이 마의 실을 방출하 고, 그 실을 츠야의 허리춤에 감아서 공중으로 들어 올렸다.

"밸런타인 니임, 기다렸다고요오……."

츠야는 쌔액쌔액 거친 숨을 몰아쉬며 안도한 표정을 지었다.

갑자기 공중으로 들려 올라가는 츠야를 앞에 두고 그녀를 쫓던 마수가 분하다는 듯 울음소리를 높이며, 계속해 공중의 츠야를 쫓았다.

그러자 마수의 거구가 갑자기 출현한 함정으로 떨어졌다.

"좋아, 걸렸다!"

함정 안으로 추락한 마수를 확인한 금발 용사는 구멍 근처의 나 무그늘에서 튀어나오더니, 만면의 미소를 지으며 함정으로 달려 갔다.

금발 용사의 손에는 애용하는 전설급 아이템 드릴 불도저 삽이 들려 있었다.

"우와, 굉장하네요."

뒤쪽에서 감탄한 표정인 테르마가 달려와서, 금발 용사를 따라서 구멍 안을 들여다봤다.

구멍 안으로 추락한 마수는 충격으로 기절했는지 꿈쩍도 하지 않았다.

구멍 안을 확인하는 금발 용사와 테르마 옆으로 걸어온 왕창 우하는 양팔을 뒤통수 부근에 교차하고는, 득의양양한 표정을 지으며 말했다.

"흐흥, 어때? 굉장하지?"

"……아니, 함정을 판 건 나다만…… 왜 아무것도 안 하는 네가 득의양양한 거냐?"

그런 왕창 우하의 태도에 의아하다는 표정을 짓는 금발 용사.

그런 금발 용사에게 왕창 우하는 헤실 웃으며 오른손을 팔랑팔랑했다.

"자자, 그건 운명 공동체라는 걸로 괜찮잖아요."

"……정말이지, 넉살 좋은 녀석이로군."

금발 용사는 쓴웃음 지으며 드릴 불도저 삽을 어깨에 얹었다.

"좋아, 그럼 마수를 회수하자고."

"아, 예, 알겠어요. 그럼 바로 테임할게요."

금발 용사의 말에 끄덕이더니 테르마는 구멍 안을 향해 손을 뻗었다.

그런 두 사람 곁으로 짐마차 상태의 아룬키츠, 절벽 위에서 내려온 밸런타인과 츠야가 걸어왔다.

"허억…… 허억…… 하, 하지만…… 어째서 제가 미끼가 되어

야만 하는가요오……."

"마수들은 똑똑하니까요. 저나 리리안주가 상대라면 마수가 경계를 해버리니까요."

어깨가 들썩일 만큼 숨을 몰아쉬는 츠야 옆에서 턱에 오른손 검지를 대며 고개를 갸웃거리는 밸런타인.

그런 밸런타인에게 왕창 우하가 헤실 웃었다.

"아룬키츠는 짐을 옮겨야만 하고, 금발 용사님은 진두지휘를 해야 하고, 테르마 씨는 테임을 해야 하고…… 소거법으로 츠야 님의 마수의 미끼가 될 수밖에 없잖아요."

"음, 그렇군……."

밸런타인이 마의 실로 마수를 들어 올리는 것을 확인하던 금발 용사는, 왕창 우하의 말을 들으며 음음 끄덕였다.

"음…… 그렇군, 그 논법이라면 다음 미끼는 너라도 문제없다는 거로군, 왕창 우하."

"웅웅…… 어…… 에?"

금발 용사의 말에 크게 끄덕이던 왕창 우하는, 자신의 이름이 나온 것을 깨닫고 당황한 표정을 지으며 눈을 크게 떴다.

그런 왕창 우하의 어깨에 츠야가 손을 툭 얹었다.

"그러네요오…… 그럼 다음 미끼 역할은 왕창 우하 님한테 부탁할게요오."

싱긋 미소를 짓는 츠야.

"……엣? ……뭐? ……에?"

츠야의 말에 눈을 동그랗게 뜨며 곤혹스럽다는 표정을 짓는 왕창 우하.

그런 왕창 우하 주위에서는 일이 척척 진행되더니.

"그럼 우하, 잘 부탁하마. 다들, 다시금 자기 위치로."

"""예!"""

금발 용사의 말과 함께 주위로 산개하는 금발 용사, 밸런타인, 츠야, 테르마.

"에이, 어? 진짜? 진짜로 나?"

일동의 모습을 당황한 표정으로 둘러보는 왕창 우하의 머릿속에서.

『다음 마수를 유도해서 오겠습니다.』

마수 탐색을 위해 숲속을 돌던 리리안주의 목소리가 울렸다.

"허? 예? 어? 지, 진짜로 나?"

왕창 우하는 주위를 둘러보며 온몸에 비지땀을 흘렸다.

다음 순간, 숲속에서 거대한 마수가 모습을 드러냈다.

"히, 히에에에에에에에에에에에에?!"

나무들을 쓰러뜨리며 돌진하는 마수.

마수에게시 도망치고자 왕창 우히는 밀시적으로 달러갔다.

"이, 이봐, 왕창 우하! 다음 구멍은 그쪽이 아니라고!"

나무그늘에서 금발 용사가 목소리를 높였다.

하지만.

"아아아아아아아아아아아! 무리이이이이이이이이이이이이!"

도망치느라 필사적인 왕창 우하의 귀에 그 목소리가 닿지는 않았다.

◇ ◇ ◇

"……정말이지. 작전대로 하지 못하겠느냐."

간신히 마수를 새로운 함정으로 떨어뜨리는 것에 성공한 금발 용사는, 왕창 우하에게 시선을 향하며 미간에 주름을 지었다.

그런 금발 용사의 시선 앞에는, 완전히 탈진해서 땅바닥에 대자로 쓰러져 있는 왕창 우하가 있었다.

금발 용사에게 무언가 말대답을 하려고 했지만 호흡이 전혀 가라앉지 않아서 말을 꺼내지도 못했다.

"……왕창 우하 니임, 다음은 제가 갈 테니까요오."

그런 왕창 우하에게 츠야가 굳은 미소를 지었다.

일동 옆에서는 막 처리한 마수를 밸런타인이 마의 실로 들어 올리는 참이었다.

구멍 근처에 세워둔 아룬키츠의 짐마차에는 상당한 숫자의 마수가 실려 있었다.

"……음, 이제 조금만 더 하면 되나."

금발 용사는 마수의 숫자를 세며 흠, 끄덕였다.

그런 금발 용사 앞으로 테르마가 달려왔다.

"정말 감사합니다! 정말 감사합니다! 정말 감사합니다아! 이런 식이라면 기한까지 어떻게든 맞출 수 있겠어요."

테르마는 만면의 미소를 짓고 몇 번이나 계속 머리를 숙이며 감사의 말을 입에 담았다.

그런 테르마 근처에서 마의 실을 컨트롤하는 밸런타인이 고개를 갸웃거리며 시선을 향했다.

"이상하네……. 네가 사용하는 테임 능력이라면 이 정도 마수들, 얌전히 따르게 만들 수 있을 거라 생각하는데……."

밸런타인이 의아하다는 표정을 지었다.

그런 밸런타인의 말에 테르마는 바로 눈물을 글썽였다.

"그렇다고요……. 실제로 이제까지는 문제없이 테임할 수 있었으니까, 이번에도 문제없이 가능할 거라 생각했는데. 아무리 애써 테임해도 금세 테임 상태에서 깨어나고, 날뛰더라고요……. 함정에 떨어져서 기절하거나 마의 실로 칭칭 묶여서 꼼짝도 못하는 상태라면 테임할 수 있지만…… 뭔가 이상해요."

계속 눈물을 글썽이며 양쪽 어깨를 푹 떨어뜨렸다.

'……흠, 이상한 이야기로군…… 마치 마수가 갑자기 흉포해진 것같이…….'

테르마의 말을 듣고 금발 용사는 팔짱을 끼며 생각에 잠겼다.

『금발 용사님, 잠깐 괜찮겠습니까?』

그런 금발 용사에게 짐마차 상태의 아룬키츠가 말을 건넸다.

"음? 아룬키츠, 왜 그러지?"

『예. 사실은 조금 전부터 실려 있는 마수들 말입니다만, 그들의 몸에 이런 게 붙어 있습니다.』

짐마차 구석에 작은 선반을 출현시키는 아룬키츠.

그 선반 위에는 커다란 바늘 같은 것이 놓여 있었다.

그 바늘은 무척 크고, 바늘 뒤쪽에는 화살처럼 깃털이 달려 있어 멀리서 쏜 물건이라 추측되었다.

금발 용사는 짐마차 상태인 아룬키츠에게 시선을 향하고는.

"……이 바늘은 뭐지?"

고개를 갸웃거리며 그 바늘을 손에 들고 빤히 바라봤다.

그런 금발 용사에게 아룬키츠는 자신의 의견을 밝혔다.

『이 바늘 말입니다만, 테르마 경의 테임 능력이 통하지 않는 마수들의 몸에 빠짐없이 박혀 있어서……. 아무래도 바늘 끝에 흥분제가 발라져 있는 것 같습니다…….』

"흠……."

아룬키츠의 말을 듣고 다시금 찬찬히 바늘을 관찰했다.

"어쩌면…… 이 바늘이 마수들에게 테르마의 테임 효과가 통하지 않은 원인일지도 모르겠군."

"이, 이 바늘이…… 말인가요?"

금발 용사 옆에서 테르마도 바늘을 바라봤다.

그 옆에서 밸런타인도 바늘을 손에 들고 손끝으로 쿡쿡 건드려본다.

"그러게……. 꽤나 센 흥분제야, 이거. 이런 흥분제가 주입된다면 테임이 통할 리가 없겠지."

"허어…… 그렇군요."

밸런타인 옆에서는 츠야도 그 바늘을 관찰하고 있었다.

그러자 숲속에서 돌아온 리리안주가 두 사람 곁으로 걸어와서 바늘 끝을 향해 오른손을 내밀었다.

작게 영창하자 그 손앞으로 마법진이 전개되고 바늘 끝을 중심으로 회전했다.

탐색이 특기인 리리안주는 조사 스킬도 가지고 있어서, 그 스킬을 사용해서 바늘을 조사했다.

"이, 이 바늘은 무척 성가신 물건이로군요……. 바늘 끝에 발린 흥분제 말입니다만, 이건 위법 수준입니다. 경우에 따라서는 지나치게 흥분해서 마수가 죽어 버릴 정도니까……. 이건 상당히 문제가 있는 집단이 관여된 것 같군요."

"흠…… 그, 그렇게나 문제가 있는 약물이 이 바늘 끝에……."

금발 용사는 리리안주의 손으로 얼굴을 가져다 대고 그 앞을 찬찬히 바라봤다.

……푹.

그때 금발 용사는 몸에 묘한 감촉을 느끼고는, 그 감촉이 느껴진 허벅지로 시선을 향했다.

그 시선 끝…… 금발 용사의 허벅지에는 지금 막 그가 확인하던 바늘과 똑같은 물건이 박혀 있었다.

"이, 이건 뭐냐아아아아아아?!"

목소리를 내지르며 황급히 바늘을 뽑으려고 했다.

그런 금발 용사에게 당황한 기색으로 리리안주가 손을 뻗었다.

"아, 안 됩니다, 금발 용사님! 그 바늘은 억지로 뽑으려고 하면 흥분제가 단숨에 몸에 돌아서…… 마수만큼 몸이 크지 않은 금발 용사님께는 무척 위험하다고 할까……. 지금은 저 리리안주에게 맡기시길."

그러면서 리리안주가 영창하자 손앞으로 마법진이 전개되어 금발 용사의 다리에 박힌 바늘을 뒤덮었다.

……푹.

"……아, 어, 어라?"

금발 용사에게 박힌 바늘을 뽑으려고 하던 리리안주는 몸에 묘한 감촉을 느꼈는지, 그 감촉이 느껴진 오른팔로 시선을 향했다.

그곳에는 금발 용사의 허벅지에 박힌 것과 같은 바늘이 박혀 있었다.

"이, 이건…… 어디선가 노리고 있습니다!"

리리안주의 말을 듣고 금발 용사가 당황해서 고개를 들었다.

"이, 이런?! 어디선가 노리고 있다! 다들, 흩어져라!"

금발 용사는 나무그늘로 몸을 숨기며 목소리를 내질렀다.

금발 용사의 그 말에 다른 파티 멤버들도 황급히 나무그늘로 몸을 숨겼다.

그러자 마치 그것을 신호로 하듯, 금발 용사 파티의 머리 위로 무수한 화살이 쏟아지기 시작했다.

"어머나, 이건 너무하네."

그곳으로 튀어나온 밸런타인이 양손에 마의 실을 출현시키고, 그것을 금발 용사 파티 멤버들이 숨어 있는 일대에 전개하여 쏟아지는 화살을 막았다.

"으음…… 저 화살은 어디서 날아오고 있지……?"

나무그늘에 몸을 가리며 화살이 날아오는 장소를 찾으려 하는 금발 용사.

하지만 여전히 바늘이 박혀 있는 금발 용사는 자신의 의식이 점차 혼탁해지는 것을 느끼고 있었다.

◇ ◇ ◇

"······치잇······ 방벽 같은 걸 쳐버렸어······."

금발 용사 일행 근처, 절벽 위에 서 있는 잔데레나는 밸런타인이 전개한 마의 실 방벽을 분하다는 듯 바라봤다.

잔데레나 뒤쪽에서는 이상하게 커다란 검은 눈을 더욱 크게 부릅뜬 얀데레나가 대기하고 있었다.

"바, 바바바발 · 사 · 예 · 요~! 언제든지 쏠 수 있다고요~ 호호호호♪"

커다란 활을 들고 흥분제가 발린 화살을 언제든지 쏠 수 있는 상태를 유지하며, 독특한 리듬으로 말을 던졌다.

공격 전반에 특화된 얀데레나는 궁술도 뛰어나서, 상당한 거리가 있음에도 불구하고 흥분제가 발린 화살을 마수들에게 쏘듯이 금발 용사와 리리안주에게도 명중시킨 것이었다.

지금 당장에라도 쏘려고 하는 얀데레나 앞에서, 진데레나는 등에 짊어진 커다란 주판을 들고 주판알을 튕겼다.

"······아니, 지금은 기다려, 얀데레나. 내 계산에 따르면······ 저 실의 방벽을 네 화살로 관통시키는 건 무리······."

"에이~ 그런~ 거~, 해보지 않으면 몰~라♪"

불만스러운 목소리를 높이며, 그 자리에서 빙글빙글 회전하며 춤추는 얀데레나.

잔데레나는 주판을 다시 등으로 돌려놓으며 얀데레나에게 시선을 향했다.

"……걱정 안 해도, 몇 발은 녀석들한테 맞았으니까…… 방벽 너머에서 흥분제 효과가 나타나기를 기다리자…… 응?"

입가에 음탕한 미소를 짓고 크크크 웃는 잔데레나.

"그도, 그도, 그도 그러네요~ 호호호 ♪"

그런 잔데레나에게 뺨을 들이대고 얀데레나도 음흉한 미소를 지었다.

◇ ◇ ◇

잔데레나와 얀데레나가 음흉한 미소를 지으며 상황을 바라보는 가운데.

방벽 안쪽에서 왕창 우하가 이마의 땀을 훔치고 있었다

"휘유~. 위기일발이었네."

리리안주의 얼굴을 양손으로 감싸며 왕창 우하가 안도의 한숨을 흘렸다.

"지, 지금, 저는 대체……."

그런 왕창 우하 앞에서 리리안주는 무슨 일이 벌어졌는지 이해하지 못하겠는지 그저 멍하니 있었다.

그런 리리안주 아래에는 츠야가 쓰러져 있었는데…… 정확히는 리리안주가 츠야를 쓰러뜨린 모양새였다.

츠야는 정신을 차린 리리안주 아래에서 안도의 한숨을 흘렸다.

"다, 다행이에요오…… 깜짝 놀랐어요오. 리리안주 씨도 참, 갑자기 눈에 핏발이 서서는 저를 넘어뜨리니까아…….'

"제가…… 츠야 님을, 넘어뜨렸다고요?"

리리안주는 자신의 행동을 필사적으로 다시 떠올리려고 했다.

'……이상해…… 그 화살이 박힌 것을 확인하고 그 이후의 기억이 없습니다.'

입가를 막으며 곤혹스러운 표정을 지었다.

그런 리리안주의 어깨를 왕창 우하가 툭 두드렸다.

"훗훗훗. 설명을 원해?"

"어, 예에, 그건 뭐……."

리리안주는 곤혹스럽다는 표정을 지으며 왕창 우하의 말에 끄덕였다.

"알겠어? 네 몸에 박힌 이 화살 말인데, 끝에 발린 흥분제, 이 녀석의 영향으로 넌 제대로 흥분해서, 츠야 님을 덮쳤단 거라고?"

"……예? ……저, 저기…….'

"뭐, 어쩔 수 없어. 이 흥분제 말이지, 성분을 분석해 봤더니 생물의 3대 욕구를 이상하게 증진시키는 효과기 있어서. 우선 식욕. 다음으로 성욕. 그래서 그것들을 채우면, 마지막으로 수면욕이 증진되어서…… 저렇게 되는 거야."

그리고는 짐마차 상태인 아룬키츠에 실려 있는 마수들을 가리키는 왕창 우하.

"와, 왕창 우하…… 어떻게 그런 걸 알고 있습니까?"

"잠깐잠깐, 리리안주도 참, 가옥 마인을 얕보지 말아줄래?"

놀란 표정의 리리안주를 상대로 왕창 우하는 깔깔 웃었다.

"난 말이야, 가옥 마인이잖아? 사람이 살 수 있을 거처로 변화해서, 그곳으로 끌어들인 인간족이나 마족을 약으로 재우고……어, 뭐, 그런 게 특기니까 약물 관계로는 조금 지식이 있다고 할까, 한 번 핥으면 어지간한 약의 효능을 분석할 수 있으니까, 그에 특효약을 만드는 것도 식은 죽 먹기야."

득의양양한 표정을 지으며 허리에 손을 대고 가슴을 폈다.

다만 완전 납작한 왕창 우하인만큼, 전혀 과시할 부분은 없었지만…….

"그, 그런가, 귀공 덕분에 저는 제정신을 찾을 수 있었나……. 참고 삼아 묻자면, 그 약은 어디로 주입했습니까?"

리리안주는 몸 상태를 확인하며 의아하다는 표정을 지었다.

그런 리리안주의 말에 츠야는 일어서며 뺨을 붉혔다.

"……저기…… 전혀 기억이 안 나나요?"

"예…… 약의 영향인지 그 기억이 전혀 없습니다만…….."

"아하하, 그건 안 됐네."

곤혹스러워 하는 츠야와 리리안주 앞에서 왕창 우하가 즐겁게 웃었다.

"내 경우에는 약을 체내에 집어넣어서 성분을 분석해. 그리고 그 특효약도 체내에서 생성하니까, 그걸 재빨리 주입하려면 이게 최선이거든."

그러더니 리리안주의 얼굴을 또다시 양쪽으로 붙잡고 그녀의 입술에 자신의 입술을 겹치더니, 혀를 밀어 넣고 자신의 타액을 리리안주의 입 안으로 넣었다.

'그, 그러니까, 이, 이 타액이 특효약이라는 건가……. 아니, 그렇다면…… 조금 전, 왕창 우하 경은 제게 이렇게 약을 입으로 옮겨서…….'

츠야가 빨개져 있던 이유를 간신히 이해한 리리안주는 허둥지둥 왕창 우하의 몸을 떼어 냈다.

쪼옥, 소리가 나고 왕창 우하의 입이 리리안주의 입에서 떨어졌다.

"아니, 뭐, 그런 거야."

입가를 오른손으로 훔치며 왕창 우하는 깔깔 웃었다.

"아, 아뇨……. 그게…… 기, 긴급사태였으니까 이런저런 이야기는 하지 않겠지만…… 그, 그렇다고 해도, 저, 접문을 할 것까지야…….."

곤혹스럽다는 표정을 지으며 오른손으로 자신의 입가를 훔치는 리리안주.

'서, 설마, 제 첫 접문 상대가, 하필이면 동성 분이라니…….'

뺨을 세빨갛게 물들이며 그런 생각을 하는 깃이있다.

"그, 그보다도 말이죠오."

깔깔 웃는 왕창 우하에게 츠야가 말을 건넸다.

"금발 용사님도 화살을 맞으셨으니까 빨리 특효약을…… 가능하다면 이 용기 안에 말이죠……."

그러더니 수통을 왕창 우하에게 건넸다.

"어~, 그런 용기에 안 넣어도 직접 입으로 옮기는 편이 간단하지 않아?"

"하하하, 하지만 말이죠오, 그런 행위는 아무래도 문제가 있다고 할까요오."

왕창 우하와 츠야가 그런 대화를 나누는, 그때였다.

"……어라?"

마의 실을 전개하고 있던 밸런타인은 근처에 서 있는 금발 용사를 바라보며 고개를 갸웃거렸다.

밸런타인의 시선 앞에서 금발 용사는 어깨를 들썩이며 거친 숨을 몰아쉬고 있었다.

그대로 천천히 돌아보는 금발 용사.

그의 눈에는 핏발이 서 있고 사타구니 부분은 바지를 찢어발길 듯이 부풀어 있었다.

"여…… 여……자……."

금발 용사는 짐승 같은 목소리를 흘리며 밸런타인을 향해 접접 다가갔다.

"어? 자, 잠깐만요, 금발 용사님?"

금발 용사의 이상한 모습을 앞에 두고 밸런타인은 눈을 동그랗게 뜨며 무의식적으로 뒷걸음질 쳤다.

"……이, 이건 좀, 위험한 거 아냐?! 흐, 흥분제의 영향으로, 금발 용사님이 좀, 명백하게 이상해지지 않았어?!"

금발 용사의 명백하게 이상한 모습을 앞에 두고 밸런타인이 허둥댔다.

화살이 쏟아지지 않도록 위쪽을 향해 마의 실을 한창 전개 중인만큼, 그 자리에서 이동할 수도 없어서 당황한 기색으로 주위를 둘러봤다.

그런 밸런타인과 금발 용사 사이로 왕창 우하가 끼어들었다.

"흐흐~응, 금발 용사님, 여긴 제 특제 특효약을 농후한 키스로 집어넣어서 원래대로 돌려 놓아 줄 테니까."

그렇게 말하기가 무섭게 입술을 내밀며 금발 용사를 향해 돌진했다.

"……후……."

그런 왕창 우하를 양팔로 단단히 받아 내는 금발 용사.

"허? 어, 어라? 잠깐, 이건……."

그 상태에 왕창 우하는 곤혹스럽다는 표정을 지었다.

……무리도 아니었다.

지금의 금발 용사는 왕창 우하를 끌어안는 것이 아니라, 그녀의 안면을 양손으로 붙잡고서 자신에게 접근하지 못하도록 밀어내고 있는 것이었다.

"……나, 나는, 여자르으으으으으으을!"

절규와 동시에 왕창 우하의 몸을 레슬링 요령으로 내던졌다.

"뭐, 뭔가요?! 저, 저는 여자로 인정하지 않는 건가요?!"

왕창 우하는 곤혹스럽다는 표정을 지으며 호쾌하게 허공을 날아갔다.

『생각해 봤습니다만…… 가슴 마인인 금발 용사이기에, 절벽인 왕창 우하 경을 여자로 인정할 수 없었던 게 아니겠습니까. 참고로 저도 지금은 짐마차 상태이오니 타깃에서는 벗어나지 않을까 생각합니다.』

　"……아, 알기 쉬운 해설…… 고마워…… 풀썩."

　짐마차 상태인 아룬키즈의 말을 안면부터 땅바닥에 처박힌 상태로 들은 왕창 우하는 그대로 의식을 잃었다.

　한편 금발 용사는 흥분한 상태 그대로 밸런타인과의 거리를 점점 좁혔다.

　"잠깐…… 이, 이대로는, 금발 용사님한테 덮쳐져서……."

　마의 실을 전개하며 곤혹스럽다는 표정을 짓던 얼굴이, 갑자기 퍼뜩 바뀌었다.

　'……잠깐만…… 이대로 금발 용사님이 날 덮친다고…… 무슨 문제가 있을까? 금발 용사님한테 추파를 던지려고 해도 평소에는 츠야 님의 감시 탓에 제대로 못 했는데, 지금은 비상시…….
그래, 어디까지나 비상시인 걸요…….'

　순간적으로 그렇게 생각한 밸런타인은 작게 끄덕이더니 금발 용사를 돌아봤다.

　"여러분, 약의 영향으로 자아를 잃은 금발 용사님을 막기 위해, 저 밸런타인이 희생해서 노력할 테니까, 부디 용서해 주세요."

　밸런타인이 필요 이상으로 몸을 꿈틀거리며 그런 말을 입에 담았다.

　그런 밸런타인을 앞에 두고 나무그늘에 숨어 있는 테르마는 명백한 정론을 입에 담았다.

　"으, 으음…… 마수를 포박한 것처럼, 그 실로 금발 용사님을 포박해 버리면 되지 않나요……."

……하지만.

"자, 금발 용사님, 사양 말고 저 밸런타인의 풍만한 육체에, 잔뜩 막혀 주세요!"

테르마의 말을 무시한 채, 뺨을 상기시키고 살짝 뒤집어진 목소리를 높이며 금발 용사에게 계속 시선을 향하는 밸런타인.

그런 밸런타인의 모습에.

'……아, 다 알면서 그러는 거군요…….'

밸런타인의 노림수를 알아차린 테르마는 어딘가 싸늘한 표정을 지었다.

그런 테르마의 눈앞에서 완전히 제정신을 잃은 금발 용사는, 자신 앞에서 몸을 선정적으로 계속 꿈틀거리는 밸런타인을 끌어안고 그녀의 가슴을 움켜쥐었다.

"앙, 정말…… 이건 절대로 본의가 아니에요. 하지만 이것도 모두 금발 용사를 위해, 폭주한 금발 용사님으로부터 모두를 지키기 위해 어쩔 수 없이…… 그래요, 어쩔 수 없는 제 몸을 희생하는 것뿐이에요."

명백하게 흥분한 표정으로 목소리를 높이며 금발 용사에게 몸을 맡겼다.

"자, 사양하실 것 없어요, 저 밸런타인…… 금발 용사님을 위해서, 몸을 바쳐 막도록 할게요……. 그래요, 이건 어디까지나 어쩔 수 없이…… 어쩔 수 없이 하는 일이에요."

거친 숨을 몰아쉬며 금발 용사의 손길을 받아들였다.

'아아, 좋아요, 금발 용사……. 이대로 아예 이런 일 저런 일까

지 끌어들여 주셔도…… 그래요, 이건 어디까지나 어쩔 수 없는, 정말 어쩔 수 없는 행위니까요…….'

뺨을 붉히고 환희의 표정을 짓고 있는 밸런타인을 몸을, 제정신이 아닌 금발 용사가 마구 주물렀다.

그의 손길이 밸런타인의 옷을 벗겨 내고자 있는 힘껏 잡아당기고, 그녀의 풍만한 가슴이…….

……그때였다.

"이런 백주대낮부터, 야, 야한 건 안 된다고 생각해요!!"

츠야의 절규가 울렸다.

동시에 츠야가 손에 든 드릴 불도저 삽이 금발 용사의 안면에 있는 힘껏 처박혔다.

제정신을 잃은 금발 용사가 놓아버린 드릴 불도저 삽을 주워서, 그것을 사용해서 금발 용사의 안면을 후려친 것이었다.

"그아아아아아아아아아아아아아아아아아아아아아아아아?!"

금발 용사는 굉장한 충격을 받고 양손으로 안면을 누르며 땅바닥에 쓰러졌다.

"그, 금발 용사님?!"

갑작스러운 일에 밸런타인은 한순간 얼굴이 파래졌다.

"어라…… 아, 아프겠다…….."

테르마도 미간에 주름을 지으며 땅바닥에서 발버둥치는 금발 용사를 불쌍하다는 표정으로 바라봤다.

『여, 역시 츠야 님…… 일체의 주저가 없으시군요…….』

짐마차 상태인 아룬키츠도 굳은 목소리를 높였다.

그런 가운데, 금발 용사의 손으로 땅바닥에 처박힌 채로 꿈틀꿈틀하는 왕창 우하 곁으로 츠야가 달려갔다.

그런 왕창 우하의 얼굴을 양손으로 붙잡고 자신의 눈앞으로 가져가더니, 두 눈을 꽉 감은 채로 왕창 우하에게 입맞춤했다.

『"""뭐?!"""』

갑작스러운 일에 주변의 모두가 경악한 표정을 지었다.

그런 일동 앞에서 왕창 우하에게 입맞춤하는 츠야.

쪼오오오오오오오오오오오옥.

그녀의 입 안에서 타액을 빨아내는지 흡입하는 소리가 울렸다.

그 상태가 한동안 이어지고는 왕창 우하에게서 입술을 떼고, 그녀의 몸을 또다시 땅바닥에 내던졌다.

"히데붑."

왕창 우하는 이상한 비명을 터뜨리며 또다시 안면부터 땅바닥에 쓰러졌다.

그런 왕창 우하의 모습을 신경 쓰지도 않고, 츠야는 뺨을 부풀리고 입술을 다문 상태로 금발 용사에게 달려갔다.

조금 전, 츠야기 손에 든 드릴 불도저 삽으로 안면을 얻어맞은 금발 용사는 안면을 양손으로 누르며 땅바닥에서 몸부림치고 있었다.

그런 금발 용사의 머리를 양손으로 단단히 붙잡은 츠야.

"으으응~!"

이내 각오를 다진 듯, 금발 용사에게 단숨에 입맞춤했다.

혀를 밀어 넣고 조금 전에 왕창 우하의 입 안에서 빨아들인 특효약을 금발 용사의 입 안으로 집어넣었다.

"으음…… 으으음……."

처음에 금발 용사는 츠야의 몸을 끌어안고 그녀의 옷을 벗기려 했지만, 특효약이 들어가면서 그런 움직임이 서서히 느려졌다.

그리고 그 움직임이 완전히 정지하고 느려진 것을 확인한 뒤, 츠야는 금발 용사에게서 천천히 입술을 뗐다.

"……금발 용사님……."

츠야는 금발 용사의 얼굴을 걱정스럽게 들여다봤다.

그런 츠야 앞에서 아직도 금발 용사는 괴로워하는 표정을 짓고 있었다……만.

"……음…… 츠야…… 이제, 괜찮다……."

가늘게 눈을 뜨고서 그렇게 말했다.

"금발 용사님…… 다행이야……."

그 말에 츠야는 안도한 표정을 지었다.

그런 츠야 뒤쪽에서.

"정말이지, 잘 됐네요, 무사해서?"

밸런타인의 안도한 목소리를 높였다.

……하지만.

그 말을 들은 츠야가 천천히 일어서서 드릴 불도저 삽을 한 손에 들고 밸런타인 곁으로 걸어갔다.

밸런타인은 그런 츠야에게.

"어, 어머? 시, 싫어라, 츠야 님……. 조, 조금 전의 그건 말이죠, 어, 어디까지나 폭주하던 금발 용사님을 막기 위해서, 어쩔

수 없이…… 정말로 어쩔 수 없이 제 몸을 썼다고 할까요."

뒤집어진 목소리로 필사적으로 변명을 거듭했다.

그런 밸런타인의 눈앞까지 이동한 츠야는 어깨에 얹은 드릴 불도저 삽을 턱턱, 길들이듯이 과시했다.

"……어머어? 그런 것치고느은, 어쩐지 묘하게 기뻐하지 않던가요오? 정말로오, 어쩔 수 없이 그런다고는 여겨지지 않았다고요오?"

츠야는 그러면서 밸런타인의 바로 눈앞까지 자기 얼굴을 가져다 댔다.

"으, 으음…… 저, 저기…… 죄송해요!"

눈물을 글썽이며 사죄의 말을 입에 담는 밸런타인.

……다음 순간.

드릴 불도저 삽으로 무언가를 후려치는 소리가 일대에 울려 퍼졌다.

◇ ◇ ◇

"……무, 무척 상쾌할 정도로 힘껏 치셨네요."

밸런타인은 새빨개진 안면을 신경 쓰며 마의 실 방벽을 계속 유지하고 있었다.

그런 밸런타인 옆에서 츠야는 팔짱을 끼며 입술을 잔뜩 삐죽삐죽거렸다.

"마의 실을 유지해야만 하니까아, 제대로 힘 조절을 했으니까요오."

그녀의 손에는 지금도 드릴 불도저 삽이 들려 있었다.

"예예, 고마워요. 저도 조금 장난이 지나쳐서 죄송했어요."

밸런타인은 사죄의 말을 입에 담으면서도 마력을 구사하여 마의 실 방벽을 유지했다.

그런 두 사람 뒤쪽에서 리리안주가 금발 용사의 상반신을 일으켰다.

"……이것 참, 지독한 꼴을 당했군……."

어두운 표정으로 머리를 내젓는 금발 용사.

그런 금발 용사 옆으로 다가온 왕창 우하가 뒤통수에 양손을 깍지 껴 갖다대며 입을 열었다..

"그야 그렇다고요. 저 흥분제, 꽤나 강력했으니까요. 사계의 주민인 리리안주라면 모를까, 인간 종족인 금발 용사님이라면 제가 만든 특효약을 먹었어도 한동안은 힘들 테니까요."

"그렇군…… 그래서 이렇게나……."

왕창 우하의 설명을 들은 금발 용사는 납득한 듯 끄덕이며 턱 주변을 오른손으로 계속 누르고 있었다.

그런 금발 용사 뒤쪽에서 짐마차 형태인 아룬키츠가 다가왔다.

짐칸에는 명백하게 조금 전까지의 두 배 이상인 마수가 실려 있었다.

"음? 아룬키츠, 그 마수는 어떻게 된 거야?"

『왕창 우하 경이 분석한 흥분제의 효과라면 약을 맞은 마수는 처음에는 잔뜩 흥분해서 식욕과 성욕을 채우려고 들겠지만 그 후로 수면욕을 채우려고 든다니까 어쩌면 그 마수들이 잔뜩 잠에 빠지진 않았을까 싶어 둘러봤더니, 아니나 다를까 여기저기에 굴러다니고 있어서 전부 회수해 왔습니다.』

"저, 정말이다! 마흔 마리 이상 있어요!"

아룬키츠의 말을 듣고 짐칸의 마수를 세던 테르마는 환희의 목소리를 높였다.

"감사합니다! 감사합니다! 이제는 이 마수들을 마왕산 푸링푸링 파크의 마수 레이스장으로 전달하기만 하면 돼요!"

테르마는 금발 용사를 향해 몇 번이고 계속 머리를 숙였다.

"……그렇군. 이래저래 결과는 좋은 모양이니, 어떻게든 된 것 같군."

그런 테르마를 곁눈으로 바라보던 금발 용사는 만족스러운 표정을 짓고 있었다.

"이걸로 마수도 모았고, 이제 화살도 쏟아지지 않는 모양이니까. 당장에라도 마왕산 푸링푸링 파크로 가지 않을래요?"

밸런타인이 실을 회수하며 금발 용사에게 싱긋 미소 지었다.

그녀의 얼굴에는 아직도 드릴 불도저 삽의 흔적이 또렷하게 남아 있었다.

"음, 그렇군……. 우리를 습격한 녀석들이 신경 쓰인다만…… 지금은 의뢰를 마무리하는 게 최우선이겠지."

머리를 내저으며 천천히 일어서는 금발 용사.

그의 몸이 크게 휘청거렸다.

"그, 금발 용사니임?!"

금세 달려온 츠야가 금발 용사의 몸을 끌어 안아 부축했다.

"……으, 음. 미안하군, 츠야."

"아뇨아뇨오, 이 정도는 대단한 일은 아니예요오. 그보다도 금발 용사님도 이번에는 지치신 모양이니까아, 보수를 받으면 오랜만에 온천에라도 가서 느긋하게 쉬지 않을래요오?"

"그렇군…… 확실히 최근에는 아르바이트로 정신이 없었으니까 가끔은 괜찮을지도 모르겠군."

츠야의 제안에 금발 용사는 만족스럽게 끄덕였다.

그런 금발 용사와 츠야를 바라보던 왕창 우하.

"……어라라? 이건이건…….

무언가를 깨달았는지 금발 용사 앞으로 이동하더니 그곳에 쪼그려 앉았다.

자그마한 왕창 우하가 쪼그려 앉자 그녀의 얼굴이 딱 금발 용사의 사타구니 부분과 정면으로 마주하는 모양새가 되었다.

"금발 용사님, 온몸은 지친 모양이지만 여기만큼은 건강해 보이네요."

욍칭 우하가 히죽히죽하며 금발 용사의 시디구니를 용시했다.

금발 용사의 온몸은 확실히 지쳐 있었지만 사타구니 부분만큼은 아직도 팔팔했다.

그것을 깨달은 밸런타인은 요염한 미소를 머금으며 혀로 입술을 핥았다.

"……이래서는 괴롭겠죠? 저 밸런타인이 지금 당장 편하게 해 드릴게요. 예, 이건 어디까지나 금발 용사님을 위한 일이라고요,

그래요, 이건……."

그러면서 금발 용사의 바지 지퍼에 손을 댔다.

……그러자.

"또 그런 짓으을!"

금발 용사의 하반신으로 얼굴을 가져다 대려는 밸런타인의 안면을 드릴 불도저 삽으로 또다시 후려쳤다.

하지만 마의 실을 회수해서 자유롭게 움직일 수 있게 된 밸런타인은, 츠야가 펼친 혼신의 일격을 간발의 차이로 피했다.

"어머어머? 아무리 츠야 님이라도 지금의 절 방해하신다면 용서하지 않을 테니까요?"

밸런타인은 요염한 미소를 지으며 츠야를 바라봤다.

"으음!"

츠야도 다시금 드릴 불도저 삽을 고쳐 들었다.

"후우우."

양손을 교차시키고 츠야와 대치하는 밸런타인.

……그때였다.

……꼬르륵~.

긴박한 장면임에도 불구하고 밸런타인의 배에서 갑자기 큰 소리가 들렸다.

동시에 밸런타인의 몸이 한 아름 줄어들었다.

"어머…… 이건 마력 부족이네요……."

원래 밸런타인은 츠야보다도 키가 크지만, 지금의 그녀는 마수 포박이나 방벽 대신으로 마의 실을 잔뜩 사용했기에 마력이 부족해진 것이었다.

원래 클라이로드 세계가 아니라 사계의 주민인 밸런타인.
마소의 농도가 짙은 사계에서 살던 그녀가, 마소의 농도가 낮은 클라이로드 세계에서 자신의 모습을 계속 유지하기 위해서는 상시 마력을 보충할 필요가 있었다.

"이건 일시휴전이겠네요오. 지금은 한시라도 빨리 마왕산 푸링 푸링 파크로 가서 의뢰를 완결시키고 마소를 보충하죠오."
"그러네요, 그렇게 해주시면 고맙겠어요."
츠야의 말에 작아진 밸런타인도 끄덕였다.
"……나, 나는 신경 쓸 것 없으니까…… 빨리 의뢰를 마무리하자고."
그런 두 사람을 바라보던 금발 용사는 슬며시 망토로 사타구니를 가리며 짐마차 형태의 아룬키츠를 향해 걸어갔다.

◇ ◇ ◇

이윽고 금발 용사 일행은 짐마차 형태의 아룬키츠를 타고 숲의 가도를 이동하기 시작했다.
상공이 나무들로 덮여 있는 장소를 선택해서 이동하고 있기에, 절벽 위에 자리 잡은 잔데레나와 얀데레나로서는 그들의 모습이 제대로 보이지 않았다.

"……이, 이대로 놓치면 안 돼! 얀데레나! 빨리 화살을 쏴! 서두르지 않으면 저 녀석들이 도망쳐 버려!"

당황한 기색으로 목소리를 높이는 잔데레나.

하지만 그 옆에서 활을 손에 든 채로 마구 춤추는 얀데레나는.

"없어없어없어~! 이미 화살은 텅터~엉! 지금의 내게는 할 수 있는 일이 없어없어없어~!"

이상하게 커다란 검은 눈을 더욱 크게 부릅뜨고, 크게 눈물을 흘리며 계속 춤추는 것밖에 못 했다.

"어, 어떻게 해! 그럼 저 녀석들은 공격할 수가 없잖아!"

얀데레나와 금발 용사 일행을 교대로 바라보며 잔데레나는 초조한 목소리를 높였다.

"그치만그치만그치만~ 화살도 없고~ 흥분제도 없고~ 할 수 있는 일은 낫싱~."

여전히 눈물을 흘리며 춤만 춤 수밖에 없는 얀데레나.

그런 얀데레나는 바라보며 잔데레나는 분하다는 듯 연신 혀를 차고 거대한 주판을 튕겼다.

"……이렇게 됐다면 숲 입구에 대기시켜 둔 짐마차 부대 녀석들이랑 합류해서, 짐마차를 모조리 빼앗을 수밖에……."

작전을 생각하며 주판알을 딱딱 튕겼다.

……그때였다.

계산을 하는 잔데레나의 머리가 무언가에 집혀서 그대로 허공으로 들려 올라갔다.

"……뭐, 뭐야?!"

마구잡이로, 허공으로 들려 올라가 버린 잔데레나는 거대한 주판을 양손으로 휘두르며 머리를 붙잡은 손을 뿌리치려고 했다.

"잠깐, 대체 누가 이런 짓……을…… 아니…… 어?"

자신의 몸을 들어 올린 누군가가 눈앞으로 자신의 몸을 이동시켰기에 모습을 확인할 수 있었는데…… 상대의 정체를 본 잔데레나가 새파래져서는 눈을 부릅떴다.

잔데레나의 눈앞에는 키가 10미터 가까이는 될 것 같은 거인족 마수의 모습이 있었다.

거인 마수는 잔데레나를 들어 올리고 외눈으로 그녀의 모습을 빤히 바라보며 미소를 지었다.

기분 탓인지 그 미소에는 어딘가 음탕한 감정이 담겨 있는 것처럼 보였다.

"잠깐?! ……어, 어째서 거인 마수가 그런 표정은 짓는 거야?! 서, 설마 날 상대로 발정한 건 아니겠지?! 애당초 거인 마수는 감정이 빈약하다고 할까…… 아니…… 어?"

눈앞에 비친 광경에 그만 말을 잃은 잔데레나.

그 시선 앞, 기인 마수의 머리 위에는 조금 전에 얀데래니가 마구 쏘았던 흥분제가 발린 화살이 박혀 있는 것이었다.

"……서, 설마…… 너…… 그, 그 화살의 영향으로……."

새파래지는 잔데레나.

그런 잔데레나의 얼굴을 혀로 날름 핥았다.

"시, 싫어~! 자, 잠깐만 얀데레나! 빠, 빨리 구해 줘! 애당초 네가 쏜 화살이 원인이니까……."

필사적으로 목소리를 내지르는 얀데레나.

시선을 거인 마수의 발밑으로 향했다.

……하지만 그 시선 앞…… 조금 전까지 얀데레나가 정신없이 춤을 추던 장소에 그녀의 모습은 없었다.

'……저, 저 빌어먹을 녀석…… 도, 도망쳤어…….'

이마에 파란 힘줄을 띄우며 눈을 부릅뜨는 잔데레나.

그런 잔데레나를 히죽 웃으며 계속 바라보는 거인 마수.

절벽 위에서 그런 일이 벌어지고 있음을 알아차리지도 못하고, 금발 용사가 탄 짐마차의 모습은 이미 보이지 않게 된 것이었다.

◇며칠 뒤 어느 마을의 어느 건물◇

클라이로드 마법국과 마왕령의 국경 근처에 존재하는 한 마을.

그 마을의, 뒷골목의 한 모퉁이에 있는 어느 건물 2층의 한 방에, 금각 여우와 은각 여우, 마호 자매의 모습이 있었다.

"……그러니까…… 암상회 작업 자금을 지급해달라캥."

금각 여우가 손을 비비며, 눈앞의 의자에 앉아 있는 잔데레나를 향해 몇 번이고 머리를 숙였다.

"이, 이것도 암왕님의 지시에 따른 일이다캥…… 가능하다면 조금 많이 부탁하고 싶다캥."

그 옆에서 아첨이 담긴 미소를 지으며, 언니인 금각 여우와 마찬가지로 몇 번이고 머리를 숙이며 손을 비비는 은각 여우.

그런 두 사람의 시선 앞…… 의자에 털썩 앉아 있는 잔데레나는 검정색을 바탕으로 한 고스로리 의상을 입고, 무릎 위까지 올라오는 부츠를 신은 다리를 꼬고, 팔걸이에 오른쪽 팔꿈치를 얹고 팔을 괸 상태로 마호 자매를 바라봤다.

짜증 섞인 표정으로 뾰로통하게 마호 자매를 계속 바라봤다.

한동안의 침묵.

'……아니, 좀…… 왜 아무 말도 안 하냐캥…….'

'……이, 이 침묵…… 히, 힘들다캥…….'

곤혹스러워 하면서도 여전히 애써 미소를 지으며 손을 비비는 마호 자매.

그런 두 사람을 앞에 두고 작게 한숨을 내쉰 잔데레나.

"……지금…… 말이지……."

그녀는 간신히 입을 열었다.

"그, 그렇다캥."

"가능한 한 빨리 부탁하고 싶다캥."

간신히 반응한 잔데레나에게 지금이라는 듯 몸을 내미는 마호 자매.

그런 두 사람을 빤히 바라보는 잔데레나는 또다시 한숨을 내쉬고, 뒤쪽의 벽에 걸려 있던 거대한 주판을 들고는 딱딱 주판알을 튕겼다.

……딱, 주판알을 튕기던 손가락이 갑자기 멈췄다.

잔데레나는 세 번 한숨을 쉬더니 주머니에 손을 집어넣었다.

"……음."

주머니에서 꺼낸 돈을 마호 자매를 향해 던졌다.

"고, 고맙습니다캐……앵?"

그 돈을 캐치한 금각 여우는 만면의 미소를 지으며 수중의 돈을 확인하고…… 그 자리에서 굳었다.

"왜, 왜 그러냐캐캥, 금각 여우 언니…… 캐캥?"

그 모습에서 이변을 느낀 은각 여우도 금각 여우의 손을 들여다보고, 그리고 그 자리에서 굳었다.

금각 여우의 수중에는, 동화가 단 하나…….

"저, 저기……."

"이, 이건……."

마호 자매는 곤혹스럽다는 표정을 지으며 잔데레나에게 시선을 향했다.

"……자금."

그런 두 사람에게 내뱉듯이 말하는 잔데레나.

"……캥?"

"……캐캥?"

"그러니까, 자금 줬잖아. 냉큼 가."

"……캐, 캥?"

"……캐, 캐캥?"

마호 자매는 잔데레나의 말에 눈을 동그랗게 뜨고서 그 자리에 굳어 있었다.

그런 두 사람의 모습에 분하다는 듯 혀를 차는 잔데레나.

"……그러니까, 말했잖아! 지금은 그것밖에 못 줘! 됐어! 그게 지금 줄 수 있는 한계야! 알았다면, 냉큼 그걸 군자금으로 뭐라도 벌어 와!"

잔데레나는 노기가 실린 목소리를 높이며 거대한 주판을 들어 올렸다.

"히, 히이이?!"

"아, 알겠습니다캐캥."

마호 자매는 제대로 화가 난 잔데레나를 앞에 두고 허둥지둥 방을 나갔다.

두 사람이 나간 문을 분하다는 듯이 바라보는 잔데레나는 거친 숨을 몰아쉬며 다시 의자에 앉았다.

"정말이지…… 거인한테는 험한 짓을 당할 뻔했고…… 얀데레나는 여전히 도망친 상태고…… 마수로 돈도 못 벌고…….

분하다는 듯 말을 이으며 다시금 주판을 튕기는 잔데레나.

주판알을 튕기는 소리는 그 후로 며칠에 걸쳐 건물 밖까지 울렸다.

◇호우타우 마법학교 교장실◇

아직 수업 중인 교내.

그런 학교의 1층에 있는 교장실에 세 사람의 모습이 있었다.

"……그래서, 무슨 용건일까?"

호우타우 마법 학교 교장인 니트는 교장석에 앉아서 작게 한숨을 내쉬고, 응접세트인 소파에 앉아 있는 인물에게 시선을 향했다.

——니트.

마왕 고우르 시절 사천왕 중 하나, 뱀공주 요르미니트가 인간족으로 변화한 모습.

마왕군 탈퇴 후, 이런저런 일을 거치고서 호우타우 마법 학교의 교장으로 취임했다.

"우리 호우타우 마법 학교에 이렇게 클라이로드 마법국의 여왕폐하께서 방문하시다니……."

니트의 말에, 소파에 앉아 있는 여왕은 싱긋 미소를 지었다.

"우선은 바쁘신 와중에 갑자기 실례를 했음에도 불구하고, 이렇게 시간을 내어 주신 걸 진심으로 감사드립니다."

소파에 앉아 있는 여왕은 공손하게 인사했다.

그런 교장실 문을 누군가 두드리더니, 곧이어 사무원 타쿠라이드가 들어왔다.

──타쿠라이드.
호우타우 마법 학교의 사무원을 맡고 있는 남성.
학교 내부의 보수나 청소, 학비 관리, 직원 급여와 관련된 업무까지 모두 혼자서 소화하고 있는 무척 유능한 인물로, 보호자들의 신뢰도 두텁다.

"으~음…… 여왕님의 입에 맞으실지는 모르겠습니다만……."
타쿠라이드는 황송하다는 태도로, 쟁반 위에 가져온 홍차를 여왕 앞에 놓았다.
"아뇨, 당치도 않아요. 감사합니다."
그런 타쿠라이드에게 여왕은 싱긋 미소를 지으며 가볍게 머리를 숙였다.
이어서 니트 앞에도 찻잔을 놓더니 타쿠라이드는 인사를 하고 교장실을 뒤로하려 했다.
"아, 타쿠라이드. 너도 같이 이야기를 들어줬으면 해."
"예? 저, 저도 말인가요?"
"여왕님의 용건에 따라서는, 네가 없으면 판단할 수 없을지도 모르니까."
"어, 어어…… 제가 그렇게 이래저래 잘 아는 건 아닌데…….
하지만 뭐, 니트 교장이 그렇게 말씀하신다면……."

그러더니 허리를 굽히고 꾸벅꾸벅 머리를 숙이며 여왕의 맞은편 소파에 앉았다.

"바쁘실 텐데 미안해요, 타쿠라이드 님."

"아뇨아뇨, 당치도 않습니다."

또다시 머리를 숙이는 여왕을 앞에 두고 허둥지둥 양손을 내저었다.

그런 두 사람의 모습을 교장석에서 바라보던 니트는 홍차를 한 모금, 입에 머금었다.

"……그래서, 여왕님의 용건이랑 대체 무엇일까요?"

"예, 그게 말인데요……."

여왕은 니트에게 시선을 향했다.

"클라이로드 성에 새로운 학교를 건설하는 건 아시나요?"

"아, 이전에 있던 학교를 새로이 재편한다던 그걸까요."

"예, 이전의 학교는 마왕군과 전투를 벌이기 위한 지시이나 전투 능력을 갈고닦는 것에 특화되어 있었어요. 하지만 지금은 마왕군과 휴전 협정을 맺었으니까, 이제는 전투 이외의 일도 배울수 있게끔 하려 합니다. 그렇게 새로이 클라이로드 학원으로서재편하고 있는데요……."

한번 홍차를 입으로 옮기고, 한숨을 돌리고 계속 말했다.

"……이 클라이로드 학원에서는 인간족 분들만이 아니라 마족분들도 희망한다면 배울 수 있다, 그렇게 계획하고 있어요……. 하지만, 클라이로드 성에는 마족에게 좋지 않은 심정을 품고 있는 사람이 적지 않아요. 그래서 마족 분들을 이곳 호우타우 마법 학교에서 받아 주시고, 그 실적을 바탕으로 성의 사람들을 설득할 수 있다면 좋겠다고 생각했어요.”

여왕의 말에 니트가 눈을 동그랗게 떴다.

여왕 앞에 앉아 있는 타쿠라이드도 그 말을 듣고 마시던 홍차를 그만 뿜어 버렸다.

“어라……? 저기, 왜 그러시나요?”

여왕은 어리둥절한 표정으로 두 사람을 교대로 바라봤다.

‘아, 그런가. 마족을 입학시키는 건 위험했단 말이지……. 그렇다고 할까, 나부터가 마족인데. 여왕은 그걸 모르는 걸까…….’

여왕을 바라보며 니트는 그런 생각을 하고 있었다.

그러자 두 사람에게 여왕은 싱긋 미소를 지었다.

“……아, 물론 그건 ‘표면상’의 이유니까요. 이 학교에 마족 학생이 다닌다는 사실은, 개인적으로는 알고 있으니까…… 게다가 니트 교장 선생님. 당신에 대해서도…….”

“어머? 뭐야, 그랬구나.”

여왕의 말에 니트는 맥 빠진 듯 쿡쿡 웃음을 흘렸다.

그런 니트에게 여왕은 싱긋 미소로 답했다.

‘……이것 참, 좀 봐달라고. 이런 시골 학교니까 마족 아이를 입학시킨 게 들키지 않은 거라 생각하는데……. 게다가 니트 교장이 마족이었다는 것까지 들켰다니…….’

타쿠라이드는 소파에 앉아서 그런 두 사람의 모습을 흘끗흘끗 관찰하며, 입가를 훔치고 애써 억지 미소를 지었다.

여왕은 그런 타쿠라이드의 마음속을 헤아렸는지 입을 열었다.

"이 일은 우리 쪽에서 제대로 얼버무려 둘 테니까, 걱정하실 필요 없어요."

"그 대신에 호우타우 마법 학교에서 이제까지처럼 마족 자녀를 받아들여 달라, 그런 거구나. 뭐, 호우타우 마법 학교로서는 뭔가 바뀌는 것도 아니니까 딱히 상관없어."

"제안을 받아들여 주셔서 진심으로 감사드려요."

니트의 말에 자리에서 일어서 우아한 동작으로 인사하는 여왕.

그런 여왕을 지켜보던 니트가 질문을 던졌다.

"그런데, 조금 확인해 두고 싶은 게 있는데."

"예? 뭘까요?"

"있잖아, 우리 학생인 가릴이랑 당신, 언제 결혼하는 걸까?"

"……?!"

니트의 말에 여왕은 그만 차를 뿜을 뻔했다.

뺨을 새빨갛게 물들이며, 그럼에도 어떻게든 태연을 가장하려고 필사적이었다.

"저, 저기 그, 그런 사적인 일, 대답할 수가 없다고 할까요…….
그, 그럼 용건도 마쳤으니까, 저는 이만 실례할게요……."

깊이 인사하더니 여왕은 총총히 교장실을 뒤로했다.

"아, 그, 그럼 현관까지 바래다드릴 테니 가시죠."

그녀를 타쿠라이드가 허둥지둥 쫓아갔다.

두 사람이 나간 문을 니트는 어딘가 즐겁다는 미소를 지으며 바라봤다.

"……마족과 인간족 사이에 휴전 협정을 맺은 걸물이라고 들었는데…… 뭐야, 귀여운 구석도 있잖아.”

그런 말을 흘리며 찻잔에 남은 홍차를 단숨에 들이켰다.

◇호우타우 훌리오 가◇

저녁 식사 전의 오후…….

“그럼 갈게, 아버지.”

가릴이 훌리오를 향해 목도를 겨누었다.

“응, 언제라도 괜찮아.”

그런 가릴에게 언제나처럼 시원스러운 미소를 짓는 훌리오.

이날 호우타우 마법 학교에서 돌아온 가릴은 훌리오에게 모의
전을 도전했다.

목도를 손에 든 가릴.

오른손을 앞으로 뻗고만 있는 훌리오.

잠시 대치한 뒤.

“……하앗!”

먼저 움직인 것은 가릴이었다.

작게 숨을 내쉬고 단숨에 훌리오의 품속으로 파고들있다.

손에 든 목도가 순간 훌리오의 어깻죽지를…… 꿰뚫은 것처럼
보였다.

하지만 다음 순간…… 목도 앞에 있었을 터인 훌리오의 모습이
사라졌다.

‘……?!’

가릴은 무심코 눈을 부릅떴다.

다음 순간.

가릴 뒤쪽으로 순간 이동한 훌리오가, 가릴의 등에 손을 댔다.

동시에 가릴의 몸이 크게 한 바퀴 회전해서 그대로 방목장 울타리 쪽까지 날아갔다.

가릴은 완전히 허를 찔렸지만 공중에서 어떻게든 자세를 바로잡고 울타리 앞에 착지했다.

"역시 아버지야. 지금 그건 한 방 먹였다고 생각했는데……."

"가릴도 굉장했어. 너무 빨라서 제대로 힘 조절을 못 했어."

가릴과 훌리오는 대화를 나누고 함께 미소를 지었다.

"가릴의 돌진은 확실히 굉장하지만 움직임이 너무 솔직해서 쉽게 읽혀. 그러니까 그만큼 회피도 쉬워진다고 할까……."

"그런가……. 역시 빠른 것만으로는 안 되는구나……."

훌리오의 말에 분함과 아쉬움이 공존하는 표정을 지으며 가릴은 일어섰다.

그 광경을 조금 떨어진 장소에서 바라보는 무리가 있었다.

"가릴 군도 굉장하지만, 가릴 군의 아버님도 굉장하다링……."

가릴의 동급생 사리나는 눈을 동그랗게 뜨며 지금의 공방을 바라보고 있었다.

──사리나.

가릴의 동급생으로, 가릴을 정말 좋아하는 아가씨.

물 속성의 마법이 특기이다.

그 옆에서 평소의 검정색을 바탕으로 한 고스로리 의상을 입은 아이리스테일은 손에 든 검은 토끼 인형의 입을 뻐끔뻐끔하며 복화술을 벌이고 있었다.

"'가릴 군, 아까웠지만 역시 멋져'라고 아이리스가 말한다 인마!"

——아이리스테일.

가릴의 동급생으로, 가릴에게 흥미진진한 여자아이.

부끄럼쟁이라서 인형을 사용하지 않으면 대화를 나누지 못한다.

주술 계통의 마법이 특기이다.

마왕군 사천왕 중 하나인 베리안나의 동생이지만 그 사실은 비밀로 하고 있다.

그런 아이리스테일 옆에서 지금의 광경을 바라보던 사지타.

"흥. 가릴도 대단하지 않네. 자기 아버지를 상대로 꼼짝도 못하다니. 이래서는 내 쪽이 강해지는 것도 시간문제라고."

——사지타.

가릴의 동급생으로, 호우타우 명문가의 자식.

공격과 수비 마법을 밸런스 좋게 사용할 수 있지만, 능력은 살짝 낮다.

번번이 가릴을 라이벌로 보고, 이기려고 하지만 승부가 되는 경우는 없다.

득의양양한 표정을 그렇게 말하고 사지타가 가슴을 폈다.

그런 사지타를 스노우 리틀이 어이없다는 눈빛으로 바라봤다.

──스노우 리틀.

가릴의 동급생으로, 소환 계열의 마법이 특기인 동화족 여자아이.

아니나 다를까, 가릴에게 흥미진진.

마왕 독슨의 신부 후보 중 하나인 스노우 화이트의 동생이지만 그 사실은 비밀로 하고 있다.

"사지타 님……. 거만하게 말하기는 하지만, 검투부 활동에서 힘을 조절하기까지 하는 가릴 님한테 꼼짝도 못 했던 건 어디 사는 누구였을까요?"

"으, 으음 그, 그거 말이지 사, 살짝 내가 봐줬을 뿐이라……."

스노우 리틀의 말에 사지타는 허둥지둥 변명을 늘어놓았다.

그러자 사지타 근처에 안개가 발생하기 시작했다.

그 안개가 커지더니 안에서 벤네에가 천천히 모습을 드러냈다.

"……거기 애송이, 허세부리지 말라고. 검투부 모의전, 본인도 봤지만 애송이, 전력으로 우리 주군께 맞서지 않았나."

벤네에는 쿡쿡 웃으며 사지타의 머리를 툭툭 두드렸다.

"아, 아니야……. 아니, 애초에…… 지, 지금 내가 강하다는 게 아니야! 조만간에 뛰어넘겠다고 했을 뿐이지……."

고개를 홱 돌리며 그런 소리를 입에 담는 사지타.

벤네에는 그런 사지타에게 어린아이를 타이르듯이 다정한 말투로 말했다.

"……음, 좋은 마음가짐이야. 처음부터 포기하는 건 누구라도 할 수 있지. 하지만 포기하지 않고 계속 정진하는 건 무척 힘겨운 일이지……. 애송이도 평상시부터 정진하도록 해라."

"나, 나도 알아……."

그 말에 살짝 입술을 삐죽이면서도 순순히 끄덕였다.

그런 사지타를 바라보는 벤네에의 속마음은.

'……뭐, 너같이 입만 산 녀석이 우리 주군을 이길 날 따윈, 몇 번을 다시 태어나도 오지 않겠지만…….'

……주군인 가릴을 나쁘게 말해서 내심 화가 난 벤네에였다.

그런 일동 앞.

"그럼 아버지, 한 번 더 부탁할 수 있을까."

가릴은 자세를 가다듬고 훌리오를 향해 또다시 목도를 들었다.

"응, 그럼 할까."

그런 가릴의 모습에 훌리오는 평소의 시원스러운 미소를 지으며 오른손을 뻗었다.

그때 훌리오 가의 문이 열렸다.

"서방님! 가릴! 이제 곧 식사할 거예요! 빨리 들어와요."

리스가 말을 건네자 가릴과 훌리오는 서로 얼굴을 마주 보며 한 차례 확인하고는 마무리를 짓고, 집으로 들어갔다.

"가릴, 아쉽지만 다음에 또 하는 걸로."

"응, 알았어."

도중에 가릴은 동급생들에게 시선을 향했다.

"다들, 응원해 줘서 고마워. 괜찮으면 바래다줄게."

미소인 가릴에게.

"어, 아니…… 그게…… 그러네링, 가능하다면 오늘은 가릴 님의 집에 조금 더 실례를 해도……."

사리나는 뺨을 붉히며 살짝 목소리가 뒤집어졌다.

"'기숙사 통금까지 아직 시간이 있어요'라고 아이리스테일도 말한다고 인마!"

아이리스테일도 검은 토끼 인형의 입을 뻐끔뻐끔 하며 복화술로 말을 던졌다.

"그렇군요……. 오, 오늘은 언니도 외출했으니까, 혹시 괜찮다면 저도 가릴 군과……."

상기된 뺨으로, 가릴 곁으로 다가가는 스노우 리틀.

여자들이 일제히 가릴에게 다가온다.

"다들, 준비 다 됐어."

그런 와중에, 여자아이들 뒤쪽에서 훌리오가 평소의 시원스러운 미소를 지으며 오른손을 뻗고 있었다.

그 손앞으로 마법진 네 개가 회전하고, 그 안에서 각각 검은색 전이 문이 출현했다.

"첫 번째 문이 사리나네 집 앞으로, 두 번째 문이 아이리스테일이 사는 호우타우 마법 학교 기숙사 앞으로, 세 번째 문이 스노우 리틀네 집 앞으로, 네 번째 문이 사지타 군네 집 앞으로 각각 이어져 있으니까."

훌리오의 말에 여자 셋은 천천히 돌아봤다.

'……가, 가릴 군네 파파는, 너무 우수해렁…….'

'……조, 조금만 더 소녀의 마음을 배려해 달라고 아이리스테일도…….'

'……또, 또 이 패턴인가요…….'

'"""가, 감사합니다.""'

내심 그런 생각을 하며 세 사람은 살짝 눈물을 글썽이면서도 그렇게 대답하는 것이 고작이었다.

그런 여자들과 달리 사지타만큼은 평범하게 전이 문을 지나서 돌아간 것은 말할 필요도 없었다.

◇훌리오 가 2층 라운지◇

훌리오 가는 외관으로는 지상 3층의 목조 주택.

하지만 내부는 훌리오의 상시 발동 마법으로 확장되어 실제로는 지상 5층, 지하 3층의 구조이고 넓이 역시도 각 층마다 상당히 넓혀져 있었다.

1층에는 복수의 응접실과 가족 전원이 한 번에 식사할 수 있는 거실.

남탕과 여탕으로 나뉘어져 있는 커다란 욕조가 겸비된 욕실과, 대식당 수준의 부엌이 설치되어 있었다.

2층부터 위쪽은 각자의 방으로 되어 있고, 부부는 둘이서 1실.

성인 전후의 아이들인 가릴, 엘리나자, 리루나자, 리슬레이는

1인 1실.

아직 어린 포르미나와 고로는 2인 1실.

마찬가지인 라비츠는 부모인 칼시므, 차룬까지 셋이서 1실.

벨라리오도 부모인 벨라노, 미니리오까지 셋이서 1실.

참고로 와인은 자기 방보다도 포르미나, 고로의 방에서 보내는 일이 많고, 히야는 자신의 정신세계에서 지낼 때가 많으니까 방을 필요로 하지 않았다.

각자의 방에는 각각 개인실과 침실이 하나씩 있고, 각층 끝의 계단 층계참에는 라운지가 설치되어 있었다.

그런 2층의 라운지. 가릴과 리슬레이, 엘리나자가 모여 있었다.

"이것 참, 가리네 파파는 역시 강하구나…… 학교 검투부에서는 적이 없는 가리도 전혀 상대가 안 되다니."

리슬레이는 귀가 후 봤던, 훌리오와 가릴의 대련을 떠올리며 감탄했다.

그런 리슬레이를 보고 옆에 앉아 있는 엘리나자는 득의양양한 표정을 지었다.

"당연하잖아! 뭐니 뭐니 해도 우리 파파인걸! 약할 리가 없지!"

아예 뒤로 젖혀질 기세로 가슴을 펴고 드높이 웃는 엘리나자.

……그야말로 파파 좋아좋아 딸의 면모를 여실하게 드러냈다.

가릴은 쓴웃음 지으며 그런 두 사람을 교대로 바라봤다.

"그러네……. 나도 있지, 학교에서 특훈을 하고 스스로도 수련해서 조금은 강해졌다고 생각했는데, 뼈저리게 깨달았어…… 아직 멀었다고."

가릴은 뒤통수를 긁적이며 계속 쓴웃음 지었다.

그러자 그의 등 뒤에 안개가 출현하고 그 안에서 벤네에가 모습을 드러냈다.

"주군, 그렇게 비관하실 건 없어요. 주군만큼 강한 자와 만난 적은 한 번도 없어요. 일출국에서 수백 년에 걸쳐 계속 수련한 제가 보증할게요."

'오히려 춘부장께서 너무나도 규격 밖이라고 생각하지만……. 그렇게 말하면 주군에 대한 불손이고, 그 사실은 주군 본인께서 가장 잘 아실 테니까…….'

그런 생각을 하며 가릴에게 시선을 향했다.

"고마워, 벤 누나…… 하지만 있지."

가릴은 다시 고개를 들더니 주변의 모두를 둘러봤다.

"……아버지가 굉장하니까, 바로 그런 아버지한테 조금이라도 가까워지고 싶은 거야……. 그러면 에리 씨를 어떤 일로부터도 지킬 수 있게 될 테니까."

그러더니 미소를 지었다.

그런 가릴의 말에 다른 이들도 미소를 지었다.

"뭐, 절대로 파파를 넘어설 수는 없을 거라 생각하지만, 그걸 목표로 노력하는 건 무척 좋은 일이라고 생각해. 절대로 파파를 넘어설 수는 없다고 생각하지만, 말이지."

의도적으로 '절대로……' 부분을 되풀이한 엘리나자.

그것은 '당연히 못 하니까 침울해 하지 말고 정진해'라는 의미를 담은 엘리나자 나름대로 가릴을 배려한 말이었다.

그런 엘리나자의 의도를 깨달았는지 가릴은 싱긋 미소 지었다.

"고마워, 엘리나자 누나. 내 나름대로 최선을 다할게."

"저 벤네에, 주군의 수련을 위해서라면 언제든지 상대해 드릴 터이니, 언제든지 말씀해주세요."

"응, 그때는 잘 부탁할게요."

벤네에에게 미소로 끄덕이는 가릴.

벤네에는 그런 가릴에게 역시나 고개를 끄덕이더니 천천히 옷을 벗기 시작했다.

기모노를 벗고 가슴 붕대도 풀었다.

"어, 어어…… 저, 저기…… 베, 벤 누나? 대, 대체 뭘 하는 거예요?"

"예, 그러니까 주군의 수련 준비를……."

"아, 아니 그, 그러니까…… 오늘은 이만 늦었으니까 수련을 할 생각은 없는데요……."

아하하, 곤혹스럽다는 미소를 지으며 양손으로 벤네에의 옷을 들었다.

"어머, 그런가요?"

그런 가릴의 말에 가볍게 고개를 갸웃거렸다.

그러더니.

"그럼 본인의 수련에 어울려 주신다는 걸로, 잘 부탁드릴게요."

벤네에는 싱긋 미소 짓더니 명백하게 속도를 올려서 옷을 벗기

시작했다.

……하지만.

"자, 거기까지!"

엘리나자가 벤네에를 향해 오른손을 뻗었다.

그 손앞으로 마법진이 전개되고, 그 회전에 호응하듯이 벤네에의 몸에 레오타드 같은 옷이 강제적으로 감겨들었다.

"호오…… 역시나 주군의 누님이시군요……."

쿡쿡 웃으며 자신의 몸을 안개화시켰다.

애당초 사념체라서 육체가 없는 존재인 벤네에.

그 몸을 안개화하여 자신에게 걸린 마법의 효과를 무효화시킬 수 있었다.

그것을 아는 벤네에는 자기 몸을 다시금 구현화……했는데…….

"……어라? 이건……."

본래라면 안개화한 시점에서 무효화시켰을 터인 레오타드가 아직도 벤네에의 몸에 여전히 장비되어 있었다.

"안 됐네. 이 옷은 내가 해제하지 않는 이상 없애지 못해."

엘리나자는 싱긋 미소를 지었다.

그런 엘리나자 앞에서 레오타드 틈새로 손가락을 밀어 넣으려고 했지만 그 손가락은 공허하게 미끄러질 뿐이었다.

"그렇군요……. 역시 주군의 누님이시로군요. 지금은 저 벤네에, 얌전히 패배를 인정하고 항복할게요."

아쉽다는 표정을 지으면서도 깔끔하게 머리를 숙였다.

"……저, 정말이지…… 벤 언니도 참……."

리슬레이는 그 모습을 양손으로 얼굴을 가리면서도 손가락 틈새로 흘끗 보고 있었다.

부끄러워하면서도 그런 행위에 흥미진진한 나이였다.

그런 일동의 모습을 가릴은 쓴웃음 지으며 바라봤다.

"어쨌든 말이야, 그쪽 수련은……."

거기까지 말한 참에.

"……응?"

무언가를 알아차린 가릴은 허둥지둥 주머니에 손을 넣었다.

가릴의 손에는 반지가 들려 있고, 그 반지는 진동하며 깜박이고 있었다.

"미안해, 자릴 좀 비울게. 다들, 이만 자도 되니까."

미소를 지으며 서둘러 창문을 통해 밖으로 나갔다.

창가에서 몸을 한 번 구부리더니 있는 힘껏 도약, 지붕 위로 이동했다.

"어머어머, 가릴도 그쪽은…… 같은 식으로 말하면서, 그런 상대한테는 제대로 연락하고 있잖아."

그런 가릴을 배웅한 엘리나자는 쿡쿡 웃었다.

"어? 에리. 좀 전에 가리, 대체 무슨 일이야?"

"가릴이 들고 있던 반지 말인데, 저건 파파가 만든 통신 마석이 박힌 반지야."

"통신 마석…… 반지?"

"그래. 두 개가 한 세트로, 떨어져 있어도 그 반지를 가지고 있는 사람들끼리 대화할 수 있는 기능을 가진 반지야. 비밀 보호

기능도 있어서 그 대화를 훔쳐듣지도 못해. 예를 들자면, 클라이로드 성의 마법 방벽으로 엄중하게 호위를 받고 있는 인물과 통화를 하더라도, 방해를 받지 않는 것은 물론이고 탐지도 당하지 않아."

엘리나자의 말대로…….

클라이로드 성은 마왕군과 전쟁을 벌이던 무렵, 안으로 스파이가 침입하거나 그 스파이가 기밀 사항을 마법으로 외부에 전달하는 것을 막기 위해 복수의 상급 마도사들이 상시 튼튼한 마법 방벽을 전개하였고, 그것은 지금도 계속되고 있었다.

"그런 방벽을 돌파해 버리다니…… 굉장한 반지구나…….."

"그렇지? 역시 파파야. 정말로 존경하게 되어버려."

리슬레이의 말에 엘리나자는 마치 자신이 칭찬을 받은 것처럼 득의양양한 표정으로 가슴을 폈다.

"……아, 하지만…… 클라이로드 성에서 통신한다는 건…… 가리의 통신 상대는……."

"응, 그래…… 상대는 틀림없이 에리 씨일 테니까."

리슬레이와 엘리나자는 서로 얼굴을 마주보며 히죽 미소를 지었다.

엘리나자는 그런 리슬레이에게 쓴웃음으로 답하더니.

"뭐, 딱히 뭐 어때. 에리 씨도 참, 틈만 나면 신부 수업이라면서 요리를 만들러 오고, 게다가 에리 씨랑 가릴이 사귀는 건 파파도 마마도 공인하고 있으니까."

"……문제는 저거겠네…… 에리 씨가 이 나라의 여왕님이라는 거. 가리…… 에리 씨랑 결혼한다면…… 클라이로드 마법국의 왕이 된다는 거잖아."

팔짱을 끼며 생각에 잠기는 리슬레이.

그런 리슬레이 앞에서 엘리나자는 무심코 웃음을 터뜨렸다.

"가릴이 왕이라……. 가릴한테는 미안하지만 전혀 상상이 안돼, 국왕인 가릴의 모습이라니. 국왕이라는 건 말이지, 마법도 완벽, 격투기도 완벽, 머리도 좋고, 멋있고, 뭘 하든 항상 완벽! ……그런 사람한테 어울린다고 생각하거든……."

그리고 엘리나자는 양손을 맞잡으려 눈을 반짝였다.

"그러니까 그건 파파 같은 사람. 파파 말고는 없다는 거야."

국왕인 훌리오의 모습을 몽상하며 눈을 계속 반짝였다.

"……그리고, 그 옆에는……."

이어서 국왕인 훌리오 옆에 왕비의 모습으로 함께하는 자신의 모습을 몽상했다.

……파더콤의 면모를 여실하게 드러냈다.

◇같은 시각◇

"……허?"

침실의 화장대 앞에서 머리카락을 빗던 리스는 퍼뜩 놀란 표정을 지으며 주위를 둘러봤다.

"리스, 왜 그래?"

침대에 앉아서 서류를 보던 훌리오가 리스에게 말을 건넸다.

"……아뇨, 기분 탓일까요? 서방님을 상대로 무척 불손한 망상을 하는 사람의 파동을 느낀 것 같아서요…….”

그런 말을 하며 주위를 계속 둘러보는 리스.

엘리나자의 상상에까지 반응하는 그녀.

……서방님 좋아좋아 사모님의 면모를 여실하게 드러냈다.

‘……여, 여전하구나, 에리도 참.’

몽상으로 눈을 반짝이는 엘리나자를 앞에 두고 쓴웃음을 짓는 리슬레이.

“……하, 하지만 확실히 가리네 파파가 국왕에 걸맞는다는 건 납득이 가네. 가리네 파파는, 전직 마왕인 고자르 씨나 마인인 히 야 씨보다도 강하니까…….”

그런 생각을 하며 리슬레이는 작게 한숨을 흘렸다.

‘……나도 그런 반지를 갖고 있다면 렙터랑 편하게 연락을 취할 수 있을 텐데…….’

호우타우 마법 학교의 동급생이자 도마뱀족 남자인 렙터를 떠 올리며 또다시 한숨을 흘렸다.

‘좀 더 친해지고 싶은데, 집으로 부르면 확실하게 파파가 방해하 고. 거리에서 데이트를 하려고 해도 어디선지 모르게 파파가……. 나도 가리처럼 파파, 마마 공인의…… 아니, 절대로 파파가 허락 해 주지 않겠지…….’

생각에 잠겨서 몇 번이고 한숨을 흘리는 리슬레이.

……리슬레이의 아버지인 슬레이프…… 딸 좋아좋아 파파의 면모를 여실하게 드러냈다.

"후후…… 다들, 젊기에 하는 고민이네요. 그리워요."
두 사람을 바라보며 벤네에는 입가에 미소를 짓고 있었다.

◇며칠 뒤 클라이로드 성 안◇
이날, 가릴은 훌리오와 함께 클라이로드 성으로 향했다.
"그렇구나. 요전에 에리 씨…… 아, 여왕님한테 연락을 받아서, 클라이로드 학원 일과 관련해서 성으로 와 달라고 그랬거든요."
이미 클라이로드 성 안으로 들어왔기에, 사적인 애칭인 에리 씨가 아니라 여왕이라 부르는 가릴.
"그러고 보니 어린이를 대상으로 한 클라이로드 소년 소녀 기사 양성학교나 청년을 대상으로 한 클라이로드 기사단 학원처럼 여럿으로 분산되어 있던 학원의 기능을 통합해서, 새로이 클라이로드 학원으로 세우는 거였지."
"응. 그리고 이 클라이로드 학원에……."
가릴과 훌리오가 그런 대화를 나누는데.
"여, 가릴 군! 기다렸다고!"
그런 두 사람 곁으로 한 남자가 걸어왔다.
기사 의장을 입은 그 남자──전직 기사단장 마크타로였다.
클라이로드 성의 필두 기사단장으로서 마왕군과 벌인 전투의 최전선에서 계속 싸운 맹자이자, 특히 전직 마왕군 사천왕 중 하나였던 슬레이프와 몇 번이나 계속 싸웠고, 휴전 협정이 맺어진 지금은 그 슬레이프와도 우호 관계를 맺고 있었다.

그런 그는 마왕군과 휴전 협정을 맺은 것을 기회로 후진 육성에 매진하고자 기사단을 그만두고, 신설된 클라이로드 학원의 초대 학원장으로 취임한 것이었다.

"마크타로 학원장님, 이런 곳까지 마중을 나와 주셔서 감사합니다."

훌리오는 그러더니 정중하게 머리를 숙였다.

"마크타로 학원장님, 약속대로 이렇게 실례했습니다."

가릴 역시도 훌리오에 이어서 머리를 숙였다.

마크타로는 그런 두 사람을 음음, 끄덕이며 바라봤다.

"호우타우 마법 학교의 우수생인 가릴 군이 방문해 줘서 기쁘게 생각한다. 오늘은 클라이로드 학원을 마음껏 견학하도록 해."

마크타로는 그러면서 오른손을 건넸다.

그 손을 우선 훌리오가, 다음으로 가릴이 단단히 맞잡았다.

"전 그렇게 굉장한 학생이 아니지만, 어쨌든 오늘은 잘 부탁드려요."

겸손한 태도로 마크타로와 악수를 나누는 가릴.

그런 가릴을 마크타로는 다정한 눈빛으로 바라봤다.

마크타로 뒤쪽에서 대기 중인 토끼 수인 여자——라비아나가 쓴웃음을 지었다.

"마크타로 학원장께서도 부상만 없었다면 교직원으로서 실기를 담당하고 싶어하셨죠뿅. '적어도 무릎만 괜찮았다면' 하고 매번 말씀하신다고요뿅."

"그건 당연하잖아? 얼마 전까지 최전선에서 싸웠으니까……. 적어도 이 무릎만 말을 듣는다면 이 학원에서도 꽉꽉 실기 지도를 해줬을 텐데……."

서글픈 표정을 지으며 자신의 오른쪽 무릎으로 시선을 향했다.

그런 마크타로 앞에서 라비아나가 팔짱을 끼며 분노한 표정을 지었다.

"정말이지! 마크타로 님은 이제 나이가 있으시니까, 여기서 관리직으로 얌전히 계세요뿅!"

"무슨 소리냐! 여차하면 한 손으로도 실기 지도를 해줄 수 있어! 얌전히 책상 앞에만 앉아 있으라니……."

"그러니까 나이를 생각하시라고요뿅! 마크타로 학원장께서 최전선에서 지휘를 하셨던 건 굉장하다 생각하고, 존경하기도 해요뿅. 그러니까 더는 무리하지 마세요뿅!"

라비아나는 마크타로를 상대로 진심으로 목소리가 높였다.

마크타로와 라비아나는 마치 어린아이처럼 말다툼을 벌였다.

훌리오는 쓴웃음 지으며 두 사람의 대화를 바라봤다.

'……마크타로 씨의 무릎, 내 회복 마법으로 치료하는 건 간단하지만…… 라비아나 씨는 마크타로 씨가 무릎의 부상 덕분에 무리하지 않게 된 걸 기뻐하는 모양이니까……. 과연 이럴 때, 나는 어떻게 하면 좋을까…….'

그런 생각을 하며 두 사람을 교대로 바라봤다.

잠시 그대로 훌리오는 두 사람의 모습을 확인했지만, 아무리 시간이 지나도 끝날 것 같지 않은 대화에 천천히 오른손을 들어 두 사람의 주의를 끌었다.

"저기…… 말씀 중에 죄송하지만…… 일단 시간도 한정되어 있으니까…… 슬슬…….."

"이런, 이건 실례했습니다. 라비아나, 이 일에 대해서는 나중에 다시 이야기하기로 하고, 훌리오 경과 가릴 군을 안내하자고."

"이야기하자는 건 바예요뿅. 그러니까 훌리오 님, 가릴 님, 기다리시게 해서 죄송했어요뿅. 자, 이쪽으로 와주세요뿅."

마크타로에게 단단히 못을 박은 뒤, 라비아나는 다시금 훌리오와 가릴을 향해 꾸벅꾸벅 머리를 숙이며 두 사람을 안내하기 시작했다.

◇그 무렵 후우타우 마법 학교◇

"정말이냐링? 정말로 가릴 님은 견학을 갔을 뿐이냐링?"

이날 클라이로드 학원을 견학하러 간다는 이유로 호우타우 마법 학교를 결석한 가릴.

그 이야기에 사리나는 엘리나자 자리 앞에서 계속 허둥대고 있었다.

"응, 그래. 가릴은 어디까지나 견학을 갔을 뿐. 아침부터 몇 번이나 그렇게 말하잖아?"

엘리나자는 조금 지긋지긋하다는 태도로 같은 말을 되풀이하고 있었다.

그러자 그런 엘리나자의 책상에 양손을 얹고 그녀의 눈앞까지 자기 얼굴을 갖다 붙이며 되물었다.

"하지만하지만하지만…… 견학을 갔다가 도시의 여성에게 마음을 빼앗겨 버려서 '역시 마음이 바뀌었어' 같은 소리를 한다면, 사리나 어쩌면 좋으냐링?!"

눈물을 글썽이며 단숨에 떠들어 대더니 머리를 부여잡으며 또다시 허둥대기 시작했다.

'하아……정말, 어쩌면 좋은 걸까……. 차라리 클라이로드 학원으로 간다고 말해 버리면 될까……? 하지만 그랬다가는, 사리나만이 아니라 아이리스테일이나 스노우 리틀까지 허둥댈 것 같으니까…….'

계속 허둥지둥하는 사리나를 곁눈으로 바라보며 엘리나자는 큰 한숨을 흘렸다.

그때 문득 움직임을 멈춘 사리나는 다시금 엘리나자에게 시선을 향했다.

"……그런데 엘리나자."

"왜?"

"엘리나자는, 이 학교의 수석이잖아링?"

"그러네…… 일단 그렇게 되어 있는데……."

그러자 사리나는 엘리나자의 양손을 덥석 잡았다.

"말해 두겠는데…… 엘리나라도 사리나의 소중하고 소중한 친구다링. 물론 가릴 님과 함께 있다는 게 대전제이지만, 엘리나자하고도 같이 졸업했으면 좋겠다고 생각해링. 잘 기억해 뒀으면 한다링."

진지한 눈빛으로 그렇게 말하더니 엘리나자의 양손을 붙잡은 손에 힘을 실었다.

"……사리나……."

갑자기 자기 이름을 언급했기에 엘리나자는 곤혹스럽다는 표정을 지었다.

'……뭐, 뭐 확실히…… 클라이로드 학원 전입 이야기는 귀찮으니까 거절했지만…….'

복잡한 표정을 지으며 사리나를 바라보는 엘리나자.

"어쨌든 가릴 님이 걱정이다링! 빨리 돌아왔으면 좋겠어링!"

그런 엘리나자 앞에서 사리나는 또다시 일어나더니 엘리나자의 책상 앞에서 안절부절 못하는 것이었다.

◇클라이로드 학원 학생회실◇

"루룬 회장님! 가, 가릴 군이 왔다나 봐요!"

장발의 여학생이 문을 난폭하게 열어젖히며 학생회실로 들어왔고, 그 뒤로 안경을 쓴 남학생도 따라 들어왔다.

"아버지 같은 인물과 함께, 마크타로 학원장의 안내에 따라 건물 안으로 들어왔다고 해요!"

두 사람은 거의 쓰러지듯 회장석 앞으로 밀려들었다.

회장석에 앉아 있는, 보라색 머리카락을 트윈 테일로 묶은 여학생은 패션 안경을 왼손 검지로 꾹 밀어 올렸다.

"로카나도 데스리스도 좀 진정해요. 상대가 아무리 마족과 인간족의 혼혈이라고 해도, 절반은 인간의 피가 흐르는 시골뜨기잖아요? 뭘 그렇게 소란을 떠는 건가요."

차가운 말투로 그렇게 말했다.

그 말에 장발 여학생——로카나와 안경 쓴 남학생——데스리스는 멍한 표정을 지었다.

"저, 저기…… 절반은 인간족의 피라니……."

"회장님은 전부 인간족의 피 아닌가요?"

의아하다는 표정으로 물어보는 두 사람을 앞에 두고 루룬은 또다시 패션 안경을 왼손 검지로 꾹 밀어 올렸다.

"그, 그건 그저 말실수예요. 깊이 신경 쓸 것 없어요."

그러더니 회장석에서 일어나는 루룬.

"호우타우 마법 학교에 재학 중이라고 하던데……. 저 학교의 레벨은 무척 낮다고 들었어요. 읽고 쓰는 것도 의심스러운 아인이 많이 다닌다는 소문도 있고, 휴전 협정을 맺고 마족 자녀까지 받아들일 예정이라든지……. 그런 학교의 학생이 어째서 클라이로드 학원으로 오는 건가요. 이해하기 어렵네요……."

루룬은 크게 한숨을 내쉬었다.

"……하지만 마크타로 학원장님의 명령으로 이 학생에게 인사를 하고 학원을 안내하게 되었으니까, 만나러 가지 않겠다고 하지는 않겠지만……. 그 아이, 정말로 이 학원에 필요한 인재인가요? 학원 전학을 달가워하지 않는다는 것도, 단순히 겁먹어서 그런 게 아닐까요? ……그런 아이한테 제 비책을 활용해서 이 학교로 전학을 결의하도록 만들 필요가 정말로 있을까요?"

"아뇨아뇨아뇨, 가릴 군은 이쪽 학생한테도 인기 있으니까요."

"믿어주세요, 회장님!"

필사적으로 감싸주는 로카나와 데스리스를 앞에 두고 루룬은 크게 한숨을 내쉬며 또다시 패션 안경을 왼손 검지로 꾹 밀어 올렸다.

"예예, 알았어요. 어쨌든 학원장실로 갈 테니까 두 사람도 따라와요."

"아, 예!"

"알겠습니다!"

회장실을 나가는 루룬.

그 뒤로 로카나와 데스리스도 허둥지둥 따라갔다.

세 사람은 학생회장실을 나가더니 마크타로 학원장이 기다리는 학원장실을 향해 복도를 걸어갔다.

◇클라이로드 학원 학원장실◇

"정말로 이 학교는 굉장하네요."

가릴은 학원장실 한편에 장식되어 있는 거대한 창을 바라보며 감탄을 높였다.

"호오? 이 창이 어떤 물건인지 알겠느냐?"

그러면서 눈을 동그랗게 뜨는 마크타로.

그런 마크타로의 시선에 가릴은 부끄러운 듯 수줍게 미소를 지었다.

"으음…… 무기 이름까지는 모르겠지만…… 다만 이 창이 굉장히 커다란 마력이 깃들어 있는 마족의 무기라는 건 느낄 수 있다고 할까요…….

가릴의 말에 마크타로는 무심코 감탄을 높였다.

"이것 참, 굉장하군…… 거기까지 알 수 있는 것만으로 상당하다고 생각한다. 사실 이 창은 이 학원의 전신인 클라이로드 소년 소녀 마법 학원을 창설하신 전설의 기사단장 질드레더 경이 당시의 마왕에게서 빼앗았기에, 어떤 의미로 우리 학원이 자랑하는 무기란다."

"호오, 그래서 굉장한 마력이 느껴지는 거군요."

마크타로의 말을 들은 가릴은 눈을 반짝이며 창을 찬찬히 계속 바라봤다.

홀리오는 소파에 앉은 채, 그 창으로 시선을 향하고 있었다.

그 창에서는 확실히 마력이 새어 나오고 있었다.

그것은 이 창이 강력한 마력을 가진 마족을 꿰뚫은 적이 있음을 의미했다.

홀리오는 의시을 집중해서 그 창을 응시했다.

그러자 그 창 주위에 윈도가 전개되고, 아득히 과거의 전투 현장이 그 안에 떠올랐다.

홀리오의 마법으로 출현한 이 윈도는 그만이 볼 수 있는 사양이었다.

홀리오가 바라보는 가운데, 그 윈도 안에서는 기사단장으로 보이는 남자가 거대한 마족을 향해 자신의 대검을 휘둘러 이 창을 떨어뜨리는 광경이 떠 있었다.

하지만 그 광경을 바라보던 훌리오는 쓴웃음을 지었다.

'으~음…… . 강력한 힘을 지닌 마족한테서 빼앗은 건 틀림없어 보이지만, 상대가 마왕이 아니라 마왕군 사천왕보다도 아래의…… 그래, 사단장 클래스의 마족이잖아…… .'

윈도의 영상을 확인하고 그 사실을 알게 된 훌리오.

그러나 분위기를 봐서 그 이야기를 하지는 않았다.

그런 훌리오의 시선 앞에는 그 창을 신기하다는 듯 바라보는 가릴과, 그 뒤쪽에서 만족스럽게 끄덕이며 계속 설명하는 마크타로의 모습이 있었다.

똑똑

그때 학원장실 문을 누군가 노크했다.

"음, 들어와라."

마크타로는 문을 향해 말을 건넸다.

그 목소리에 학원장실 문이 열리고 응접실 안으로 학생 셋이 들어왔다.

"실례할게요."

보라색 머리카락을 트윈 테일로 묶은 여학생——학생회장 루룬과, 부회장인 로카나와 데스리스였다.

"마크타로 학원장님, 학생회장 루룬과 부회장 로카나, 마찬가지로 부회장 데스리스, 부르셔서 왔어요."

루룬은 마크타로에게 걸어가더니 안경을 꾹 밀어 올리며 인사했다. 그에 이어서 로카나와 데스리스도 머리를 숙였다.

"음, 바쁜 와중에 잘 와줬다, 학생회 여러분."

그들 셋을 불러본 마크타로는 인사를 받아준 후, 계속 창을 보고 있는 가릴의 어깨를 툭 두드렸다.

"여기 있는 게, 오늘 우리 학원을 견학하러 와준 가릴 군이다."

마크타로가 어깨를 두드리자 가릴은 학생회 사람들에게 시선을 향하고.

"호우타우 마법 학교의 가릴이라고 해요. 잘 부탁드립니다."

시원스러운 미소를 지으며 오른손을 건네는 가릴.

그 미소는 어딘가 아버지인 홀리오를 연상시키는 그런 미소에 가까워지고 있었다.

그 미소에 무심코 두근대고 마는 로카나.

"나, 나는…… 이 학원의 부회장 로카나…… 자, 잘 부탁해요."

'……민, 민야…… 시골뜨기치고는 좀 멋있잖아…….'

뺨을 붉히며, 필사적으로 태연을 가장하며 오른손을 내밀었다.

데스리스의 반응은 그런 로카나와는 대조적이었다.

"나도 부회장입니다. 이름은 데스리스라고 해요. 잘 부탁해요, 가릴 군."

차분한 태도로 그렇게 말하더니 천천히 오른손을 내밀었다.

"가릴이에요. 잘 부탁해요."

가릴은 창에서 몸을 돌려 일동 앞에 멈춰선 채, 미소를 지으며 두 사람의 오른손을 교대로 붙잡았다.

마지막으로 루룬과 악수를 나누려 하는 가릴.

하지만 학생회장인 루룬만큼은 왜인지 손을 내밀려고 하지 않았다.

그러기는커녕 팔짱을 낀 채로 가릴을 계속 응시했다.

"⋯⋯저기⋯⋯."

그런 루룬에게 계속 오른손을 내밀고 있는 가릴은 곤혹스러워하면서도 미소를 무너뜨리지 않고서 자세를 계속 유지하고 있었다.

그런 가릴을 앞에 두고 루룬은 한번 패션 안경을 꾹 밀어 올리는 것 말고는 미동도 하지 않고, 그 자리에 그저 우두커니 서 있었다.

루룬의 태도에 위화감을 느낀 마크타로는 그녀와 가릴 사이로 끼어들었다.

"으, 음⋯⋯ 어쨌든 말이다, 가릴 군. 이 세 사람이 우리 학원의 학생 대표야. 지금부터는 여기 세 사람도 함께 학원 안을 안내할 테니까."

마크타로는 그렇게 말하더니 가릴을 향해 싱긋 미소 지었다.

가릴은 오른손을 내리더니 마크타로의 말에 미소로 답했다.

"감사합니다. 그럼 여러분, 잘 부탁해요."

그 미소를 마크타로에게서 학생회 세 사람 쪽으로 향했다.

"아뇨아뇨, 나야말로 잘 부탁할게요."

"우리가 아는 일이라면 뭐든 대답해 줄 테니까요."

회장의 이상한 상태를 알아차린 부회장 두 사람은 허둥지둥 가릴 앞으로 이동, 몇 번이고 머리를 숙였다.

그런 두 사람 뒤에서 루룬은 가릴을 가만히 바라보며 그 자리에 계속 우두커니 서 있었다.

이따금 패션 안경을 꾹 밀어 올리는 것 말고는 아무런 행동도 하지 않았다.

이후로 가릴과 홀리오는 마크타로, 마크타로의 비서 라비아나, 그리고 학생회 세 사람과 함께 학원 안을 돌고 있었다.

기승 훈련이나 창술, 궁술 등의 실기는 클라이로드 기사단이 사용하는 시설을 이용하기에 클라이로드 마법성 안에서 진행되어, 학원 건물과는 떨어진 장소에 있었다.

학원 건물도 클라이로드 성 안에 지어져 있지만 훈련 시설에서는 떨어진 장소로, 석조 3층 건물인 교사가 두 동, 그 주위에는 실습동이나 마법 시험장 등의 시설이 함께 있었다.

그런 시설들을 미그디로와 학생회 멤버가 중심이 되어 가릴과 홀리오에게 설명했다.

"……그리고 여기가 검을 손질하는 방법을 배우는 시설이네."

마크타로가 그렇게 말하자.

"그러고 보니 로카나, 요전에 여기서 검 고치는 방법을 연습하다가 구부러뜨렸지. 여전히 말도 안 되는 힘이야."

"잠깐?! 데스리스! 그런 쓸데없는 정보는 말할 필요 없잖아?!"

데스리스의 폭로에 로카나는 얼굴이 새빨개졌다.

그런 느낌으로 학생회 부회장 두 사람을 중심으로, 가릴에게 교내 시설을 설명했다.

오늘은 평일이라서 교실에서는 통상적인 수업이 진행되고 있었다.

그런 수업 중인 교실 옆을 가릴이 지나가자 교실 안에서는 여자들이 소곤소곤 나누는 이야기가 넘쳐나기 시작했다.

("……잠깐만, 저거 소문의 가릴 군 아냐?!")

("무도 대회에서 엄청 활약했다지?")

("여전히 미남이네…….")

("하, 하지만, 어, 어째서 오늘 여기에?!")

("아아, 수업 중만 아니었다면 이야기 해보고 싶어!")

("……차라리 살짝 빠져나가서…….")

("잠깐! 빠져나가는 건 허락 못 하니까!")

그 광경에 가릴은 쓴웃음 지을 수밖에 없었다.

……그런 가운데, 학원 견학은 반나절로 마무리되었다.

학원 방문을 마친 홀리오와 가릴은 교문 앞으로 이동했다.

그런 가릴을 배웅하고자 마크타로와 라비아나가 교문까지 나왔다.

"오늘은 이래저래 급하게 설명해서 미안하네. 다만 이렇게 둘러보고서 이해했을 거라 생각하지만, 이곳 클라이로드 학원은 시설도 설비도 모두 최신식으로 도입했고, 교직원도 실기 경험도 확실한 사람들로 탄탄하게 짜여 있지.

가릴 군의 단련에 도움이 되리라 자부하고 있어. 언젠가 네가 이 학원에서 배우고, 단련하고, 동료들과 절차탁마할 날이 오기를 기대하고 있으마."

마크타로는 그러더니 오른손을 내밀었다.

가릴은 그런 마크타로의 손을 단단히 맞잡았다.

"감사합니다. 다만 이전에도 말씀드렸다시피, 저는 우선 호우타우 마법 학교에서 제대로 공부를 할 생각이니까요. 다음에는 합숙이라는 형태로, 호우타우 마법 학교의 동료들과 함께 공부하러 왔으면 좋겠다고 생각해요."

시원스러운 미소를 짓는 가릴.

그 미소에 마크타로 역시도 미소로 답했다.

"그렇군. 합숙 이야기도 여왕님께 들었어. 가까운 시일 안으로 이쪽에서 체제를 갖추어 두도록 하지."

가릴은 마크타로 뒤쪽에 서 있는 로카나와 데스리스에게도 말을 건넸다.

하지만 그곳에는 회장인 루룬의 모습이 없었다.

"어라…… 루룬이 없는 모양이다만…… 뭐, 오늘은 됐나. 그럼 가릴 군, 훌리오 경, 오늘은 이렇게 방문해 주어서 정말 감사했습니다."

그러더니 마크타로는 머리를 숙였다.

그런 마크타로에게 훌리오와 가릴도 다시금 머리를 숙였다.

"……그래서 가릴 군은 마차로 돌아가나요? 어, 아니면 정기 마도선?"

로카나의 말에 홀리오는 평소의 시원스러운 미소를 지으며 오른손을 앞으로 내밀었다.

"어, 아뇨, 저희는 이걸로 귀가할 테니까요."

영창에 호응하여 전개되는 커다란 마법진.

천천히 회전하는 마법진 안에서 거대한 문이 출현했다.

"어? 저, 저건, 설마……."

"……그럴 리가? 저, 전이 문?"

그 문을 앞에 두고 로카나와 데스리스는 눈을 동그랗게 떴다.

그런 두 사람 앞에서 홀리오가 문을 열었다.

그 너머에는 홀리오 가의 현관 앞 광경이 펼쳐져 있었다.

"그럼 실례할게요."

미소를 지으며 문 너머로 이동했다.

"여러분, 또 만나요. 에리 씨한테도 잘 전해 주세요."

홀리오에 이어서 가릴도 인사를 하며 문 너머로 이동했다.

이윽고 문이 닫히자, 문도 마법진도 순식간에 사라졌다.

"……어? 자, 잠깐만요…… 여기, 클라이로드 마법성 안이죠?"

"서, 성의 마도사 분들이 결계 마법을 전개하고 있어서…… 전이 마법은 무효화되는 게……."

로카나와 데스리스는 믿을 수 없다는 표정 그대로, 조금 전까지 전이 문이 출현했던 장소를 계속 바라봤다.

"이것이, 홀리오 경과 가릴 군이지."

그런 두 사람에게 끄덕이며 말을 건네는 마크타로.

하지만 그러다가 고개를 갸웃거리며 라비아나에게 시선을 향했다.

"……그런데, 가릴 군이 말한 '에리 씨'라는 건 누구지?"

"글쎄요? 모르겠어요뽕."

마크타로의 말에 라비아나도 고개를 갸웃거리며 곤혹스럽다는 표정을 지었다.

여왕의 애칭이 에리라는 사실은 일부 사람밖에 모르는데, 그 사실을 그만 깜박한 가릴이었다.

한동안 지면을 바라보던 로카나와 데스리스는 퍼뜩 놀라서 고개를 마주봤다.

"자, 잠깐만…… 회장님 어디로 간 거야? 가릴 군이 클라이로드 학원으로 전학을 결의하도록 회장님이 특기인 매료 마법을 사용한다고 했는데……. 막상 중요한 그 회장님이 한 마디도 하지 않고, 도중에 모습을 감춰 버리고……. 뭐가 어떻게 된 거야?!"

"그, 그야…… 나한테 물어봐도 몰라……. 회장실에서는 그렇게나 의욕이 가득했는데……."

"아아, 정말! 가릴 군 같은 미남이…… 그게 아니라, 우수한 학생이 입학해 준다면 클라이로드 학원의 학생들에게 좋은 자극이 될 텐데!"

로카나와 데스리스는 서로 얼굴을 불쑥 들이밀며 작은 목소리로 대화를 나누었다.

그 광경을 깨달은 마크타로가 고개를 갸웃거렸다.

"왜 그러느냐? 둘 다?"

"아, 아뇨아뇨아뇨."

"아, 아무것도 아니에요, 마크타로 학원장님."

마크타로가 말을 건네자 로카나와 데스리스는 허둥지둥 뒤집어진 목소리를 높이며 동시에 고개를 가로저었다.

◇같은 시각 학원 내의 여자 화장실◇

안내 도중에 행방불명이 된 루룬.

그녀는 여자 화장실 안에 있었다.

그녀의 모습은 조금 전까지의 인간족 모습이 아니라 창백한 피부를 가진 마족의 모습으로 변해 있었다.

"……서큐버스족과 인간족이 혼혈인 나, 루룬이 이렇게나 한심한 모습을 보이다니……."

루룬은 패션 안경을 왼손 검지로 몇 번이고 계속 밀어 올리며 계속 중얼거렸다.

……그녀의 얼굴은 새빨갰다.

그녀의 뇌리에 가릴의 미소가 계속 떠오르고 있었다.

그 미소를 떠올리며 루룬은 더더욱 얼굴이 빨개졌다.

떠올리면 떠올릴수록 얼굴의 붉기는 더더욱 강해졌다.

"서, 서…… 서…… 설마…… 서큐버스족의 엘리트로서, 클라이로드 학원의 특대생으로서 받아들여진 내가……. 저, 저, 저,

저런 시골뜨기한테, 처, 처, 처, 첫눈에 반했다는 거야? ……설마 그, 그럴 리가……."

　　중얼거리며 양손으로 뺨을 감쌌다.

　　"저, 저, 저, 저 남자애를 봤더니 감정이 폭주해 버려서, 한 마디도 못 꺼낸 건 물론이고 인간족의 모습을 유지할 수조차 없게 되다니……. 마, 마, 마, 말을 못 하게 된 건 그렇다 쳐도, 저, 저, 저, 적어도 마지막까지 함께하고 싶었는데……."

　　루룬── 마족인 서큐버스족과 인간족의 혼혈인 그녀는 클라이로드 마법국이 추진하려는 인간족과 마족 우호 시책의 일환으로서 클라이로드 학원이 받아들인 학생 중 하나였다.

　　당초에는 혼혈이라 호우타우 마법 학교 편입을 타진했지만.

　　'나 같은 엘리트가 그런 시골 학교 따위를!'

　　그렇게 거부했기에 당분간 정체를 숨긴 상태로 클라이로드 학원에 다니게 되었고, 마크타로만큼은 그녀의 정체를 알고 있는 것이었다.

　　그런 루룬은 화장실 안에서 얼굴을 붉힌 채, 그저 우두커니 서 있었다.

　　"이, 이, 이, 이럴 바에는 쓸데없는 고집을 부리지 말고, 처음부터 호우타우 마법 학교에 입학할걸 그랬어…… 가릴 군……."

◇ ◇ ◇

"……으앗?!"

갑자기 몸을 떠는 가릴.

"가릴, 왜 그래?"

훌리오가 걱정스럽게 말을 건넸다.

그런 훌리오에게 가릴은 쓴웃음 지었다.

"미안해, 아버지. 뭔가 갑자기 등줄기가 오싹해서……. 응, 아무것도 아니니까."

알통을 만들어 보였다.

그런 가릴에게 훌리오는 평소의 시원스러운 미소를 지었다.

"그래서, 오늘은 어땠어? 가릴."

"응, 이래저래 재미있었어. 하지만 루룬 씨…… 서큐버스족이랑 인간족의 혼혈이던 그 사람, 어째서 도중에 사라졌을까?"

"어라? 가릴은 그 여자애가 서큐버스족 혼혈이라는 걸 알고 있었어?"

"응, 꽤나 마력이 새어 나오고 있었으니까."

"아니, 확실히 새어 나오기는 했지만 무척 미약했을 텐데……."

"그런가……. 역시 마족 사람들과 함께 살고 있으니까 쉽게 감지할 수 있게 됐으려나."

가릴과 훌리오는 그런 대화를 나누며 현관을 향해 걸어갔다.

"어?! 가릴 님이다링!"

그러자 가도 쪽에서 사리나가 달려왔다.

그 뒤에는 항상 가릴과 함께 등하교하는 호우타우 마법 학교 동급생 모두도 있었다.

"어라, 사리나? 게다가 다들 어쩐 일이야?"

가릴은 일동을 향해 말을 건넸다.

그러자 사리나는 점프해서 가릴에게 안겨들었다.

"가릴 님! 전학 안 갈 거지링? 호우타우 마법 학교에서 졸업할
때까지 함께지링?"

가릴에게 안긴 채, 몇 번이고 같은 말을 반복했다.

"응. 나는 호우타우 마법 학교에서 졸업할 거야. 클라이로드 학
원은 그 다음에 갈 생각이야."

그런 사리나를 안고 있는 가릴은 그리 말하고 시원스러운 미소
를 지었다.

그 말을 듣고 사리나는 환한 미소를 지었다.

『아이리스테일도 기쁘다고 말한다고 인마!』

검은 고양이 인형의 입을 뻐끔거리며, 복화술로 말을 꺼내며
가릴을 끌어안는 아이리스테일.

"기뻐요! 저 스노우 리틀, 재학 중에 반드시 가릴 님과 장래를
함께 맹세하는 사이로……."

"잠깐~?! 스노우 리틀! 얼렁뚱땅 무슨 소리냐링!"

터무니없는 소리를 입에 담는 스노우 리틀.

그 입을 사리나가 황급히 양손으로 막았다.

그런 일동 뒤쪽에서 사지타가 팔짱을 끼고 있었다.

"흠…… 너 같은 건 있든 없든 딱히 상관없지만…… 하지만 함
께 노력하는 것도 말이지……."

그런 사지타의 옆구리를 렙터가 팔꿈치로 찔렀다.

──렙터.

도마뱀족 남자아이.

큰 덩치에 쿨하게 보이지만 다른 사람을 잘 돌보는 다정함을 가지고 있다.

참고로 리슬레이와 무척 사이가 좋다.

"잠깐?! 뭐, 뭐야, 렙터."

"이럴 때 정도는 솔직하게 '기쁘다'라고 말하면 된다니까."

"잠깐, 그, 그런 게 아냐……. 그, 그런 것보다 너는 어떤데."

"나?"

"그래, 너랑 리슬레이는 어떠냐는 거야, 실제로!"

"잠깐?! 무, 무슨 소리야, 야?!"

"그런 소리를 해도 안 속는다고! 너랑 리슬레이가 사귄다는 거 알고 있으니까!"

"잠깐! 여, 여기서 그 이야기는 위험하다니까."

안면이 새파래져서는 사지타의 입을 막으려고 드는 렙터.

두두두두두…….

두 사람의 귀에 묘한 소리가 들렸다.

"저, 저 소리는 뭐야?"

어리둥절하는 사지타.

그 옆에서 렙터는 더더욱 얼굴이 파래졌다.

"이런…… 왔어……."

렙터는 전방을 바라보며 침을 삼켰다.

그 시선 앞, 방목장 가장 깊은 곳에서 무언가가 달려오는 것이 보였다.

두두두두두…….

그것은 몸을 새빨갛게 물들이고 하반신이 말 상태인 슬레이프였다.

"이런…… 리슬레이네 파파, 리슬레이 일이라면 앞뒤 분별을 못 하게 된다고."

렙터는 허둥지둥 가도 저편으로 달려갔다.

"이 녀석~! 네놈, 아직 우리 리슬레이한테 찝쩍대느냐~!"

그 뒤를 슬레이프가 굉장한 기세로 쫓아갔다.

가도를 나아가고, 언덕을 넘고, 숲을 들어가기 직전 즈음에서 렙터의 비명이 들린 것은 몇 초 후의 일이었다.

가릴은 그 광경에 쓴웃음 지으며 다시금 모두에게로 시선을 돌렸다.

"다들 와줬는데, 뭔가 선물이라도 사올 걸 그랬네. 미안해, 아무것도 안 사왔어."

미안하다는 듯 머리를 숙였다.

그런 가릴에게 홀리오는 평소의 시원스러운 미소를 지었다.

"그럼 다 같이 저녁이라도 먹으면 어때? 지금 말하면 리스도 준비해 주지 않을까? 전이 마법으로 보내줄 테니까 늦어질 일도 없을 거고."

그러면서 훌리오는 아이들을 둘러봤다.

"예! 사리나 실례할게요링!"

그런 훌리오의 말에 사리나는 주저 없이 오른손을 들었다.

『아이리스테일도 불러달라고 그런다고 인마!』

"그, 그럼 저도 실례를 할게요."

"흐, 흥…… 어쩔 수 없으니까 나도 같이 실례해 줄게."

가릴을 향해 저마다 말을 건네는 일동.

훌리오 가 앞에서는 호우타우 마법 학교 학생들의 즐거운 목소리가 울려 퍼지는 것이었다.

◇호우타우 훌리오 가◇

이른 아침.

블로섬의 아침은 엄청 빠르다.

하늘은 서서히 밝아지고는 있지만 여명까지는 아직 상당한 시간이 걸릴 듯했다.

그런 가운데, 블로섬은 평소와 같은 시간에 침대에서 벌떡 일어났다.

"……흐아아……."

침대에서 깨어난 블로섬은 하품을 하며 크게 기지개를 켰다.

훌리오 가에 머무르는 블로섬의 방은 한가운데에서 나누어져 있고 한쪽이 거처, 다른 한쪽이 침실로 되어 있었다.

그 침실에 놓여 있는 커다란 침대 안에서 상반신을 일으킨 블로섬.

실오라기 하나 걸치지 않은 모습으로 잠드는 것이 평소 스타일인 그녀인 만큼, 오늘 아침도 태어났을 때 그대로의 모습이었다.

"자, 오늘도 농사를 열심히 해볼까…… 어…… 응?"

침대에서 나가려던 블로섬은 위화감을 느꼈다.

허리 부근에서 무게를 느낀 블로섬은 자신의 허리로 시선을 향했다.

농사일 덕에 남자에게 지지 않을 만큼 억센 육체의 블로섬.

식스팩으로 쪼개진 복근 쪽을 자그마한 손이 끌어안고 있었다.

블로섬의 시선에 들어오는 자그마한 여자아이의 모습.

블로섬의 허리를 끌어안고서 자는 그 여자아이는, 블로섬이 상반신을 일으켰음에도 불구하고 팔을 떼지 않고, 블로섬의 몸과 함께 일으켜 세워져 있었다.

"아…… 그러고 보니 어젯밤에는 코우라랑 같이 잤던가."

어젯밤의 일을 떠올린 블로섬은 다정한 미소를 지으며, 자신의 허리를 끌어안은 채로 잠들어 있는 코우라를 바라봤다.

'……뭔가 묘하게 잘 따른단 말이지……. 뭐, 코우라가 괜찮다면 딱히 상관은 없지만…….'

그런 생각을 하며 블로섬은 코우라의 얼굴을 다정하게 쓰다듬었다.

그때였다.

블로섬의 방 문이 기세 좋게 열렸다.

"안녕하신가, 블로섬 경. 코우라를 데리러 왔다고!"

블로섬과 코우라가 있는 침실은 출입구가 있는 블로섬의 개인실 안 쪽에 있어, 개인실에서 침실로 통하는 문으로 한 번 더 들어올 필요가 있었다.

"아, 아아, 우라 씨인가…… 어……."

옆의 개인실에 우라가 들어온 것을 깨달은 블로섬은 문으로 미소를 향했다……만, 그때 자신이 알몸임을 떠올리고.

"자, 잠깐~만 기다려! 우라 형씨! 잠시만, 잠시만 기다려 줘!"

문을 향해 달려가서 손잡이를 전력으로 붙잡았다.

"으, 음? 왜 그러나, 블로섬 경."

"아니, 저기, 조금 위험하다고 할까…… 자세한 사정을 이야기하진 못하겠지만, 조금만 기다려 주지 않겠어?"

"응? 왜 그러나? 무슨 일 있다면 도와주겠다만."

"어, 아니…… 도, 도움을 받을 필요는 없다고 할까…….."

"그렇게 사양할 것 없어. 자, 문을 열겠네."

"아, 아니…… 그러니까, 그게 위험하다는 건데…….."

문을 사이에 두고, 문을 열려고 하는 우라와 그것을 막으려는 블로섬 사이에 격렬한 공방이 펼쳐졌다.

그런 소동이 벌어지고 있음에도 불구하고 코우라는 블로섬이 덮고 있던 이불을 끌어안은 채로 계속 잠들어 있었다.

◇몇 각 후 오거족의 산기슭◇

몇 각 후.

훌리오는 오거족의 마을이 있는 산기슭에 서 있었다.

"마을도, 무척 커졌네."

그러면서 훌리오는 산을 올려다봤다.

그 말대로 이 장소에 산을 통째로 전이했을 당시에 마을은 산 정상 부근에 뭉쳐서 건축되어 있었지만, 지금은 산기슭을 따라 상당히 많은 가옥이 지어지고 그 사이에는 농장이나 과수원이 만들어져서 많은 마족들이 일하고 있었다.

그런 훌리오 옆에서 리스가 득의양양한 표정으로 만족스럽게 산을 바라봤다.

"이것도 갈 곳을 잃은 마족들을 넓은 마음으로 받아들이신 서방님의 위업이겠죠."

그녀는 아랑족의 꼬리를 구현화해서 그것을 기쁜 듯 좌우로 흔들고 있었다.

'……후후후, 전력 증강이 착착 진행되고 있어요.'

내심 그런 생각을 하는 리스.

……하지만.

'……리스. 마음속 목소리가 새어 나오고 있는데…….'

리스의 마음속 목소리를 듣고 만 훌리오는 쓴웃음을 지었다.

'……뭐, 하지만…… 전력 운운은 몰라도, 생활이 곤란하던 마족 사람들에게 도움이 된다는 건 나로서도 기쁘지만…….'

본래 우라가 수장으로서 관리하던 이 마을…….

원래는 일자리를 잃고 산적 비슷한 만행을 저지르던 마족들을 우라가 보호하여 생활 전반을 돌보고 있었는데, 대인원의 생활을 안정적으로 유지하는 것이 어려워서 수장인 우라가 직접 생활비를 벌고자 계속 동분서주했다.

그러다가 훌리오의 호의에 따라 마을을 산과 함께 이 땅으로 이동, 블로섬의 농원 일이나 훌리스 잡화점의 일 따위를 맡게 되었다.

그 결과, 주민 전원이 안정적인 생활을 보낼 수 있게 되고, 그 소문을 들은 마족들이 마을로 모여들기 시작한 것이었다.

그런 생각을 하며 훌리오가 산을 올려다보는데.

"오오, 누군가 싶었더니 훌리오 경 아니신가!"

뒤쪽에서 큰 목소리가 들렸다.

훌리오가 돌아보자 우라가 미소와 함께 걸어왔다.

그 옆에는 블로섬이 서 있고, 그녀의 손을 코우라가 단단히 잡고 있었다.

"우라 씨. 그리고 블로섬이랑 코우라도, 좋은 아침이에요."

"아, 훌리오 님 안녕하세요. 자, 코우라도 인사하렴."

"……응, 안녕……."

블로섬의 재촉에 훌리오에게 꾸벅 머리를 숙이는 코우라.

부끄러운지 블로섬의 다리 뒤에 숨듯이 서서는 작게 머리를 숙였다.

그런 코우라의 모습에 블로섬은 미소를 지으며 머리를 거칠게 쓰다듬었다.

"아하하, 꽤나 인사를 할 수 있게 되었네. 장하구나, 코우라는."

씨익 미소를 짓는 블로섬.

칭찬을 받아서 기쁜지 코우라는 뺨을 붉게 물들이며 조금 기뻐하는 표정을 지었다.

그런 일동의 모습을 훌리오는 평소의 시원스러운 미소를 지으며 바라봤다.

"어찌어찌 오거족의 마을도 궤도에 올랐네요."

"그래, 이것도 모두 덕분이야."

훌리오의 말에 우라는 기쁜 듯 미소를 지었다.

"이전에는 나나 일부 주민이 용병 일을 해서 마을 유지비를 벌려고 했는데, 이게 꽤나 어려웠지……. 그러던 그때, 마을을 산까지 통째로 이곳으로 전이시켜 주고 마을 모두가 일할 수 있는 농장 일이나 훌리스 잡화점 일을 알선해 준 덕분에, 마을 유지비를 버는 건 물론이고 이제는 일자리를 잃은 마족들을 받아들일 수도 있게 되었으니까 말이야."

앗핫핫 웃으며 훌리오의 어깨를 턱턱 두드리는 우라.

"그런 이야기라면, 나도 엄청 도움을 받고 있어."

그런 우라 옆에서 블로섬도 기쁜 듯 미소를 지었다.

"오거족 마을 사람들이 도와준 덕에 농원을 단숨에 확장할 수 있었고, 산 경사면을 이용해서 과수원도 만들 수 있었으니까."

블로섬이 기쁜 듯 웃으며 우라의 어깨를 턱턱 두드렸다.

블로섬은 여성치고는 키가 크고 근육질이지만, 지금은 인간족의 모습이기는 해도 원래는 오거족이라 탄탄한 육체를 자랑하는 우라는 그런 블로섬보다도 훨씬 체구가 컸다.

평범한 여성이라면 그 체격 차이에 기가 죽을 수도 있겠지만, 블로섬은 그런 체격 차이를 신경 쓰는 기색도 없이 즐겁게 우라의 어깨를 턱턱 계속 두드렸다.

"오오, 참 그렇지. 훌리오 경, 일을 시작하기 전에 하나 상담할 일이 있다만."

"상담, 이라고요?"

우라의 말에 고개를 갸웃거리는 훌리오.

"음, 사실은 말이야. 마을의 축제를 하고 싶은데, 허가를 받을 수 있을까?"

"축제요?"

"그래. 우리 마을에서는 매년 축제를 했어. 노점을 내거나, 춤을 추거나, 술을 나누거나. 뭐, 다 같이 시끌벅적 떠들어 대는 것뿐이다만……. 부끄러운 이야기지만, 최근에는 자금난으로 개최할 수 없었거든."

"그런데 서방님 덕분에 마을 자금에도 여유가 생겼으니까 축제를 열고 싶다…… 그런 이야긴가요?"

"음, 그렇지. 리스 경."

우라의 말에 응응, 끄덕이는 리스.

"서방님. 저는 괜찮지 않을까 생각해요. 축제를 연다면 전의 상승을 이끌 수 있으니까요."

구현화시킨 꼬리를 흔들며 리스가 미소로 끄덕였다.

'……아니, 저기…… 추, 축제에서 전의 상승을 추구할 필요도 없지 않을까…….'

그런 리스를 바라보며 홀리오는 무심코 쓴웃음 지었다.

"하지만, 그런 거라면…… 아예 호우타우에 사는 분들도 초대해서, 떠들썩하게 만드는 것도 괜찮을지도 모르겠네요."

다시금 우라에게 시선을 향하고 평소의 시원스러운 미소를 지었다.

"오오, 그건 좋군! 기왕 축제를 연다면, 떠들썩하게 진행해서 나쁜 것 없으니까 말이야!"

즐겁게 웃으며 우라는 팔을 붕붕 내저었다.

"음, 그러기로 했다면 좋은 일은 서둘러야지! 오늘 일을 냉큼 마치고 축제 준비를 시작해야겠어!"

"우라 형씨, 의욕이 넘치는데."

"그야 그렇지. 오거족에게 축제는 최고의 오락이니까! 블로섬 경도 틀림없이 마음에 들 거야."

"호오, 그렇게 말하니까 갑자기 기대되기 시작하는데. 물론 나도 도와줄 테니까."

"그래, 잘 부탁한다고!"

즐겁게 미소를 나누는 우라와 블로섬.

그러자 그런 두 사람 사이로 코우라가 얼른 끼어들었다.

"……아빠, 코우라도 열심히 할 테니까."

"오오, 물론이지! 코우라도 제대로 도와달라고!"

"그럼 나도 코우라를 도와줄 테니까 말이야."

우라와 블로섬은 씨익 웃으며 코우라의 머리를 동시에 쓰다듬 었다.

두 사람이 머리를 쓰다듬자 코우라는 기쁜 듯 미소 지었다.

◇호우타우 훌리오 가◇

훌리오 가 거실.

이날도 훌리오 가의 거실에서는 일가 모두가 모여서 아침을 먹고 있었다.

"축제……인가요?"

스프를 입으로 옮기던 엘리나자가 블로섬에게 시선을 향했다.

"그래. 우라 형씨가 말이야, 마을이 궤도에 오른 걸 기념해서 축제를 열자고 그러더라고. 그래서 모두 협력해 줬으면 해서."

흥분한 기색으로, 식사를 막 마친 모두를 향해 열변을 토하는 블로섬.

"음음, 좋지 않은가. 마을 모두도 즐길 수 있을 테니."

식후의 차를 입으로 옮기던 칼시므도, 그 말에 끄덕이며 블로섬에게 시선을 향했다.

참고로 칼시므 위에서는 딸인 라비츠가 그의 머리를 끌어안고 있었지만, 어린 라비츠는 저녁을 잔뜩 먹은 탓에 졸리는지 칼시므의 머리에 단단히 매달린 채로 잠들어 있었다.

그런 칼시므 옆에서 우리미나스도 응응, 끄덕였다.

"기왕 한다면 우리 가게에서도 노점을 내면 좋지 않겠냐."

"축제 재미있겠어! 포르미나도 갈래!"

우리미나스와 고자르의 딸인 포르미나가 의자에서 일어서서 미소로 양팔을 치켜들었다.

그 옆에 앉아 있는 발리로사와 고자르의 아들인 고로는 그런 포르미니에게 시선을 한번.

"……포르미나 누나가 간다면, 나도."

그렇게 말하고는 컵에 든 음료를 비웠다.

"그러네, 그런 일이라면 나도 도울게."

정리를 돕던 리슬레이도 미소로 목소리를 높였다.

그런 리슬레이를 슬레이프가 뒤에서 안아 올렸다.

"앗핫핫! 나도 리슬레이를 위해서 힘을 내볼까!"

"잠깐?! 잠깐만, 파파! 부, 부끄러우니 그런 거 그만하라니까?!"

갑자기 안아 들자 얼굴이 새빨개지는 리슬레이.

슬레이프는 그런 리슬레이의 모습 따위는 개의치 않는다는 듯, 리슬레이의 몸을 들어 올리고서 좌우로 마구 흔들었다.

"슬레이프 님, 리슬레이가 부끄러워 하니까 그런 건 다른 사람들이 없을 때에 해주세요."

그런 슬레이프 옆에서 빌레리가 느긋한 목소리를 높였다.

"잠깐?! 마마도 참, 부, 부끄러워하는 게 아니야! 싫어하는 거라니까!"

그런 빌레리를 향해 다시금 목소리를 높이는 리슬레이.

'……아아, 항상 보는 광경이네.'

떠들썩한 슬레이프 일가를 식탁에 남아 있는 멤버들은, 그런 생각을 하며 미소로 지켜봤다.

거실에서 한바탕 대화가 진행된 뒤…….

"자, 그럼 코우라. 같이 목욕할까."

일어선 블로섬은 옆에 앉아 있는 코우라에게 말을 건넸다.

코우라는 기쁜 듯 끄덕이더니 의자에서 뛰어내려 블로섬에게 달라붙었다.

그녀는 만면의 미소를 짓고 있었다.

"아하하, 코우라는 목욕하는 걸 좋아하는구나."

코우라의 머리를 거칠게 쓰다듬는 블로섬.

"응…… 목욕 좋아……. 이 집 목욕탕, 엄청 커서…… 좋아."

블로섬의 말에 미소를 짓는 코우라.

코우라의 말대로, 홀리오 가의 목욕탕은 무척 컸다.

남탕과 여탕으로 나뉘어져 있고, 욕실만으로도 거실 수준의 넓이를 자랑했다.

욕조에는 홀리오의 영속 마법에 따라 입욕에 충분한 양의 따뜻하고 청결한 물이 항상 채워져 있고, 욕조의 물이 줄어들면 자동적으로 보충되는 구조로 되어 있었다.

참고로 그 물은 리스 등등의 강한 희망에 따라 키노사키 온천에 있는 야나기의 탕 원천에서 마법으로 전송되고 있었다.

그리고 키노사키 온천 조합에도 그 뜻을 전달하여 허가를 받았고, 원천 사용료도 제대로 지불하고 있었다.

그래서 목욕탕 입구에는 '키노사키 온천 원천탕' 증명서가 제대로 붙어 있었다.

"집에서는 물로 몸을 닦는 것밖에 못 하니까……."

"그래그래, 그럼 오늘두 같이 어깨까지 담그고 100까지 세자."

"응!"

그런 대화를 나누며 손을 잡고 목욕탕으로 향하는 블로섬과 코우라.

홀리오는 그런 두 사람의 뒷모습을 가만히 바라봤다.

◇다음 날 오거족의 마을 산기슭◇

다음 날 아침.

훌리오는 또다시 오거족의 마을 산기슭을 방문했다.

그 옆에는 우라의 모습이 있었다.

"우라 씨, 일 준비로 바쁜 와중에 불러내서 미안하네요."

"아니아니, 무슨 말씀이신가. 다름 아닌 훌리오 경의 호출이라면 무슨 일이든 제쳐 놓고라도 달려와야지."

훌리오의 말에 호쾌하게 웃는 우라.

"뭐, 그야. 머릿속으로 직접 알림이 날아오는 건 희귀한 경험이었다만."

우라의 말대로…….

오늘 아침, 훌리오는 사념파 통신으로 우라에게.

『죄송하지만, 일 시작하기 전에 조금 이야길 나누고 싶은데요.』

라고 연락을 넣은 것이었다.

"미안해요. 최근에는 이 방법이 익숙해져 버려서……."

우라의 말에 훌리오는 미안하다는 듯 머리를 숙였다.

"핫핫핫. 그러니까 훌리오 경의 호출이라면 무슨 일이든 제쳐 놓고라도 최우선으로 달려와야지……. 아, 미안하지만 코우라가 부탁을 한다면 그쪽을 우선하겠지만."

그러면서 우라는 또다시 호쾌하게 웃었다.

"자식 일이니까요. 그건 물론이에요."

훌리오는 평소의 시원스러운 미소로 우라에게 답했다.

한동안 함께 웃음을 나누는 두 사람.

"……자, 그래서 훌리오 경. 용건이라는 건 뭡니까?"

"예, 사실은…… 마을 일로 물어보고 싶은 게 있는데요. 마을 여러분의 집 욕실은 어떻게 되어 있을까요?"

"음, 욕실 말입니까? 그거라면, 주로 이거겠군요."

그러더니 목에 건 수건을 훌리오에게 보여줬다.

건네받은 수건을 바라보며 훌리오가 곤혹스럽다는 표정을 지었다.

"……저기…… 그건?"

그런 훌리오 앞에서 우라는 이것저것 설명을 시작했다.

"음, 이걸 우물물에 적시고 단단히 짜서 구석구석까지 닦는다. 이게 우리의 목욕이겠군, 음. 여름이라면 구멍을 파고 거기에 물을 담아서, 거기서 멱을 감는 걸로 욕조를 대신하기도 하지. 아, 하지만 이전에는 마을의 공중목욕탕에 가기도 했는데, 인간족 마을의 공중목욕탕이라면 인간족으로 변화할 수 있는 사람이 아니고서야 무리였지……."

그 말을 들으며 훌리오는 복잡한 표정을 지었다.

'내가 원래 있던 파르마 세계는 아인 차별이 극심했지……. 그 탓에 왕도의 아인 거주구에는 상수도가 정비되지 않았고, 당연히 입욕 시설도 없었어. 우리 집에는 내가 입욕 시설을 만들었지만, 이쪽 세계에도 이런 일이 있었구나…….'

"……훌리오 경?"

"……예?"

"음, 훌리오 경. 무슨 일 있으신가? 갑자기 조용해졌다만?"

우라는 의아하다는 표정으로 훌리오의 얼굴을 들여다봤다.

"어, 아뇨…… 이야기하는 도중에 미안해요……."

그런 우라에게 훌리오는 조금 겸연쩍은 표정을 지었다.

"……저기, 그래서 우라 씨. 혹시, 말인데요. 마을 여러분이 이용할 수 있는 공동 목욕탕 같은 게 있다면 어떨까요?"

"마을사람들이 쓸 수 있는 공동 목욕탕이라고?!"

훌리오의 말에 눈을 동그랗게 뜨는 우라.

"그야, 그런 게 있다면 나도 기쁘고, 마을사람들도 엄청 기뻐하겠지! 지금이라면 목욕비를 지불할 수 있을 만큼의 수입도 있으니까요."

"그런가요. 그럼."

우라의 대답을 확인하고 훌리오는 숲 쪽을 돌아봤다.

오거족의 마을 산기슭에 있는, 원래 이 일대에 펼쳐져 있던 숲을 향해 자신의 양팔을 뻗었다.

"……훌리오 경? 대체 뭘 할 생각이신지?"

훌리오의 의도를 미처 헤아리지 못한 우라는 의아하다는 표정을 지으며 그와 숲을 교대로 바라봤다.

그런 우라 앞에서 영창을 진행하는 훌리오.

그러자 훌리오의 팔에서 다수의 마법진이 전개되기 시작했다.

그 마법진은 훌리오의 팔 앞으로도 전개되며 앞으로 갈수록 거대해졌다.

이윽고 숲의 상부에 거대한 마법진이 출현하고 훌리오의 영창에 맞추어 천천히 회전하기 시작했다.

"이, 이건 대체……."

그 광경에 우라는 무심코 마른 침을 삼켰다.

그런 우라 앞에서 홀리오는 영창하며 손가락을 움직였다.

손가락의 움직임에 맞추어 숲의 나무들이 뽑히고 허공으로 떠올랐다.

그 나무들은 무척 두꺼워서 괴력의 마족이더라도 혼자서 뽑기란 무척 중노동으로 여겨졌다.

그런 거목이 홀리오의 손가락 움직임에 맞추어서 간단히 허공에 떠 있는 것이었다.

그리고 홀리오가 손가락을 더욱 움직이자 허공에 떠오른 거목이 갑자기 분해되었다.

나무껍질.

뿌리.

가지와 잎.

이런 부분들이 마치 블록처럼 수목 본체에서 분리되고, 남은 수목 본체가 깔끔한 목재 상태로 변했다.

그대로 공중에서 건조되는지 목재 주변에서 김이 피어올랐다.

"……아니아니, 저 거목을 공중에서 가공하고 있는 건가……."

우라는 눈을 동그랗게 뜬 채, 그 광경에 눈이 못 박혀 있었다.

그동안에도 공중의 목재는 점점 가공되었다.

홀리오는 어느 정도 목재 가공이 끝난 참에 오른손을 발밑으로 향했다.

그러자 전방의 지면이 엄청난 기세로 다듬어졌다.

지면이 평평해지고 숲속에서 무수한 암석이 튀어나오더니, 막 다듬어진 지면 위에 깔끔하게 놓았다.

암석의 굴곡은 공중을 이동하는 도중에 마법으로 연마되고 있는지, 암석 주변에는 마법진이 전개되어 있고 그 주변으로 잘린 암석 파편이 흩뿌려졌다.

그 파편도 마법진으로 흡수되어 즉각 사라졌기에 지면이 더러워지는 일은 없었다.

숲에서 거목이 뽑혀 공중에서 가공되고, 지면이 다듬어지고, 그곳으로 가공된 암석에 놓았다.

몇 가지 작업이 굉장한 기세로 동시에 진행되었다.

"이, 이건……."

너무나도 엄청난 기세로 진행되는 작업을 앞에 두고, 우라는 그것을 그저 지켜볼 수밖에 없었다.

그런 우라에게.

"욕조는 남탕과 여탕으로 나누고……. 노천탕도 같이 만들어 둘까요?"

"대기실을 넓게 만들고 식사가 가능하도록 해볼까요?"

"차라리 숙박할 수 있는 시설도 함께 만들까요?"

그런 내용을 우라에게 논의하는 홀리오.

그동안에도 작업을 진행하는 마법을 멈추지는 않았다.

"어어, 그럴까……."

"어어, 그럴까……."

"어어, 그럴까……."

그런 훌리오에게 앵무새처럼 같은 대답밖에 못 하는 우라.

우라 앞에 훌리오의 발상을 담은 건물이 척척 완성되었다.

◇ ◇ ◇

시간으로는 반 각 정도 지났을 무렵…….

천천히 훌리오가 양손을 내렸다.

"……음, 이 정도일까."

평소의 시원스러운 미소를 지으며 작게 끄덕였다.

훌리오 앞에는 커다란 건물이 완성되었다.

단층에, 일부 2층 구조로 되어 있는 그 건물 입구에는 '목욕탕'이라고 적힌 포렴이 걸려 있었다.

"이, 이게…… 호, 혹시 공동 목욕탕인가?!"

눈앞에 안성된 건물을 보며 우라는 무심코 목소리를 높였다.

"예, 마을 여러분께서 사용하실 수 있도록, 그렇게 생각해서 만들어 봤어요. 괜찮다면 써보시지 않을래요? 사용하기에 불편한 곳이 있다면 사양 말고 알려 주세요. 바로 고칠 테니까."

"아니아니아니, 불편하고 자시고, 솔직히 아무래도 상관없어! 그보다도 모두가 이용할 수 있는 목욕탕이 완성되었다는 것만으로, 정말로 기뻐!"

호쾌하게 웃는 우라.

그러자 그 웃음소리를 들었는지 산 쪽에서 마을사람들이 차례차례 모여들었다.

"뭐, 뭐야뭐야, 이 건물은……."

"어, 어제까지 이런 건 없었는데……."

"어? 저 글자는…… 설마, 목욕탕인가?!"

마을사람들은 저마다 그런 목소리를 높이며 우라 주변으로 모여들었다.

그 건물이 공동 목욕탕임을 이해한 마을사람들이 환호성을 터뜨리기 시작했다.

그 목소리를 들은 마을사람들이 더욱 모이고, 환호성은 점점 커졌다.

그런 가운데.

"……음…… 잠깐만."

그때까지 환희의 표정을 지으며 환호성을 터뜨리던 우라에게서 갑자기 미소가 사라졌다.

얼굴을 다시금 홀리오 쪽으로 향했다.

"……저기, 홀리오 경. 질문이 있다만…… 얼마나 들까?"

"얼마……라고요?"

"그러니까, 이 목욕탕에 들어가려면, 얼마나 들까? 공동 목욕탕이라고 그러니까 목욕비를 낼 필요가……."

꺼내기 어렵다는 듯 말을 이으며 우라는 홀리오에게 시선을 향하고 있었다.

그런 우라에게 훌리오는.

"아, 그거라면 필요 없어요."

평소의 시원스러운 미소를 지으며 우라에게 말했다.

""""허어?!""""

그 말을 듣고 우라만이 아니라 그 뒤에 모여 있던 마을사람들까지 놀란 목소리를 높였다.

우라는 훌리오의 눈앞으로 자신의 얼굴을 가져다 댔다.

"후, 훌리오 경…… 자, 잘못 들은 게 아니라면 지, 지금 '목욕비는 필요 없다'라고 그러셨나?"

우라는 곤혹스럽다는 표정을 짓고 훌리오의 얼굴을 바라봤다.

그의 등 뒤에서 마을사람들 역시도 같은 표정이었다.

그런 일동 앞에서 훌리오는.

"예, 그래요. 마을 여러분께는, 이 공동 목욕탕은 목욕비를 받지 않을 생각이에요."

그러더니 평소의 시원스러운 미소를 지으며 끄덕였다.

"다만 공동 목욕탕의 관리는 마을 여러분께 부탁드리고 싶다, 그렇게 생각하는데요."

"관리라면…… 구체적으로 뭘 하면 되는 것인가?"

"어, 지금 생각하는 건 말이죠.

· 공동 목욕탕 내의 청소 작업.

· 주변의 청소 작업.

· 마을사람 이외에 목욕 희망자한테는 목욕비를 받을 생각이니까 징수 작업.

우선은 이런 작업을 부탁드리고 싶은데, 어떨까요?"

"으, 음…… 그, 그 정도라면 문제없지만…… 아니, 오히려 그 정도 작업으로 이용해도 괜찮겠나?"

"아뇨, 그걸 부탁드릴 수 있다면 제가 더 고마우니까요."

'……물 전송이나 수질 보전은 내 영속 마법으로 실질 무료고, 건물 유지보수도 마법으로 간단히 대응할 수 있으니까……. 다만 마을 밖에서 오는 사람까지 무료로 했다가는 설치 의뢰가 여기저기서 들어올 것 같으니까 그런 쪽으로는 배려해 둬야겠지…….'

그런 생각을 하며 미소를 지었다.

그런 훌리오 주변에서는 우라를 중심으로 마을사람들의 환호성이 가득했다.

훌리오가 짧은 시간 만에 만들어 낸 이 공동 목욕탕은 주민들에게 '훌리오의 탕'이라 명명되었는데, 훌리오가 그 이름 앞에서 마지막까지 난색을 표한 것은 말할 필요도 없었다.

◇며칠 뒤의 밤 오거족의 산 정상 부근◇

해가 저물고 훌리오 가 주위도 서서히 어둠이 진해졌다.

훌리오 가에서 오거족의 마을로 이어지는 가도는 평소에는 어두워서, 불빛이 없으면 가도에서 벗어나 버릴 수도 있을 만큼 걷기 불편했다.

그런 가도가 오늘밤은 불빛으로 뒤덮여 있었다.

가도 주변에는 수많은 노점이 늘어서 있어서 마을을 향해 빛의

띠가 이어진 것 같았다.

그런 산기슭, 가도 입구 근처에 훌리오가 모습을 드러냈다.

"벌써 시작했나 보네."

산을 올려다보며 평소의 시원스러운 미소를 짓는 훌리오.

"서방님! 이쪽이에요!"

그런 훌리오를 향해 리스가 미소로 손을 흔들었다.

"아, 리스. 늦어져서 미안해."

손을 흔들며 리스 곁으로 달려가는 훌리오.

훌리오 앞에 서 있는 리스는 평소의 원피스와는 다른, 소매가 넓게 퍼지는 의상을 입고 있었다.

"리스, 그 옷은 어쩐 거야?"

"이거 말인가요? 이전에 일출국에 갔을 때에 구입한 옷을 어레인지한 건데, 듣자하니 유카타라고, 일출국에서는 여름 축제에서 입는 옷으로 일반적이라는 모양이에요."

"호오, 그렇구나."

설명을 하며 리스는 훌리오 앞에서 빙글 한 바퀴 돌았다.

"저기, 어떤가요? 이상하진 않나요?"

"어, 응. 무척 잘 어울려. 무심코 계속 보게 되네."

"어머⋯⋯서, 서방님도 참."

훌리오의 말에 리스는 얼굴을 새빨갛게 물들이며 양손으로 뺨을 감쌌다.

'⋯⋯항상 그렇지만, 리스는 정말로 귀엽구나.'

리스의 동작을 바라보며 그런 생각을 하는 훌리오.

그런 훌리오 앞에서 리스는 기쁜 듯 몸을 꾸물거렸다.

"아, 파파!"

그곳으로 엘리나자가 달려왔다.

만면의 미소를 짓고 있는 엘리나자는 리스가 입은 유카타보다도 상쾌한 인상을 주는 디자인의 옷을 입고 있었다.

"이거, 마마가 만들어 줬는데 귀여워?"

가볍게 고개를 갸웃거리며 훌리오를 올려다보는 엘리나자.

훌리오는 그런 엘리나자의 모습을 바라보며 평소의 시원스러운 미소를 지었다.

"응, 무척 귀여워, 엘리나자."

"그래? 그렇게 말해 주니 정말 기뻐, 파파!"

훌리오의 말에 엘리나자는 만면의 미소를 지었다.

"저기~ 누나!"

그런 엘리나자에게 뒤쪽에서 가릴이 말을 건넸다.

"어머, 가릴? 왜 그래?"

"있잖아, 우리 이제부터 호우타우 마법 학교 친구들이랑 같이 축제를 돌아볼 건데, 같이 안 갈래?"

리스가 만든 유카타를 입은 가릴이 미소를 지으며 엘리나자에게 말을 건넨다.

가릴 주위에는 훌리오 가에서 같이 사는 리슬레이 외에도 사리나랑 아이리스테일, 스노우 리틀이나 사지타, 렙터 같은 친구들의 모습이 있었다.

엘리나자는 그런 일동에게 한번 시선을 향하고는 슥.

"나는 파파랑 같이 돌 테니까 됐어."

훌리오 옆, 리스 반대쪽으로 이동했다.

"엘리나자, 기왕이면 친구들이랑 같이 도는 게 어떠니?"

"아니? 난 파파랑 같이 도는 게 좋아."

훌리오의 말에도 미소로 고개를 가로젓는 엘리나자.

……결코 흔들리지 않는 파더콘 엘리나자였다.

◇ ◇ ◇

훌리오 일가는 각자 나뉘어서 축제 안으로 흩어졌다.

축제에는 차례차례 사람이 밀려들어 순식간에 시끌벅적해졌다.

"자, 마수 꼬치다! 맛있다고!"

"여긴 원형 계란빵이다! 일단 한 번 먹어봐."

"자자 사아과 구이는 어때!"

이곳저곳의 노점에서 시끌벅적한 목소리가 올라오고.

"좋아, 그걸 하나 받아 볼까!"

"여기도 그거, 줘!"

"서방님, 전 저거 먹고 싶어요!"

그에 호응하는 목소리도 여기저기서 올라왔다.

그 목소리는 해가 지고 오거족의 산이 어둠으로 뒤덮여도 기세
는 오히려 늘어나고 있었다.

그중에는 오거족 마을의 주민만이 아니라 호우타우의 인간족
이나 아인, 정기 마도선으로 찾아온 다양한 종족의 사람들이 화
기애애하게 축제를 즐기고 있었다.

일찍이 맞서 싸우던 마족과 인간족.

그런 종족들이 미소로 대화를 나누고, 서로 축제를 만끽하는
것이었다.

축제의 소란이 최고조에 다다른 참에.

"좋아! 그럼 화려하게 간다고!"

우라가 오른팔을 들어 올리고 기세를 올렸다.

""""우오─────!""""

그에 맞추어 각자 팔을 들어 올리며 목소리를 내지르는 마을 마
족들.

광장 중앙에 조립되어 있는 평상 위, 타이코라고 하는 오거족
의 가계에 오래 전부터 전해지는 악기가 설치되어 있었다.

"으라!"

평상 위로 뛰어오른 우라는 기합이 들어간 목소리를 높이더니
손에 든 나무 막대로 타이코를 두드렸다.

◇ ◇ ◇

둥! 두구두구두구, 둥! 두구두구두구두구…….

타이코를 두드리는 소리가 리드미컬하게 울렸다.

그런 우라 옆으로 코우라가 타다닥 달려왔다.

그녀의 손에는 나무를 깎아서 만든 것으로 보이는 피리가 들려 있었다.

코우라는 피리를 입에 대더니 눈을 감고 천천히 불었다.

둥! 두구두구두구, 둥! 두구두구두구두구…….

삐리~…… 삐~ 삐리리리리~…… 삐리리~… 삐리~…….

우라의 힘찬 타이코 음색에 코우라의 섬세한 피리 음색이 겹쳐지고, 절묘한 하모니가 산 전체로 퍼져나갔다.

"자, 다들! 춤춰라, 춤!"

우라와 코우라가 연주하는 음색을 듣고 마을주민 마족들이 평상을 중심으로 주위에서 춤추기 시작했다.

타이코 음색에 맞추어 손을 들어 능수능란하게 움직이고, 피리 음색에 맞추어 다리를 움직이는 마을사람들.

손을 좌우로, 교대로 들더니 오른발을 앞으로, 다음으로 왼발을 앞으로 내밀었다.

저마다 춤추면서도 그 움직임은 어딘가 통솔이 잡혀 있어서, 평상을 중심으로 깔끔한 춤의 원이 생겨난 것처럼 보였다.

"……아름답네요. 게다가 어쩐지 즐거워 보여."

리스는 훌리오의 팔을 끌어안고 그의 어깨에 머리를 얹으며 춤을 바라봤다.

"이런 춤은 처음 보는데, 어쩐지 즐거워지네."

평소의 시원스러운 미소를 지으며 훌리오는 리스와 함께 춤을 바라봤다.

정신이 들자 춤의 원 주위에는 오늘의 축제를 즐기러 찾아온 호우타우 주민들이나 정기 마도선으로 찾아온 다른 마을의 사람들이 모여 있었다.

……그런 가운데.

"재밌겠어! 재밌겠어! 와인도 춤출래! 춤출래!"

훌리오 근처에서 커다란 수박을 통째로 먹고 있던 와인이 팔짝팔짝 뛰며 축제의 원에 가담했다.

"오오! 춤춰라! 춤춰라! 보고만 있으면 손해야! 손해! 기왕 왔으니까 다들 춤추자고! 방법은 신경 쓸 것 없어! 우리 춤을 따라서 추면 돼!"

타이코를 두드리며 즐겁게 목소리를 높이는 우라.

와인은 만면에 미소를 지으며 제멋대로 팔다리를 움직였다.

"아, 영차! 으라! 으랏차!"

어느샌가 등에 날개를 구현화하고, 춤의 원 상공을 마구 춤추며 날아다녔다.

원래 유카타가 흐트러져 있던 와인인 만큼, 격렬하게 춤출 때마다 유카타가 더더욱 흐트러져서 당장에라도 위태로운 상황이 될 것만 같았다……만…….

"……정말이지, 파렴치한 건 안 된다고 항상 말씀드리잖아요?"

그곳으로 타니아가 굉장한 기세로 날아왔다.

등에 신계의 사도의 날개를 구현화하고 공중에서 춤추던 와인 곁으로 달려가더니, 흐트러진 와인의 유카타 매무새를 바로 고쳐 주었다.

"으음…… 뭔가, 춤추기 불편해졌어! 불편해졌어!"

그 순간에 불만 가득한 표정을 짓는 와인.

그런 와인 앞에서 타니아는 단숨에 말을 쏟았다.

"와인 아가씨가 춤추는 방식이 엉망진창이니까 금세 유카타가 흐트러져 버리는 겁니다. 외람되오나 저 타니아가 견본을 보여드릴 터이니 그것을 따라해 주시길."

그러더니 공중에서 양손을 척 뻗고 크게 숨을 내쉬었다.

타이코와 피리의 음색을 확인하느지 잠시 눈을 감은 타니아.

"……자!"

눈을 번쩍 뜨고는 음악에 맞추어 춤추기 시작했다.

그 춤은 타니아의 성격처럼 쓸데없는 움직임이 일체 없는, 교과서의 견본 그대로라는 말이 딱 들어맞는 춤이었다.

"호~…… 타니타니, 춤 잘 춰! 잘 춰!"

춤추는 타니아의 모습을 바로 뒤에서 바라보던 와인이 깜짝 놀란 목소리를 높였다.

와인의 말에 부끄러워졌는지 작게 헛기침을 하며 와인에게 말을 건넸다.

"어, 어흠……. 신계에 있던 무렵에, 하계의 축제에 대해서도 조금 공부를 하였기에……. 그보다도 와인 아가씨도 빨리 함께 춤을 추시죠."

"응, 알았어! 알았어!"

타니아의 말을 듣고 와인은 또다시 춤추기 시작했다.

그 움직임은 도저히 타니아의 움직임을 따라하는 것처럼은 보이지 않았다.

하지만 조금 전보다도 리듬을 타고 있어서.

"저 누나, 엄청 즐거워 보여!"

"정말이다! 엄청 즐거워 보여!"

만면의 미소로 팔다리를 마구 움직이는 모습을 본 아이들이 그것을 따라하며 춤의 원에 가담했다.

"……기껏 견본을 보여드리고 있는데……."

그 모습을 흘끗 확인한 타니아는 조금 불만스럽다는 목소리를 흘리면서도 즐겁게 계속 춤추는 와인의 표정을 보고는 마음을 다잡았다.

"……하지만 뭐, 모처럼의 축제니까 즐거운 게 최고겠죠."

그러더니 또다시 자신의 춤에 집중했다.

"호오? 타니아가 춤을 추고 있잖아."

춤의 원 상공에서 춤추는 타니아의 모습을 알아차린 고자르가, 손에 든 사아과 사탕을 입으로 옮기며 그쪽으로 시선을 향했다.

고자르 옆에서 걷던 발리로사도 그쪽으로 시선을 향했다.

"진지해서 축제 같은 것과는 인연이 없이 고지식한 사람이라고 생각했는데……. 등줄기를 곧게 펴고서, 참으로 아름다운 춤이네요……."

발리로사는 그 움직임에 마치 빨려들듯이 눈을 떼지 못했다.

"포르미나도 춤출래!"

그러자 그런 두 사람 사이에서 걷던 포르미나가, 말하기가 무섭게 춤의 원을 향해 달려갔다.

"……포르미나 누나가 춤춘다면, 나도!"

그리고 그런 포르미나를 고로가 종종걸음으로 쫓아갔다.

두 사람은 춤의 원에 가담하더니, 앞에서 춤추는 마을사람의 동작을 흉내 내며 즐겁게 팔다리를 움직였다.

"뭔가 떠들썩하다 싶었더니…… 뭔가 춤을 추고 있어!"

노점 순회에서 돌아온 리슬레이가 즐겁게 웃음을 터뜨리며 뒤쪽으로 말을 건넸다.

그러자 호우타우 마법 학교의 동급생들과 같이 노점을 돌던 가릴이었지만.

"호오, 뭔가 재밌어 보여. 좋아, 나도 가담해 볼까."

그렇게 말하기가 무섭게 춤의 원을 향해 달려갔다.

그러자 뒤이어서.

"가릴 님이 춤을 춘다면, 사리나도 물론 춤출 거다링!"

조금 전까지 가릴에게 딱 달라붙듯이 걷고 있던 사리나가 황급히 그를 뒤쫓았다.

그 뒤를, 손에 든 검은 토끼 인형의 입을 뻐끔뻐끔하며.

『가릴 님이 춤춘다면 아이리스테일도 춤춘다고 한다고 인마!』

복화술로 말을 꺼내며 아이리스테일도 쫓아갔다.

"으음…… 무도회 댄스와는 무척 다른 모양이지만…… 여, 열심히 할게요!"

스노우 리틀도 크게 끄덕이더니 마음을 먹었는지 원을 향해 달려갔다.

그런 일동의 모습을 리슬레이는 환한 얼굴로.

"다들 재밌겠어! 좋아! 나도!"

그러더니 춤의 원을 향해 달려갔다.

그러자.

"핫핫핫! 좋~아, 같이 춤추겠느냐, 리슬레이!"

그곳으로 뒤쪽에서 달려온 슬레이프가 만면의 미소를 지으며 리슬레이의 손을 붙잡고 춤의 원을 향해 달려갔다.

너무나도 빠른 속도에.

"……우, 우와…… 리슬레이 파파…… 빠, 빨라……."

리슬레이에게 춤을 권하려던 렙터는 그 자리에서 굳어질 수밖에 없었다.

그런 렙터의 어깨를 사지타가 툭 두드렸다.

"어, 뭐하냐. 춤추자고."

"어, 어어…… 고마워."

사지타의 재촉에 따르듯이 춤의 원에 가담하는 렙터.

두 사람은 이윽고 춤의 원 안으로 들어갔다.

즐거운 음악이 흐르고, 그에 맞춰 모두가 춤을 추는 광장 중앙.

그 원에서 조금 떨어진 장소에서 칼시므와 차룬은 돗자리를 깔고 그 위에 앉아 있었다.

"헛헛헛. 여름의 축제라는 것도 꽤나 풍류가 있구나. 그런 춤을 보면서 차룬의 차를 마시는 것도 꽤나 멋지구나."

턱의 뼈를 달칵달칵 울리며 즐겁게 웃는 칼시므.

"어머어머, 그렇게 칭찬하셔도 차를 더 드리는 것 정도밖에 못 한다."

칼시므의 말에 차룬은 기쁜 듯 미소를 지으며 그가 손에 든 찻잔에 차를 더 따라 주었다.

"……음냐…… 뭔가, 재밌겠어……."

그러자 칼시므에게 업혀서는 잠들어 있던 라비츠가 눈을 비비며 몸을 일으켰다.

"어라? 라비츠, 깼느냐?"

칼시므가 돌아보자 그의 머리를 라비츠가 단단히 붙잡았다.

"파파! 춤춰! 같이 춤춰!"

"추, 춤은 괜찮다만 그렇게 머리를 흔들면……."

칼시므는 완전히 머리가 고정되어 버려서 허둥지둥 손을 움직였다.

완전히 깨어난 라비츠는 칼시므의 머리로 기어올라, 그의 머리를 감싸 쥐듯이 몸을 고정시켜 버렸다.

"파파! 가자! 가자."

"으, 음…… 그러니까 이대로 춤을 추러 가자는 거로군……. 라비츠도 참, 꽤나 하드한 부탁을 하는구나."

곤혹스럽다는 목소리를 높이며 휘청휘청 일어선 칼시므는, 머리 위에 라비츠를 태운 상태로 춤의 원을 향해 걸어갔다.

"그럼 저도 같이 하겠슴다."

돗자리를 제대로 정리한 뒤, 칼시므를 따라가는 차룬.

이윽고 세 사람이 춤의 원에 가담했다.

"서방님! 저희도 춤춰요!"

그 광경을 보던 리스가 훌리오의 팔을 잡아당겼다.

"그러네, 우리도 춤출까……. 하지만, 그 전에……."

그러더니 하늘을 향해 양팔을 뻗었다.

영창하자 그 손앞으로 마법진이 전개되고, 그리고 그 마법진이 하늘을 향해 전개되더니…….

밤하늘에서, 터졌다.

형형색색의 마법진이 밤하늘에서 아름답게 터졌다.

그것은 마치 밤하늘에 피어난 꽃 같았다.

"……예뻐요."

그 광경에 리스는 무심코 숨을 흘렸다.

주변의 사람들도.

"우와, 굉장해!"

"이거 마법이야?!"

"이런 마법, 처음 봤어!"

행사장의 모두가 밤하늘을 올려다보며 감탄을 높였다.

그러자 그런 훌리오 뒤쪽에서 히야가 모습을 드러냈다.

"지고하신 주인님, 저 히야, 미력하지만 도와 드리겠습니다."

그러더니 히야도 밤하늘을 향해 양팔을 뻗었다.

그러자 훌리오가 전개한 마법진 주위로 소형 마법진이 무수히 출현하고, 그 마법진이 훌리오의 마법진 꽃 주변을 채색했다.

그러자 이번에는 다말리나세가 모습을 구현화시켰다.

"히야 님이 한다면, 나도 도와야겠지."

다말리나세 역시도 양팔을 밤하늘로 향했다.

"흠, 그럼 나도 돕기로 할까."

춤추던 고자르도 밤하늘을 향해 손을 뻗었다.

"다들 한다면, 나도 좀 진심을 발휘해버릴까."

훌리오가 만들어 낸 마법진의 꽃을, 눈을 반짝이며 바라보던 엘리나자도 밤하늘을 향해 자신의 손을 뻗었다.

클라이로드 세계 최고봉의 마법사들이 펼치는 마법진 꽃 공연.

그것은 오거족 마을 축제의 기적으로서 길이 전해지게 되는데, 이날 이 자리에 있던 사람들은 기적 같은 이 한때를 마음껏 즐기고 있었다.

◇호우타우 훌리오 가◇

다음 날 아침.

훌리오 가 현관에서 나온 블로섬은 크게 기지개를 켜며 목소리를 높였다.

"자, 오늘도 열심히 농사를 해볼까."

훌리오 가 앞에 뻗어 있는 가도를 걸어갔다.

똑바로 나아가자 가도 옆에 방목장이 펼쳐져 있고, 그 너머에 블로섬이 관리하는 농장이 펼쳐져 있었다.

"블로섬!"

그런 블로섬을 뒤에서 불러 세우는 목소리가 들렸다.

블로섬이 돌아보자 그곳에는 발리로사의 모습이 있었다.

"여, 발리로사. 오늘은 빠르네."

"응, 오늘은 사베어랑 같이 사냥을 갈 생각이라서."

발리로사 뒤쪽에는 그녀의 말대로 사베어가 따르고 있었다.

"와후! 와후!"

사이코 베어 상태인 사베어는 즐겁게 울음소리를 높이며 발리로사 뒤를 따랐다.

"그런가, 그렇다면 내 쪽 수확을 돕는 건, 오늘은 없다는 건가."

블로섬은 어깨를 으쓱이고 과장스럽게 슬픈 목소리를 높였다.

그런 블로섬의 목소리에 사베어는 곤혹스럽다는 듯 허둥지둥하기 시작했다.

발리로사는 그런 사베어의 얼굴을 끌어안고는 불만스럽다는 표정을 지었다.

"이 녀석, 블로섬! 사베어를 괴롭히지 마! 게다가 블로섬은 매일 아침마다 사베어를 데리고 다니니까, 가끔은 괜찮잖아?"

그런 발리로사를 상대로 조금 전까지와는 돌변, 블로섬은 짓궂은 미소를 지었다.

"알았어, 알았어. 농담이라니까."

"와홍!"

블로섬이 미소로 사베어의 머리를 툭툭 두드리자 사베어는 기쁜 울음소리를 높이며 블로섬에게 뺨을 비볐다.

거구의 사베어가 달라붙으니까 블로섬은 뒷발을 내디디며 이것을 받아냈다.

그런 블로섬의 모습에 발리로사도 그만 웃음을 터뜨렸다.

"그건 그렇고, 이 부근도 꽤나 변했네."

"응, 그러네……. 홀리오 경과 함께 이 땅으로 막 이주했을 무렵에는, 집 주변에는 아무것도 없었는데."

"이것 참, 아무것도 없다는 건 유감이네. 내가 취미로 꾸리던 농원이 있었잖아."

"후후, 그러고 보니 그랬지. 하지만, 그 농원이 이제는 터무니없는 규모가 되어서……."

전방으로 시선을 향하는 발리로사.

그 시선 너머에는 광대한 농원이 펼쳐져 있었다.

그 앞에는 우라가 관리하는 오거족의 산이 있고, 블로섬의 농원은 그 산 중턱까지 펼쳐져 있었다.

"……그런데 발리로사, 조금 물어보고 싶은데."

"응? 뭔데, 발리로사."

"우라 경과 코우라와는, 언제 정식으로 가족이 될 거야?"

발리로사의 직설적인 말에 블로섬은 제대로 사레가 들렸다.

"코, 콜록…… 콜록…… 가, 갑자기 무슨 소리야."

"아니…… 기분 탓인가, 최근에 엄청 친해진 것 같아서…… 틀림없이 그런 일일까 싶었는데, 아니었어?"

"아, 아니…… 그게, 뭐, 뭐라고 할까…….."

블로섬이 대답에 곤란해 하는데 그곳으로 코우라가 모습을 드러내고.

"어?! 코, 코우라?!"

"……엄마, 안녕."

곤혹스러워 하는 블로섬 곁으로 타다닥 달려와서는, 그녀의 다리를 찰싹 끌어안더니 얼굴을 붉히며 그렇게 말했다.

그 말에 무언가를 헤아린 발리로사.

"……아, 아~…… 나, 나는 사베어랑 사냥을 하러 갈 테니까, 블로섬은 가족끼리 잘 지내도록 해…… 그럼."

그렇게 말하고는 사베어와 함께 그 자리에서 떠났다.

발리로사의 뒷모습을 배웅하며 그저 쓴웃음 지을 수밖에 없는 블로섬이었다……만.

"……뭐, 나도 그럴 생각이 없는 건 아닌데…… 말이지."

이내 자신의 다리를 끌어안은 코우라의 머리를 다정하게 쓰다 듬었다.

블로섬이 쓰다듬자 코우라는 기쁜 듯 미소를 지었다.

그런 코우라를 블로섬은 복잡한 표정으로 바라봤다.

◇몇 각 후 호우타우 훌리오 가 뒤◇

훌리오 가 뒤에는 훌리오의 공방이 건설되어 있었다.

이곳은 훌리오가 방 안에서 만들 수 없는 대형 건축물이나 작 업에 위험이 따르는 상품 등을 만들면서 사용하는 건물이었다.

그 건물 입구에 블로섬이 모습을 드러냈다.

"저, 저기~ ……훌리오 님, 있어?"

"여, 블로섬이야? 안에서 작업하고 있으니까 들어와 주겠어?"

훌리오의 목소리를 듣고 블로섬이 공방 문을 열었다.

"시, 실례합니다~."

공방 안에는 거대한 흙 마인 앞에서 마법을 전개하고 있는 훌 리오의 모습이 있었다.

"뭐, 뭔가요? 그 커다란 건?!"

"이거 말이야? 성벽 수복 작업에 종사할 수 있는 골렘을 만들 수는 없을까 싶어서, 조금 시험해 보고 있어."

공중에 떠 있던 훌리오는 마법을 중지하고 블로섬에게 향했다.

"나한테 무슨 용건이야? 농원 일이야?"

"어, 아니…… 그쪽 일이 아니라……. 이런 일은 서투르니까 어쩌면 좋을지 고민이 되어서, 훌리오 님의 의견을 들을 수 있다면 싶어서……."

"응, 내가 도움이 될 수 있는 일이라면 들어 줄게."

"고, 고마워요."

훌리오의 말에 크게 머리를 숙이는 블로섬.

이내 고개를 들고 이야기를 하려 했지만.

"어, 어어…… 저기…… 그게, 말이야……."

부끄러운지 얼굴을 새빨갛게 물들인 채로 한바탕 머뭇거리고, 좀처럼 이야기를 꺼내지 못했다.

그런 블로섬 앞에서 훌리오는 평소의 시원스러운 미소를 지으며, 블로섬에게 쓸데없는 압박을 주지 않도록 배려했다.

……그랬는데…….

"정말이지, 답답하네요!"

그곳으로 리스가 굉장한 기세로 달려왔다.

문 밖에서 귀를 세우고 있었는지, 좀처럼 이야기를 꺼내지 못하는 블로섬의 모습에 더는 참지 못하고 뛰어든 것이었다.

리스는 저벅저벅 블로섬에게 걸어가더니 얼굴을 가져다 댔다.

"그래서, 당신의 상담이라는 건 우라랑 코우라 이야기잖아요? 그렇죠?"

"윽…… 어, 어떻게 그걸……."

"모를 리가 없잖아요. 요즘 당신, 농사일을 해도 틈만 나면 오거족의 산을 바라볼 뿐이고, 코우라랑 같이 자고 일어나면 항상 뭔가 생각에 잠겨 있으니까…… 그런 상태로 안 들킬 거라고 생각이라도 했나요?"

다그치듯이 말을 잇는 리스를 앞에 두고 쩔쩔매며 블로섬은 뒷걸음질 쳤다.

당황스러워 하며 블로섬은 그저 듣고만 있었지만, 이내 마음을 다잡았는지 고개를 들고 리스의 얼굴을 마주봤다.

"시, 실은…… 나, 코우라의 어머니가 되고 싶어……. 그런데 말이지……."

블로섬은 한 번 머뭇거렸다.

하지만 고개를 들고 또다시 입을 열었다.

"하, 하지만 있지……. 코우라의 진짜 어머니는 수명이 짧은 요정족이었잖아……. 그래서 조사해 봤더니, 요정족은 수명이 30년 정도라고 해. 그리고 오거족의 평균 수명은 종족에 따라서 상당히 차이는 있다지만, 짧은 종족이라도 백 년 이상은 있다고……. 순수한 오거족인 우라는 당연하지만 반은 오거족의 피가 흐르는 코우라도 나름대로 수명이 길지 않을까 생각하거든……."

여기까지 말하고 블로섬은 완전히 입을 다물어 버렸다.

어떻게든 말을 꺼내려고 했지만 그럴 때마다 입을 다물기를 반복했다.

그 모습을 팔짱을 긴 채로 가만히 바라보는 리스.

그러자 그런 블로섬의 어깨에 훌리오가 다정하게 손을 얹었다.

"그걸로 충분하잖아?"

"……어?"

"난 그걸로 충분하다고 생각해."

갑작스러운 훌리오의 말.

그 말을 앞에 두고 블로섬은 눈을 동그랗게 떴다.

다만 훌리오가 무슨 말을 하는지 이해하지 못한 리스만큼은 팔짱을 낀 채로 미간에 주름을 지었다.

"……저기…… 서방님, '그걸로 충분하다'라는 건 대체 무슨 뜻인가요?"

"블로섬은 인간족이잖아? 인간족의 수명은 50년 정도인데, 그보다도 오래 살 터인 코우라의 엄마가 되어도 되는 걸까……. 코우라를 또다시 홀로 두어도 되는가……. 블로섬은 그걸 고민하는 거야."

"아…… 그렇군요."

훌리오의 말에 납득한 듯 리스는 끄덕였다.

그런 리스 앞에서 훌리오는 다시 블로섬에게 시선을 향했다.

"그래서 말이지……. 그렇다 할지라도, 나는 그걸로 충분하다고 생각해."

훌리오의 말에 또다시 눈을 크게 뜨는 블로섬.

"코우라는 블로섬과 함께 있기를 바라고 있어. 그건 틀림없고, 블로섬도 그런 코우라랑 그녀의 아버지인 우라 씨와 함께 있고 싶어. 그렇게 생각하잖아?"

훌리오의 말에 말없이 끄덕이는 블로섬.

"그렇다면 말이야, 함께 있는 시간을 함께 잔뜩 즐기면 충분하지 않을까. 중요한 건, 함께 보낸 시간이라고 생각해."

평소의 시원스러운 미소를 지으며 블로섬의 어깨를 툭툭 두드렸다.

훌리오의 얼굴을 바라보며 잠시 생각에 잠긴 블로섬.

"……그렇구나…… 응, 그렇구나!"

문득 정신을 차리고 보니 눈물을 흘리고 있던 블로섬은, 그 눈물을 주먹으로 훔쳤다.

"고마워, 훌리오 님! 리스 님! 나, 잠깐 다녀올게."

그러더니 기세 좋게 현관을 뛰쳐나갔다.

훌리오와 리스는 그녀의 뒷모습을 미소로 배웅했다.

"정말로, 수고가 드네요."

"진심이기에 계속 고민했을 거야."

"뭐, 그 마음은 이해 못 할 것도 아니에요……. 하지만……."

훌리오에게 얼굴을 가져다 대더니 그의 뺨에 입맞춤하는 리스.

"저는, 고민하지 않았지만요."

"……리스."

지근거리에서 마주 보는 두 사람.

그리고 이번에는 입술을 겹쳤다.

공방 밖에서는 블로섬의 발소리가 서서히 멀어지고 있었다.

◇어느 숲 근처의 마을◇

거대한 정기 마도선이 마을 중앙에 있는 마도선 발착 타워에 접안했다.

이 마을에서 하선하는 사람들은 타워 안의 계단을 이용하여 내려갔다.

동시에 이 마을에서 주문을 받은 식재료 따위가 정기 마도선의 하부에 있는 수납 창고에서 내려오고, 지상에 설치되어 있는 화물 창고로 운반되었다.

그 광경을 마인족 그레아니르는 조타실에 설치된 윈도로 확인하고 있었다.

——그레아니르.

전직 마왕군 우리미나스 휘하의 첩보 기관 『고요한 귀』의 일원.

지금은 훌리스 잡화점의 수송 담당으로서 정기 마도선 조타를 맡고 있다.

'흠, 아래의 창고에서 수납 작업을 하는 마족들도 무척 익숙해진 모양이로군요…….'

창고에서 작업을 하는 마족들은 우라가 보호한 하급 마족들이었다.

처음에는 창고 작업이라는 수수한 일에 마족들도 반발하기도 했지만…….

'……홀리스 잡화점에는 울프 저스티스 님이 협력 중이라고 선전했더니 순순히 작업에 따르게 되었지.'

윈도 안에서 시원시원하게 작업하는 마족들의 모습을 확인하며 만족스럽게 끄덕였다.

홀리오가 아랑족을 본뜬 마스크를 쓰고 울프 저스티스라 자칭하며 각지의 마족을 압도적인 힘으로 쫓아내며, 힘을 중시하는 마족들 사이에서는 울프 저스티스를 숭배하는 자가 많았다.

'……작업을 맡는 마족들이 늘어나며, 최근에는 제 업무에도 여유가 생겼습니다. 가끔 휴가를 즐기는 것도 나쁘지 않을지도…….'

그런 생각을 하는 그레아니르의 뇌리에 마마족 다크호스트의 얼굴이 떠올랐다.

그 순간에 얼굴이 새빨개졌다.

'어어어, 어째서 그 타이밍에, 다크호스트 경의 얼굴이 떠오르는 겁니까……. 화화화, 확실히 다크호스트 경이 저 같은 자에게 호의를 가져 주시고…… 저저저, 저도, 그게…… 싫지는 않다고 할까요…….'

그레아니르는 허둥지둥하며 양손으로 뺨을 감쌌다.

그런 그레아니르 옆, 선반 위에는 마왕산 푸링푸링 파크 레이스장 입장권이 두 장 놓여 있었다.

기회가 있다면 다크호스트를 불러서 같이……. 그레아니르는 그런 생각을 하고 있었지만…….

'무무무, 무리입니다…… 저저저, 저 같은 연애 초보자에게는, 남자 분께 밀회를 권유하다니 레벨이 너무 높습니다…….'

삶은 문어처럼 새빨개져서는 머리를 좌우로 계속 내저었다.

입장권이 사용되는 것은, 조금 더 미래의 일이 될 듯했다.

◇ ◇ ◇

이윽고 승객 승하차와 화물 하역을 마친 정기 마도선은 탑승 타워를 이탈하여 다음 마을을 향해 비행했다.

그런 정기 마도선을 탑승 타워 근처에 서 있는 두 아이들이 지켜보고 있었다.

"조금 전까지 우리가 타고 있었구나, 저 배에."

"응, 그러네. 저런 배로 매일 학교에 다니니까, 엄청 재밌어."

마도선을 지켜보며 만면에 미소를 짓는 두 아이들.

퍼덕퍼덕, 그런 두 사람 뒤쪽에 거대한 익룡이 내려섰다.

머리가 눌 달린 쌍두 익룡은 그게 숨을 내쉬었다.

그 몸이 빛나는가 싶더니 서서히 작아지고, 순식간에 자그마한 남자의 모습으로 변화했다.

──후기 무기.

전 마왕군 사천왕 중 하나로 쌍두조.

마왕군을 그만둔 이후, 어느 숲속 깊은 곳에서 세 아내와 아이들과 함께 느긋하게 살고 있다.

"아, 파파!"

"다녀왔어, 파파!"

자그마한 남자──후기 무기가 온 것을 알아차린 아이들은 만면에 미소를 지으며 그에게 안겨들었다.

""둘 다 어서 와. 학교는 재미있었냐고?""

만면에 미소를 지으며 두 사람을 끌어안는 후기 무기.

원래 모습이 쌍두조라서 사람의 모습으로 변해도 목소리가 이중으로 들리는 것이 후기 무기의 특징이었다.

후기 무기는 두 사람과 손을 맞잡고 가도를 걸어갔다.

"파파, 우리 학교 수업에서 마법을 쓸 수 있었어! 굉장하지!"

""오, 굉장하다고. 장하다고.""

"아, 나도 그거 할 수 있어! 나도 칭찬해 줘!"

""응, 너도 굉장하다고. 대단하다고.""

교대로 두 사람에게 기쁜 듯 계속 웃어 주는 후기 무기.

""그럼 오늘은 마마들한테 부탁받은 물건을 산 다음에, 집으로 돌아가자고.""

"예~!"

"나, 장보는 거 도와줄래!"

"아, 나도 도와줄래!"

""응응, 그럼 다 같이 장봐서 돌아가자고.""

그런 대화를 나누며 세 사람은 가도를 걸어갔다.

그 앞에는 마을의 상점가가 펼쳐져 있었다.

그런 세 사람 뒤에서 한 여자가 주위를 둘러보고 있었다.

너덜너덜해진 고스로리 의상을 입은 그 여자는, 이상하게 커다란 검은 눈을 번쩍이며 주위를 계속 둘러봤다.

이상한 그 모습에 마을사람들은 그 여자를 멀찍이서 둘러싸고 있었다.

그런 사람들의 시선 앞에서 그 여자는 갑자기 춤을 추기 시작했다.

"정말정말정말~…… 마수 포박 작전에 실패실패실패해 버렸으니까~♪ 적어도적어도적어도, 이 부근에 있다는 소문의 금색 새 마수를 붙잡아서붙잡아서붙잡아서~♪ 그걸 선물로 잔데레나 언니한테 용서를 받자고, 받자고, 받자고 생각했는데~ 전혀 보이지가 않아않아 호호호호~♪"

드높이 노래하듯 말을 꺼내며 꾸물꾸물 그 자리에서 계속 춤을 추는 그 여자──얀데레나.

…… 참고로 그녀가 노리는 금색 새 마수라는 것은 마수화한 후기 무기이지만, 어디를 어떻게 봐도 가정적인 아빠의 언동밖에 하지 않는 눈 앞의 남성이 그 정체라고는 전혀 알아차리지 못한 것이었다.

……그런 가운데.

"위병 아저씨, 저 여자예요!"

"음, 너냐, 수상한 여자라는 건!"

"잠깐~~~~?! 위위위위병을 부를 건 없잖아호호호호호~."

"그 언동! 역시 수상해! 얌전히 포박당해라!"

"싫어싫어싫어~ 호호호호호호~."

신고를 받고 달려온 위병을 앞에 두고 얀데레나는 춤추며 고속으로 도망쳤다.

그대로 가도에서 숲속으로 달려가고, 그녀를 위병이 뒤쫓았다.

""뭔가 소란스럽지 않냐고?""

"그것보다도 파파! 카사 마마가 부탁한 골구마가 있어!"

""응응, 장을 보는 게 더 중요하다고.""

바깥의 소란스러운 상황은 신경 쓰지 않고, 후기 무기 일가는 가족이 같이 즐겁게 장을 보는 것이었다.

◇호우타우 훌리오 가◇

훌리오 가 2층의 한 곳.

딱 한가운데 정도에 고자르와 우리미나스, 발리로사가 셋이 함께 생활하는 방이 있었다.

아내가 둘인 고자르라, 방은 총 네 개가 있어서.

하나가 고자르의 개인실.

하나가 우리미나스의 개인실.

하나가 발리로사의 개인실.

하나가 셋이 이용하는 침실.

이렇게 이용하고 있었다.

그리고 복도에서 본 방의 넓이는 개인실과 침실, 둘뿐인 다른 방과 큰 차이가 없었는데, 홀리오의 상시 발동 마법으로 내부가 확장된 것이었다.

똑똑.

고자르의 방을 노크하는 소리가 울렸다.

"음, 열려 있다."

의자에 앉아서 마도서를 보던 고자르가 말을 건네자 문이 열리고 우리미나스가 들어왔다.

"……지금, 방해한 거 아니냐?"

"어, 괜찮다만? 무슨 용건이지?"

"음…… 뭐, 용건이라고 할까 뭐라고 할까…….”

고개를 홱 돌리며 우리미나스는 고자르 곁으로 걸어갔다.

"요, 요전에 마수 레이스장에 갔을 때, 무척 즐거웠다냐."

"어, 그랬지. 독슨도 꽤나 좋은 시설을 만들었더군. 저거라면 우리도 즐길 수 있으니까."

"그렇다냐. 포르미나랑 고로도 즐거워했고 나, 나도 무척 즐거웠다냐."

우리미나스를 고자르 앞에 서서도 여전히 고개는 다른 곳을 향하고 있었다.

"……?"

머뭇머뭇하며 무언가 말하기 힘들다는 모습인 우리미나스를 앞에 두고 고개를 갸웃거리는 고자르.

"……우리미나스, 뭔가 용건이 있는 게 아니었나?"

"아…… 어, 뭐냐……. 그, 그게……."

고자르의 말에 움찔했다.

손을 뒤로 돌린 채, 여전히 고개를 돌리며 말문이 막혀 있었다.

그런 식으로 우리미나스는 잔뜩 머뭇머뭇했지만, 간신히 뜻을 다졌는지 뒤로 돌리고 있던 손을 고자르 앞으로 내밀었다.

"그, 그게…… 이, 이거……."

얼굴을 새빨갛게 물들이며 여전히 고개만은 돌리고 있었다.

"이건…… 마수 볶음인가?"

"냐…… 그, 그게…… 마수 레이스장에서, 리스가 손수 만든 도시락을 먹을 때, 엄청 마음에 들어 하던 모양이길래……. 내, 내 나름대로 만들어 봤다냐……."

우리미나스가 내민 손에는 큰 접시가 들려 있고 그 위에는 마수 볶음이 잔뜩 담겨 있었다.

"호오? 이건 우리미나스가 만들었나?"

"그, 그러니까 그렇다고 하잖냐……."

얼굴을 새빨갛게 물들인 채, 고개를 핵 돌리는 우리미나스.

그런 우리미나스가 내민 요리 접시를 고자르는 미소로 받아들였다.

같이 있는 스푼으로 요리를 떠서 그것을 입으로 옮겼다.

"……음, 이건 맛있군."

"으냐…… 그, 그런 빈말은……."

"무슨 소리냐. 내가 빈말 따위 하지 않는다는 건 네가 가장 잘 알 텐데?"

"으, 으냐…… 그, 그건 확실히……."

고자르의 말에 우리미나스는 더더욱 얼굴이 새빨개졌다.

그런 우리미나스 앞에서 고자르는 만면에 미소를 지으며 요리를 입으로 옮겼다.

"……후후."

"으냐?! 뭐, 뭐가 우습냐?!"

"아니, 뭐…… 이렇게 우리미나스의 요리를 맛볼 수 있는 날이 오다니……. 그렇게 생각하니 어쩐지 즐거워져서 말이야."

"으, 으냐…… 그, 그건…… 마, 마왕군 시절에는, 널 보좌하느라 너무 바빠서…… 그게, 그런 시간이 없었을 뿐이니까……."

우리미나스는 고자르의 말에 얼굴을 새빨갛게 물들이며 우물우물 말을 이었다.

그런 모습을 고자르는 미소로 바라보며 요리를 입에 담았다.

"음, 확실히 그 무렵에는 나도 우리미나스도 뭔가 바빴으니까 말이야. 이렇게 느긋하게 보낼 수 있는 시대가, 설마 이렇게나 빨리 올 줄이야."

"그렇다냐……. 그건, 좀 기쁘다고 생각한다냐……."

우리미나스는 여전히 고개를 돌린 채, 고자르가 앉아 있는 의자 한쪽에 오도카니 앉았다.

고자르의 몸에 딱 달라붙는 모습 그대로 몸을 기댔다.

그런 우리미나스를 미소로 바라보며 고자르는 요리를 입으로 옮기는 것이었다.

◇어느 날 밤 호우타우 훌리오의 탕◇

"뭐냐뭐냐뭐냐?!"

자기 오두막에서 튀어나온 호쿠호쿠튼은 허둥지둥 공동 목욕탕을 향해 달려가고 있었다.

……참고로 호쿠호쿠튼.

훌리오의 탕, 트러블 대응 담당으로 막 임명되었다.

"정말이지, 트러블 대응 담당이 된 당일부터 트러블 발생이라니, 이게 무슨 일이오!"

노성을 내지르며 입구로 발길을 들인 호쿠호쿠튼.

입구는 커다란 현관으로 되어 있고, 신발을 넣을 수 있는 로커가 늘어서 있었다.

호쿠호쿠튼은 그곳에서 슬리퍼로 갈아 신고는 더욱 안으로 들어갔다.

그러자 중앙에 카운터가 있고, 거기서 오른쪽이 여탕, 왼쪽이 남탕이었다.

카운터에는 마을의 여자 마족이 앉아서는 남탕 쪽을 겁먹은 기색으로 바라보고 있었다.

그것만이 아니라 남탕 입구 근처에는 안으로 들어가는 것을 주저하며 남성 마족들이 안절부절 못 하고 모여 있었다.

"……아, 호쿠호쿠튼 씨, 여깁니다, 이쪽이에요."

"으음······ 트러블 발생 장소가 남탕인가······. 이래서는 당당하게 여탕에 들어가기 위한 대의명분이 없······ 아니, 그게 아니고! 대체 무슨 일이 벌어진 것이오?!"

은근슬쩍 본심을 흘리는 호쿠호쿠튼의 말에, 허리에 수건을 감은 남성 마족이 남탕 안을 가리켰다.

"그게······ 뭔가 이상한 녀석이 탕을 점거하고 있어요."

"이상한 녀석······ 말이오?"

"그래요······. 욕탕에서 술을 마시는 모양이라, 목욕을 하려고 그러면 엄청 귀찮게 들러붙는다고."

"게다가 남탕인데 그 녀석은 여자니까, 섣부르게 쫓아내지도 못하겠다고 할까······."

"······뭐라고요?"

마족 남자의 말에 움찔 반응하는 호쿠호쿠튼.

"안에 있는 건······ 여자, 라고?"

"예, 그래요. 그러니까 손 쓸 도리가 없어서."

"흠, 그러니까 변····· 그러니까 그런 여자에게 대처하려면 이런 일 서런 일을 할 수밖에······. 후오오! 끓어오르는군!"

호쿠호쿠튼은 환희의 표정을 지으며 양팔을 빙글빙글 돌렸다.

그런 호쿠호쿠튼에게 카운터의 여자 마족이 울 것 같은 표정을 지으며 말을 건넸다.

"그래서, 제가 용기를 내서 나가달라고 부탁하러 갔는데······ '좋지 아니한가' 그러면서 옷을 벗기려 들어서······ 이런 일, 저런 일을······."

그만 울음을 터뜨리고 만 여자 마족을 주변 마족들이 위로했다.

그런 가운데…… 호쿠호쿠튼의 얼굴에서 표정이 사라졌다.

조금 전까지 변태 여자에게 돌격하는 자신을 상상하며 흥분했던 호쿠호쿠튼.

……하지만.

'그 나쁜 술버릇……. 짚이는 여자가 하나밖에 없소이다……. 어, 그보다도 또 그 여자랑 엮인 일이오…….'

호쿠호쿠튼은 굳은 표정으로도 천천히 남탕으로 들어갔다.

탈의실을 지나자 욕탕 쪽에서.

여행을 즐거워~♪ 술이랑 함께 서로, 동으로~♪

묘한 가락이 붙은 노랫소리가 울렸다

그 목소리를 들은 호쿠호쿠튼.

'……아~ 이 노랫소리, 역시…….'

저벅저벅 욕탕으로 향하고 문을 있는 힘껏 열었다.

그 너머에.

탕에 잠겨서 술을 마시는 텔비레스의 모습이 있었다.

"이 녀석! 역시 네놈의 소행이었소, 이 엉망 여신!"

"어~ 누구야, 지금 한창 좋을 때니까 방해하지 말히데붑?!"

기분 좋아 보이는 텔비레스의 안면에 호쿠호쿠튼이 던진 나무통이 격돌했다.

　그 충격에 텔비레스는 화려하게 날아갔다.

　풍만한 그 몸이 아낌없이 드러났다……만, 그런 것에는 눈길도 주지 않고 호쿠호쿠튼은 텔비레스를 향해 똑바로 돌진했다.

　"어, 어머나?! 누, 누군가 했더니 호쿠호쿠튼이잖아. 뭐, 뭘 그렇게 화가 난 거야아아아악?!"

　"시끄럽소이다."

　"그, 그러니까, 지금 기분 좋게 술을 마시면서 목욕을 하는 참이니까 좀 봐달라고, 으갹?!"

　"그럴 수 없소이다."

　"아, 나, 나, 뭔가 눈을 떴을지도! 바, 바로 여기서 나갈게엑?!"

　"본인이 쫓아내겠소."

　필사적으로 변명을 되풀이하는 텔비레스.

　그런 텔비레스를 호쿠호쿠튼은 가차 없이 쫓아냈다.

　일체의 주저가 없는 그 공격음이 욕탕 안에 울렸다.

　이윽고…….

　"이것 참, 폐를 끼쳤소이다. 모든 악의 근원은 처리했소."

　탕에서 나온 호쿠호쿠튼은 탈의실에 준비되어 있는 수건으로 칭칭 감긴 무언가를 어깨에 짊어지고서 밖으로 나왔다.

　"호, 호쿠호쿠튼 씨, 저 여자는……."

　"음, 제대로 처리하고 구제했으니, 안심하고 목욕을 즐기도록 하시오."

호쿠호쿠튼의 말을 듣고 입구에서 어쩔 수 없이 대기하던 마족들이 환호성을 터뜨리며 안으로 들어갔다.

"저, 저기…… 호쿠호쿠튼 씨."

카운터의 여자 마족이 호쿠호쿠튼에게 미소로 말을 건넸다.

"무슨 일이오, 거기 아름다운 여성분."

텔비레스와 대치할 때와는 전혀 다를 만큼 상쾌한 표정을 지으며 마족 여자에게 시선을 향했다.

그런 호쿠호쿠튼에게 여자 마족은 카운터 아래로 손을 넣고 뒤적뒤적했다.

"정말 감사합니다. 진짜 덕분에 살았어요. 저기, 답례로……."

"아니아니, 답례 따위 신경 쓰실 것 없소이다. 하오나 꼭 주시겠다면, 그렇군요, 야경이 아름다운 식당에서 함께 저녁을 먹고, 그 후로 이런저런 하룻밤을…… 후오오! 끓어오르오!"

환희의 표정을 지으며 승리의 포즈를 취하는 호쿠호쿠튼.

"자, 이거 받으세요."

그런 호쿠호쿠튼에게 여자 마족은 음료 한 병을 건넸다.

"……이건…… 무엇이오?"

"예, 커휘 밀크예요. 홀리스 잡화점의 신제품이에요."

"카, 커휘……?"

"예, 카우동의 젖을 가공한 것에 커휘라는 음료를 넣은 음료인데, 목욕을 마치고 마시면 무척 맛있어요. 제 마음이에요."

싱긋 미소 지으며 병에 든 커휘 밀크를 건넸다.

호쿠호쿠튼은 그것을 받아들고는.

"……아, 예……."

멍한 표정 그대로 대답을 하더니 커휘 밀크를 받아들고 훌리오의 탕을 뒤로했다.

그동안에 호쿠호쿠튼이 짊어진 수건말이는 꿈쩍도 하지 않았다.

◇호우타우 훌리오 가 엘리나자의 개인실◇

이날 엘리나자의 방을 조피나가 방문했다.

──조피나.

신계의 사도로 평소에는 신계에 살고 있다.

피의 맹약의 집행관으로서의 역할도 맡고 있어서, 그때는 반은 어린아이 반은 해골의 모습으로 나타난다.

"……저, 저기……."

조피나는 곤혹스럽다는 표정을 지으며 엘리나자의 방 안을 둘러봤다.

개인실인 그 방 안에서 엘리나자는 책상에 앉아서 마도서를 보며 마법진을 전개하는 참이었다.

"……저기, 조피나 씨였죠."

"예, 예에, 그렇습니다만……. 저기, 저, 저는 어째서 이 방으로 안내를 받을 걸까요?

오늘 저는 훌리오 님께 평소의 가루약을 받으러 왔는데……."

가루약…….

그것은 본래 클라이로드 세계에 존재해서는 안 되는 해수인 재앙 마수의 뼈에서만 정제할 수 있는 특수한 약이다.

그 약은 자양 초강장, 피로 초회복, 초미백 효과 등의 효능이 있고, 그 효능을 본래 인간 종족의 약은 통할 리가 없는 신계의 여신들에게도 강력한 효과가 있었다.

재앙 마수를 뼈를 정제하는 행위는 신계의 주민이라도 불가능해서, 전 세계에서 오직 훌리오만이 정제할 수 있는 것이었다.

……그랬는데…….

"자, 이거."

"……예?"

엘리나자가 건넨 봉투를 손에 든 조피나는 곤혹스럽다는 표정을 지으며, 주머니와 엘리나자를 교대로 바라봤다.

"……에, 엘리나자 경…… 이, 이 봉투는 대체…….."

"가루약이야. 파파가 부탁해서 내가 만들었어."

……한동안의 침묵.

"예, 예에?!"

엘리나자의 말이 무슨 뜻인지 간신히 이해한 조피나는 눈을 동그랗게 뜨며 거친 목소리를 높였다.

"자, 자, 자, 잠깐…… 잠깐만 기다려주세요, 엘리나자 님?! 이,

이 가루약을, 당신이 정제했다는 겁니까?"

"어, 그래…… 자, 이거."

그러면서 책상 서랍을 열었다.

그 서랍 안에는 가루약으로 정제하고 남은 것인지 재앙 마수의 뼈가 들어 있었다.

그 뼈의 끝부분은 깔끔하게 마모되어 있고 거기서 앞부분이 뭉개져서, 가루약 정제에 사용된 것은 틀림없었다.

곤혹스러워 하면서도 오른손을 종이봉투로 뻗는 조피나.

종이봉투 위에 마법진이 출현하고, 종이봉투를 스캔하듯이 위에서 아래로 이동했다.

검사 결과가 조피나의 눈앞에 윈도 상태로 표시되었다.

그 윈도에는.

『가루약(재앙 마수의 뼈)』

그렇게 적혀 있었다.

눈을 동그랗게 뜨며 굳어 있는 조피나.

그런 조피나 앞에서 엘리나자는 의자에 앉은 채로.

"그걸로 문제없나요?"

"예?"

"파파가 오늘 주겠다고 약속한 분량만큼 제대로 들어 있다고 생각하는데요?"

"어…… 아, 예……. 화, 확실히 수령했습니다."

간신히 정신을 차린 조피나는 그 자리에서 깊이 머리를 숙였다.

'……가, 가루약…… 재앙 마수의 뼈가 있다 하더라도 가공할

수 없을 텐데……. 서, 설마 그걸 할 수 있는 분이 훌리오 님 말고
도 계실 줄이야…….'

조피나는 이마에 땀을 흘리며 종이봉투를 바라봤다.

현관에서 나온 조피나는 아직도 멍한 표정을 짓고 있었다.

'아니, 하지만…… 몇 번을 생각해도 이상하다고 할까……. 훌
리오 님께서 가루약을 만들 수 있는 것만으로도 있을 수 없는 일
인데, 장녀인 엘리나자 님까지 같은 가루약을 만들 수 있게 되었
다니…….'

곤혹스러워 하며 생각에 계속 잠겼다.

그런 조피나 앞으로 마수의 등에 탄 리루나자가 지나갔다.

"언니, 안녕하세요!"

마수의 등에 탄 채, 꾸벅 머리를 숙이며 정중하게 인사를 하는
리루나자.

"아, 예. 안녕하십니까."

조피나는 너무나도 정중한 인사를 앞에 두고 자신도 제대로 인
사로 답했다.

그대로 리루나자는 조피나 앞을 지나갔다.

……그랬는데.

슥 지나간 리루나자 쪽으로 조피나는 다시금 시선을 보냈다.

그 시선 끝, 지나가는 리루나자가 타고 있는 마수…….

"저, 저 마수는…… 서, 설마……."

눈을 동그랗게 뜬 채, 부들부들 몸을 떠는 조피나.

"아아, 저 마수라면 재앙의 곰의 새끼예요."

그런 조피나 뒤쪽에서 홀리오의 목소리가 들렸다.

"어, 후, 홀리오 님?!"

갑자기 목소리가 들려서 조피나는 황급히 돌아봤다.

그 시선 앞에 홀리오의 모습이 있었다.

전이 마법으로 막 귀가했는지 그의 뒤쪽에는 전이 문이 아직 구현화된 상태였다.

조피나는 홀리오와 리루나자를 교대로 바라보며 무엇부터 말을 꺼내야 할지 혼란스러운지 입을 계속 뻐끔거렸다.

"아, 저 마수 말인데요, 전에 일출국에서 출몰 정보를 얻어서, 가릴과 함께 가서 잡아왔어요."

"자, 잡아왔다니······. 새, 새끼라도 저 마수는 무척 흉포할 터인데······."

"확실히 어미 곰은 무척 흉포했지만 어떻게든 쓰러뜨릴 수 있었어요."

"화, 확실히······ 홀리오 경은 혼자서 재앙 마수를 퇴치할 수 있으시니······."

"어, 아뇨아뇨. 이번 재앙의 곰을 쓰러뜨린 건 가릴이에요."

"예?!"

홀리오의 말에 또다시 눈을 동그랗게 뜨는 조피나.

'자······ 잠깐만요······. 재, 재앙 마수를 토벌하려면 우리 신계의 사도라도 몇 명이서 도전하지 않으면 목숨이 위험한데······? 백 보 양보해서 홀리오 님은 신계의 여신 수준의 마력을 가지셨으니까 재앙 마수를 혼자서 퇴치할 수 있다고 해도 납득이 가지만, 자제분인 가릴 님이 재앙 마수를 쓰러뜨렸다니…….'

조피나는 곤혹스러워 하면서도 계속 생각했다.

그런 조피나 앞에서 훌리오는.

"그래서 재앙의 곰을 퇴치했더니 둥지에 저 애가 있었는데, 저 애가 리루나자를 무척 잘 따라서 사역마로 데려왔어요. 아, 제대로 사역마 계약도 했으니까 안심하세요."

평소의 시원스러운 미소를 지으며 설명하는 훌리오.

그 말을 들으며 조피나는 완전히 표정이 사라졌다.

'……사역마…… 계약……. 새끼라고는 해도…… 저 재앙을, 사역마…….'

머릿속에서 빙글빙글 계속 생각이 맴도는 조피나…… 하지만 퍼뜩 정신을 차렸다.

"……알겠습니다. 그럼 또 약속 기일에, 가루약을 받으러 올 터이니."

묘하게 사무적인 말투로 용건을 전하고는 오른손에 단죄의 낫을 출현시키고 그것을 빙글 돌렸다.

그러자 낫의 날이 움직이는 것에 맞추어 공간이 갈라지고, 그 안으로 자신의 몸을 밀어 넣었다.

그녀는 이때.

'훌리오 님 일 일가에 대해서 생각하는 건 그만두죠……. 너무나도 규격 밖이라 도저히 이해할 수 있을 리가 없습니다.'

그런 결론에 다다라서 모든 사고를 정지, 신계로 돌아간 것이었다.

조피나가 사라진 곳을 바라보며 홀리오는 고개를 갸웃거렸다.

"조피나 씨…… 어쩐지 분위기가 이상했는데, 괜찮을까?"

그런 말을 입에 담으며 자기 집을 돌아봤다.

그러자.

"파파! 다녀오셨나요!"

홀리오가 귀가한 것을 알아차린 리루나자가 만면의 미소를 짓고 있었다.

재앙의 곰의 새끼 등에 탄 채, 홀리오 곁으로 다가왔다.

"다녀왔어, 리루나자."

그런 리루나자에게 홀리오는 평소의 시원스러운 미소를 짓더니 달려온 리루나자를 태운 재앙의 곰을 꽉 붙들었다.

새끼라고는 해도 재앙 마수인 만큼, 응석을 부리는 것이라고 해도 돌진에는 상당한 힘이 실려 있었다.

하지만 홀리오는 상시 발동 중인 마법으로 그 돌진을 간단히 받아 냈다.

"리루나자. 파파 말고 다른 사람을 향해서는 이 아이가 돌진 못하게 해야 해."

"예! 알겠어요."

홀리오의 말에 리루나자는 만면의 미소로 끄덕였다.

"그러고 보니 이 아이의 이름은 이제 정했니?"

"으음…… 후보가 잔뜩 있어서 좀처럼 정할 수가 없어요."

"그럼 파파랑 같이 생각해 볼까?"

"정말로 괜찮을까요?! 엄청 기뻐요!"

훌리오의 말에 기쁜 듯 끄덕이는 리루나자.

그 말의 의도를 이해하는지 재앙의 곰도 몇 번이나 머리를 숙였다.

그런 한 사람, 한 마리와 함께 훌리오는 집 문을 열었다.

"다녀왔어."

훌리오의 목소리가 집 안에 울렸다.

후기

이번에는 이 책을 손에 들어주셔서 정말 감사합니다.

『Lv2 치트』도 12권이 되어, 등장인물도 나름대로 성장하고 있습니다. 특히 홀리오의 아들 가릴은 유소년기의 개구쟁이 이미지에서 아버지인 홀리오의 차분한 분위기를 가진 청년이 되었는데, 마족의 피를 이어받은 가릴인 만큼 무척 성장이 빠르고, 그런 상태에서 여왕님과 어떤 사이가 될지 기대해 주신하면 좋겠습니다.

이번 편은 모든 에피소드 중 3분의 2가 신작입니다. 인터넷 판에서는 읽을 수 없는 에피소드가 가득하니 그런 부분도 즐겨주신다면 행복하겠습니다.

이번에도 만화판 『Lv2 치트』 5권과 동시에 발매하게 되어, 원작자로서 그쪽도 무척 기대하고 있습니다. 또한 9월에는 제가 원작을 맡은 『이세계 노점 밥 '에니시 정' ③』이 코믹 자르단에서 발매되고, 그에 맞추어서 연내로 새로운 만화가 두 작품 시작할 예정이오니 그쪽도 모쪼록 잘 부탁드립니다.

마지막으로 이번에도 멋진 일러스트를 그려 주신 카타기리 님, 출판에 관여해 주신 오버랩 노벨즈 및 관계자 여러분, 그리고 이 책을 손에 들어 주신 여러분께 진심으로 감사드립니다.

2021년 7월 키노조 미야

Chillin Different World Life of the EX-Brave Candidate was Cheat from Lv2 - 12
© 2021 Miya Kinojo
First published in Japan in 2021 by OVERLAP, Inc.
Korean translation rights reserved by Somy Media, Inc.
Under the license from OVERLAP, Inc., Tokyo JAPAN

Lv2부터 치트였던 전직 용사 후보의 유유자적 이세계 라이프 12

2024년 8월 1일 1판 1쇄 발행

저 자	키노조 미야
일 러 스 트	카타기리
옮 긴 이	손종근
발 행 인	유재옥
담 당 편 집	정지원

이 사	조병권
출판본부장	박광운
편 집 2 팀	정영길 조찬희 박치우 정지원
편 집 3 팀	오준영 이소의 권진영
디자인랩팀	김보라
라이츠사업팀	김정미 맹미영 이윤서
디지털사업팀	박상섭 김지연 윤희진
영업마케팅팀	최원석 박수진 이다은
물 류 팀	허석용 백철기
경영지원팀	최정연
발 행 처	(주)소미미디어
등 록	제2015-000008호
주 소	서울시 마포구 토정로 222, 502호(신수동, 한국출판콘텐츠센터)
판 매	㈜소미미디어
제 작 처	코리아피앤피
전 화	편집부 (070)4164-3962, 3963 기획실 (02)567-3388
	판매 및 마케팅 (070)4165-6888 Fax (02)322-7665

ISBN 979-11-384-8389-6 (04830)
ISBN 979-11-6389-387-5 (세트)